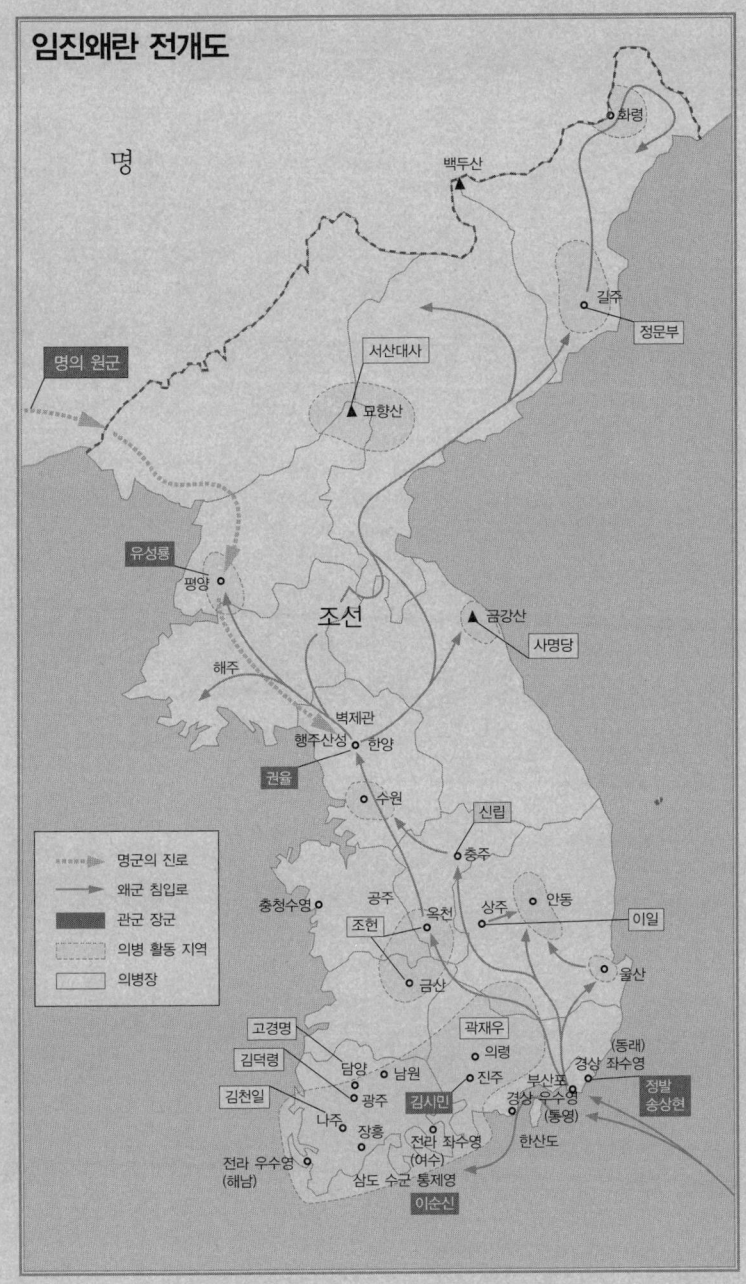

임진왜란

임진왜란 4 - 그 향기 그 힘으로

초판 1쇄 인쇄_ 2004년 8월 30일
초판 1쇄 발행_ 2004년 9월 6일

지은이_ 박종화
펴낸이_ 김영곤
기획·편집_ 임병주 김민아 류혜정
영업·마케팅_ 정성진 안경찬 김진갑 이종률 박성인 이희영 박진모 이연정 박창숙
관리_ 이인규 이도형 고선미
제작_ 강근원 이영민
교정_ 전남희
디자인_ 씨디자인

펴낸곳_ (주)이끌리오 달궁
주소_ 경기도 파주시 교하읍 문발리 파주출판문화정보산업단지 500-11 (413-756)
전화번호_ 031-955-2100(대표) 031-955-2412(기획)
팩스번호_ 031-955-2422
이메일_ dalgoong@dalgoong.com
홈페이지_ http://www.dalgoong.com
출판등록_ 2000년 4월 10일 제 16-1646호

ISBN 89-5877-004-X 04810
      89-5877-000-7(세트)
값 9,000원

ⓒ 박종화, 2004.
이 책을 무단으로 복사, 복제, 전재하는 것은 저작권법에 저촉됩니다.

월탄 박종화 대하 역사소설
임진왜란 4
그 향기 그 힘으로

임진왜란 4 — 차례

7장 평양의 꽃 계월향

기생, 사랑에 빠지다 —————————— 9
기다리고, 또 기다리지만 ————————— 33
기어이 원수를 갚으리 ————————— 67
꽃, 아름답게 스러지다 ————————— 119

8장 명나라의 출병

구원을 향한 노력 ——————————— 167
홍순언, 이성량을 만나다 ————————— 203
그들이 우리를 구원하리라 ———————— 229

부록_조선군의 냉병기 ————————— 259

7장

평양의 꽃 계월향

기생, 사랑에 빠지다

평양성 안은 임금의 일행이 초조하게 떠나간 뒤에 좌의정 윤두수, 순찰사 이원익과 도원수 김명원, 평양감사 송언신이 적을 막아 지키고 있었다.

윤두수와 김명원은 연광정에 자리를 마련해 지키고 앉았고, 평양감사 송언신은 대동문 문루에 앉아서 성을 지키고 있고, 평안병사 이윤덕은 부벽루에 앉아서 대동강을 지키고 있고, 자산군수 윤유후는 장경문을 지키고 있는데, 성을 지키는 군사와 장정의 수효는 도합 3천~4천 명밖에 아니 되었다.

허장성세로 군사 수가 많은 것처럼 적에게 보이려 하여, 을밀대 근처 송림 사이에는 옷들을 허옇게 걸어서 강 건너 적이 보면 마치 사람인 줄 알도록 해놓았다.

이 편에서 강을 사이에 두고 적의 행세를 바라보면 동대원 강기슭에는 울긋불긋한 기를 무수하게 걸어 놓았는데, 마치 우리 나라의 만장*과 같았다.

---

* 만장輓章 : 죽은 이를 애도하여 지은 글, 또는 그 글을 천이나 종이에 적어 깃발처럼 만드는 것. 상여를 따라 들고 갈 때 쓰임.

강물 옅은 곳에는 적의 말 탄 군사 수십 기가 양각도羊角島를 향해 서서 장차 강을 건너올 태세를 취하고 섰는데, 물이 말 배때기까지 차 있었다. 그리고 강변에 진을 치고 있는 적병들은 큰 칼들을 어깨에 둘러메었는데 햇빛에 반사가 되어 번쩍번쩍 검광이 찬란했다.

이 때 왜장 대여섯 명이 붉은 갑옷 입고 조총을 들고 모래톱으로 버적버적 걸어오다가, 연광정 위에 윤두수와 김명원이 철릭을 입고 앉아 있는 것을 보았다. 우리 편의 대장인 줄 안 왜장은 조총을 겨누어 쏘아붙였다.

윤두수와 김명원은 얼른 몸을 빼쳐서 기둥 뒤로 피했고 찰나에 탄환이 기둥 속으로 푹 박혀 버렸다. 강 건너 적진 앞에서 적이 쏘는 거리는 거의 1천여 보가 넘건만, 적의 탄환은 자꾸자꾸 건너와서 대동관 기왓장을 맞혀 "와지끈" 소리를 내며 떨어졌다.

도원수 김명원은 황망히 군관에게 영을 내렸다.

"현자총통과 편전을 쏘아붙여라!"

이 편에서 응전을 하여 급히 현자총통을 쏘니, 서까래 같은 화전이 강을 건너 적의 진터로 떨어져 큰 소리를 내면서 폭발했다. 현자총통은 전라도 좌수영에서 이순신 장군이 본보기로 올려 보낸 것을 유성룡이 도원수 김명원을 시켜서 시험으로 써보게 된 것이었다.

육지에서 싸우는 적병들은 조선의 무기 현자총통에서 쏘아붙이는 화전을 비로소 처음 본 모양이다. 적들은 깜짝 놀라 흩어져 달아났다가, 화전이 땅에 떨어져 터진 뒤에야 비로소 몰려들어서 껍질만 남은 화전을 들여다보고 간담이 서늘해져서 수군거렸다.

왜적들은 조선 편에 화전이란 큰 무기가 있는 것을 비로소 알자, 얼른 덤비지를 못했다. 그러나 이 때 하늘도 도와 주지 않느라고 6월 염천炎天인데다 여러 달 두고 날이 몹시 가무니 강물은 바짝 줄어들기 시작했다.

대동강 중류 한복판에는 그래도 물이 제법 깊어서 시퍼렇게 출렁출렁댔으나 상류 여울엔 얕은 곳이 많았다. 왜적들은 아직 지리에 익지 못해서 이것을 발견하지 못했으나 우리 편에서는 염려가 적지 않았다.

장수 이하로 모든 군사들은 어서 하루 바삐 큰비가 쏟아져서 강물이 불어나기만 기다렸다. 그러나 햇빛은 날마다 따갑게 내리쬐었다. 6월 염천 삼복 중이라 소나기 한 줄기 안 오고 날마다 쨍쨍하게 내리쬐는 햇빛 아래 대동강 물은 바짝바짝 말라 들기 시작했다.

우리 편에서는 임금이 없으니 재상과 평양감사가 임금을 대신해서 단군의 사당과 고구려 동명성왕의 사당에 비를 바라는 기우제를 지냈다. 그러나 하늘도 노했는지 비는 영영 오지 않았다.

왜적이 평양성을 향해 대동강 밖으로 들어와 진을 친 지 거의 일주일이 되는 6월 보름날이었다. 도원수 김명원이 평양성 문루 위에서 멀리 적의 진을 바라보니, 우리 군사가 적진을 향하여 현자총통을 쏘아붙인 뒤부터 적병들은 별안간 예기가 꺾여진 듯 강가 모래 틈에는 이엉을 덮어 여남은 곳에 군사를 주둔시켜 놓고, 경비하는 군사들도 처음보다 훨씬 허술해서 나태한 기미가 보였다.

김명원은 적장 고니시 유키나가가 급진파가 아닌 것을 알 까닭이 없었다. 이것을 적병이 가뭄과 더위에 시달려서 군기가 해이해진 것이라 그릇 판단하고, 별안간 비밀스런 군령을 내렸다.

"오늘밤 자정 때 강하고 날쌘 병정들만을 뽑아 가만히 배를 타고 강을 건너서 적의 진을 야습해서 적병을 도륙하라!"

군관 고언백이 명을 받고 물러갔다.

고언백은 도원수의 비밀스런 명령을 받고서, 힘세고 담이 찬 군사들 1천 명을 뽑아서 이날 밤 자정까지 부벽루 아래 함빡 모이라는 지령을 내렸다. 혹시 야습하는 일이 미리 적에게 샐까 보아 극히 은밀한 행동을 취하게 했던 것이다.

가뭄을 띤 6월 보름밤 달은 붉고도 밝았다. 자정이 되니 야습을 계획하는 군관과 병정들은 한 사람, 두 사람 부벽루 아래로 모여들기 시작했다. 얼마 뒤에 1천여 명의 군사들은 거의 모였으나, 병정들이 나누어 타고 갈 배 준비가 얼른 신속하게 되지 않았다.

그 동안 적의 군사가 대동강까지 밀려들자, 평양에 있는 배들을 모조리 감추어 버렸던 까닭에 1천여 사람이 나누어 탈 배를 밤 안으로 한꺼번에 주워 모으려 하니 용이한 일이 아닌 데다가, 더구나 적병이 기미를 챌까 보아 밤에도 강가에는 배를 내놓지 못하고 성 안에서만 준비를 하니 배들을 가지고 강변까지 옮기는 일도 수월한 노릇이 아니었다.

　시각은 자꾸 지체되고 늦어졌다. 어느덧 달은 차차 서편으로 기울기 시작했다. 닭도 해를 쳐서 운 지가 벌써 오래였다. 그러나 야습 부대들은 계획을 중지하지 않고 그대로 결행해 버리기로 했다.

　아군의 배들이 강 중심을 지나 뭍에 도착했을 때 동은 훤하게 트일 둥 말 둥 한 새벽녘이 되어 버렸다. 이 때 적병들은 곤히 잠 속에 파묻혀 아직 일어나지 않았다.

　아군의 야습 부대는 적의 제1진으로 돌격했다. 우리 편 군사들은 숨을 죽이고 가만히 적의 진으로 기어들기 시작했다.

　적병들은 밤새도록 더위와 모기에 시달려서 밤늦도록 잠을 이루지 못했다가 새벽녘 서늘한 바람에 혼곤히 개잠이 든 모양이었다. 모두들 얼굴에 개기름 번질번질 흘리고, 거적과 공석 뙈기들을 깔고 이리 저리 낭자하게 드러누워 있었다.

　코를 드르릉 드르릉 고는 놈, 입가에 침을 흘리고 자는 놈, 웅얼웅얼하며 잠꼬대를 하는 놈, 모두들 깊은 잠 속에 파묻혀 있었다. 1천여 명이나 되는 우리 군사들은 일제히 살금살금 왜진으로 기어들어가서 왜병들을 한 놈씩 껴누르고 목을 베기 시작했다.

　왜병들의 목이 떨어지려는 찰나, 구슬픈 비명이 이곳 저곳에서 일어나면서 격투가 벌어지고 백병전이 일어났다. 주먹으로 갈기고, 발길로 차고, 머리로 받고, 긴 칼과 단검이 쨍그렁 소리를 내며 맞부딪쳤다.

　이 바람에 우리 군사는 적군 1천여 명을 죽이고 적의 말 3

백여 필을 빼앗았다. 그러나 날은 벌써 활짝 밝기 시작했다. 왜병의 제1진에 큰 소동이 일어나니 뒤에 있던 왜적들은 일제히 잠 속에서 깨어 버렸다.

"웬일이냐?"

"야습이다!"

"조선 군사의 야습이다!"

뒤쪽 진에 있던 수만 명은 벌떡벌떡 일어나 모두 무기를 들고 우리 편 야습 부대를 향하여 달음질쳤다.

좌의정 윤두수와 도원수 김명원은 부벽루 위에서 멀리 우리 편 군사가 야습에 성공하는 것을 바라보자, 손에 땀을 쥐어 아슬아슬한 승리의 쾌감을 느꼈다. 그러나 날이 점점 밝아 오고 보니 야습 부대가 무사할는지가 큰 문제였다. 뒤에는 적병 4만~5만의 대군이 있지 아니 한가?

윤두수와 김명원은 가슴이 두근거리고 애가 터져서 야습 부대가 어서 빨리 강을 무사히 건너기만 고대하였다.

"여보, 이거 숙호충비* 되어서는 아니 될 텐데······."

좌의정 윤두수는 왜병들의 대군이 야습 부대를 향해 몰려드는 것을 보자 허리끈을 바싹 매고 초조해했다.

"자정 때 공격을 개시하잔 노릇이 이렇게 늦었습니다."

도원수 김명원도 염려가 되어 손을 싹싹 비비고 섰다. 해는

---

* 숙호충비宿虎衝鼻 : '자는 범의 코를 찌른다'는 뜻으로, 화禍를 스스로 불러들이는 일을 비유하여 이르는 말.

벌써 동천에 솟아올랐다.

 적의 대군이 우리 편 야습 부대를 향하여 조숫물 밀 듯 고함을 치며 달려오니, 우리 군사 임욱경은 앞잡이가 되어 용감하게 적병을 대항해 죽여 버렸다.

 모든 군사들도 임욱경의 뒤를 따라 감연히 적병에 대항했다. 모두가 평양의 날쌘 군사였다. 그러나 원체 수효가 적었다. 천으로 만을 대항하기도 어려운 노릇인데, 하물며 만의 네 갑절인 4만이랴.

 아군은 적병의 많은 수를 당해 낼 도리가 없었다.

 마침내 몰리기 시작했다. 모두들 기어올라 노를 저어 달아나기 시작했다.

 왜병들은 우르르 달려들어 기어오르는 아군의 배를 뒤집어 엎어 버리고, 우리 군사들을 죽이기 시작했다.

 대동강 지리에 밝은 우리 군사들은 뒷생각을 할 여지도 없이 급한 죽음을 피하려 날이 가물어 물이 줄어든 왕성탄을 향해 달음질쳐 건너기 시작했다.

 왜적들은 비로소 대동강에 이렇게 얕은 여울이 있는 것을 알게 되었다. 왜장 고니시 유키나가는 우리 야습 부대를 쫓는 것을 중지시킨 뒤에 친히 아장들을 거느리고 왕성탄으로 말을 달렸다. 적장들은 말을 탄 채로 우리 군사가 건너던 왕성탄 여울로 텀벙텀벙 들어섰다. 깊은 물이 겨우 말 배때기에 찰랑찰랑 닿을 둥 말 둥 했다. 고니시 유키나가 이하 왜장들은 뛸 듯이 좋아했다.

 이날 저녁 때 적의 대병은 신속히 왕성탄을 건너 평양성을 향해 상륙을 개시했다. 여울을 지키던 아군들은 적의 대병이 돌입하자 화살 한 대 쏘지 못한 채 그대로 뛰어 달아나 버렸다.

적의 대병은 평양성 지척 가까운 지점에 상륙하여 들어왔다.

그러나 의심스러워서 얼른 성을 공격하지는 못했다. 마치 한양서 적의 대군이 동대문까지 들어와서는 곧 들어오지 못하였듯이 하룻밤을 성 밖에 진을 친 뒤에 밝은 날이 되어서야 고니시와 왜장들은 평양성 밖 모란봉 위에 올라서 평양성 안을 자세히 굽어보았다.

그리고 성이 확실히 비고 군사들이 없는 것을 살핀 뒤에야 서서히 평양성 안으로 들어오기 시작했다.

적의 대병력이 대동강을 건너 평양성에 육박하자 좌의정 윤두수와 도원수 김명원은 캄캄한 밤중에 보통문과 대동문을 활짝 열어 놓고 성 안에 있는 백성과 군사들을 내보낸 뒤에 군기와 화약을 모조리 풍월루 속에 집어넣었다. 그리고 두 사람은 보통문으로 몸을 빼쳐서 먼저 간 임금을 따라 순안으로 달아났다.

이 때 아까운 것은 평양에 있는 10만여 석의 곡식이었다. 평양성을 오래 지킬 듯이 평안도 일대에서 곡식을 거둬들여 창고에 가득 쌓아 놓았건만 그대로 고스란히 적병의 군량미가 되었다. 달아날 때 이것을 생각한 이는 한 사람도 없었다.

* * *

평양은 예부터 미인이 많은 곳이었다.

아담스럽게 솟구쳐 있는 모란봉의 정기를 타서 여인들이 빼어나게 잘생겼다고 일러 오기도 하고, 대동강 굽이치는 맑은 물의 태깔을 받아서 여자들의 탯거리가 곱고 아름답다고도 했다.

어떻든 평양의 여인은 미인이란 글자 그대로 곱고 아름다웠다. 조화되고 균형 있는 얼굴의 미와, 육체의 고움은 조선 팔도의 미인을 대표한다 해도 지나친 칭찬은 아닌 것이었다.

넓지 않은 이마 아래 이지에 빛나는 밝고 푸른 눈은 마치 능라도 푸른 섬을 휩싸서 감도는 대동강 흐르는 물굽이 같고, 얼굴 한복판에 백랍으로 빚어 놓은 듯 오똑이 솟구쳐 있는 코는 모란봉 봉우리가 흡사 넓은 들판 점점이 벌려진 작은 구릉 위에 아득히 솟구친 듯했으며 보조개진 볼과 귀며 아름다운 입술이 참하게 자리를 잡고 있었다.

여기다가 더 한 가락 남자의 풍정을 이끄는 것은 천하 절정인 청류벽 벼랑 아래 실실이 가지를 늘어뜨린 수양버들 같은 눈썹이었다. 이 눈썹 한 쌍이 가을 물 같은 눈매 위에 한 번 찡겨지고 한 번 펴질 때마다 남자들의 간장은 불붙고 녹는 듯 싶었다.

이리하여 평양은 조선 팔도의 색향이라 일렀다.

여염의 여자가 이쯤 하니 손님을 대접하고, 사신을 대접하고, 수령을 모시기 위하여 거문고와 노래를 배우고, 춤과 그림을 그릴 줄 아는 쏙쏙 뽑아 놓은 평양 관기들의 처절하도록 고운 맵시와 교양은 다시 더 말할 나위도 없었다.

이 중에서 다시 인물과 재예才藝가 뭇 닭 속에 봉황인 듯 평양에서 첫손을 꼽는 기생이 하나 있었다. 이름은 계월향桂月香이라 불렀다. 나이 스물둘, 기생의 나이로는 한참 무르녹게 핀 한 떨기 백합화였다.

한양에 난리가 나서 임금 이하로 대신입네, 재상입네, 대장들과 수령들이 별같이 평양으로 몰려드니, 아무리 난리 통이라 하나 평양의 기생방은 별안간 번쩍하고 떠들썩했다.

평양감사가 혼자서 호강할 때보다도 한양서 문무백관이 구름 모이듯 모여들고, 호호백발 늙은 재상을 위시하여 지평·장령·교리·옥당·한림·대교, 글 잘하고 풍채 좋은 젊은 학사며, 도원수·부원수·병사수·사방·어사·조방장·별장·비장 등 헌출하게 잘생긴 남철릭 구군복을 입은 늙고 젊은 호반인 한양 양반들을 뻔질나게 접대하게 되니, 아무리 평양이라 하나 시골은 역시 시골이었다. 기생들은 바쁘면서도 천상 선관들을 만난 듯 호기심에 끌리고 즐거웠다.

한양을 적병에 빼앗겨서 5백여 리 밖 평양으로 쫓겨 왔건만 대신 이하로 모든 젊은이들은 인간의 본능을 어찌할 수 없었다. 늙은이나 젊은이나 기생들만 바라보면 저절로 입이 헤벌쭉하고 벌어졌다. 더욱이 평생에 한 번 만나 보고 싶어 하던 평양 기생들의 요염한 자태를 대하니, 한양 양반들은 취한 듯 얼을 잃었다.

아직도 적병이 임진강을 건너지 않았을 때 그들은 잔치 자리에서 평양 기생들의 춤과 노래를 들었고, 은밀히 손을 뻗쳐서 밤이면 기생방으로 넘나들었다.

재빠른 평양 기생들이었다. 평양감사가 몇 해 만에 한 번씩

갈려서 운이 좋아야 팔자를 고치고 허리띠를 풀어놓았던 그들은 그렇게 '별당마마'가 되는 게 제일가는 소원이었다. 이것이 평양 여자들의 제각기 바라는 심정인데, 비록 난리는 났다 하지만 봉鳳 하나씩을 잔뜩 붙들어 놓으면 난리가 평정된 뒤엔 영감과 대감들의 마마님은 떼어 놓은 당상이었다.

평양 기생들은 모두들 제각기 마음에 드는 사나이를 향하여 추파를 던지기 시작했다.

이 때 한양서 내려온 장수 중에 조방장 김응서라는 젊은 호반이 있었다. 나이는 30여 세에 얼굴은 관옥 같고 풍채는 헌앙했다.

하루는 평양감사가 연광정 위에 한양서 온 문무백관을 위해서 간단한 술자리를 베풀었다. 이 때 계월향도 연광정 놀음에 불렸다. 계월향의 눈에 선뜻 비친 것이 조방장 김응서다.

자리에 즐비하게 둘러앉은 늙고 젊은 문무백관이 하도 많건만 계월향의 눈은 맨 끝에 끼여 앉은 젊은 장수 김응서에게로만 추파가 흘려진다. 젊고 잘생긴 탓이리라. 더욱이 조방장의 복색은 화려하고 찬란하다.

안올림 산수털(산짐승의 털) 전립에 공작 꼬리를 비껴 꽂고 밀화패영에 구군복을 차려 등채*를 짚고 호협하게 앉은 청년 장군의 모습은 마치 하늘의 젊은 신장神將이 하강한 듯하다. 여기다가 가끔가끔 미소를 풍겨서 동료들과 호협하게 이야기

* 등채 : 무장武裝할 때 쓰던 채찍.

하는 풍도는 확실히 앞날의 도원수감이 분명하다.

계월향은 자주 눈을 보냈으나, 무심한 젊은 장수 김응서는 아직도 계월향이 안중에 없다. 계월향이 술을 맡아 따르는 자리는 고삭부리* 문관들의 자리다.

잔치가 한참 어울려져서 술들이 거나하게 취하니, 처음에 점잔을 빼던 승지입네 교리입네 하는 양반들은 차차 본색을 드러내어 계월향의 다리를 꼬집고 뺨을 만지고 술내가 물씬물씬 나는 텁석부리 수염을 계월향의 얼굴에 비비면서 갖은 추태를 다 부리며 볶아 댄다.

한동안 참고 허튼 수작을 받아 가면서 대꾸를 하던 계월향이 슬며시 술 가지러 간다 핑계하고, 술병을 든 채 자리에서 일어나더니 연광정 난간을 끼고 돌아 맨 끝머리 말석 자리인 김응서의 배반상 앞으로 찾아든다.

다소곳 고개를 숙여 외씨 같은 흰 버선으로 치맛자락을 가볍게 걷어차면서 손님들의 등 뒤를 돌아 청년장군 김응서 옆에 살포시 무릎을 꿇어 반절을 하고 앉는다. 청년 장군 김응서의 코에 훈훈한 사향 내가 가볍게 스친다.

앞에 앉은 동료와 술을 나누던 김응서의 눈이 옆으로 들어오는 미인 계월향의 얼굴을 흘끗 바라본다. 밉지 않은 계월향의 모습이 아련히 취한 눈에 비쳐 보인다.

"약주 한 잔 올리겠사옵네다."

계월향의 나직한 목소리다.

* 고삭부리 : '음식을 많이 먹지 못하는 사람'을 놀리어 이르는 말.

호협한 청년은 싫지 않다.

"미인이 따라 주는 술이 쇠뿌러기* 호반인 내 차례까지 오는가?"

"천만의 말씀도 다 하시네. 늦어서 황송하옵네다."

계월향의 앵두 같은 입술이 방긋 웃음을 풍기며 백자 술병을 잔 위에 기울인다. 병 속에서는 노르께한 약주가 부드러운 여운을 지어 잔대 위에 퐁퐁 따라진다.

계월향은 두 손으로 잔을 받들어 청년 장군에게 올린다.

김응서의 눈이 계월향의 눈과 마주친다.

계월향의 눈이 가만히 열려진다.

"벽오동 심은 뜻은 봉황을 보려더니, 내 심은 탓인지 기다려도 아니 오고, 무심한 일편 명월이 빈 가지에……."

계월향이 부르는 청아한 맑은 노래는 흡사 소반 위로 구르는 구슬 소리다. 청년 장군은 계월향의 노랫소리를 듣자 어린 듯 취한다.

김응서는 초·중·종 노래가 끝나자 잔을 들어 술을 단숨에 마신다.

"밝은 달만 있는 것을 한하지 말고, 너는 벽오동이 되고 나는 봉황새가 되어 보면 어떠냐?"

"작히나 좋겠습네까."

"내 한 번 네 노래에 화답해 보랴?"

"참말이십네까?"

* 쇠뿌러기 : '대장장이'를 낮잡아 이르는 말.

"처음 보는 이 자리에 내가 실없는 사람이 되겠느냐?"

청년 장군은 한 번 웃고 노래를 뽑는다.

"가을밤 밝은 달에 반만 피인 연꽃인 듯, 동풍 세우에 조는 해당화인 듯, 아마도 절대화용絶代花容은 너뿐인가!"

청년 장군 김응서는 시조를 끝마치자 다시 한 번 계월향을 바라본다.

계월향의 눈에는 정이 담뿍 실려진다.

"노래로 너무 과찬을 해주시어 죄송스러웁습네다."

"내가 칭찬하는 것이 아니다. 원래 네 바탕이 곱다."

"제가 고웁다니요? 실없이 하시는 말씀이외다."

"아니다, 진정 곱다."

계월향의 눈이 더욱 가늘어지며 살포시 가슴츠레한 웃음이 흐른다.

"어떻게 윗자리에 있다가 여기 말석까지 찾아왔느냐?"

"나리 옆으로 오면 못 씁네까?"

"못 쓰는 게 아니라, 온 까닭을 물어보는 게다."

젊은 장군 김응서의 눈에 비치는 계월향은 더 한층 귀염성스럽다.

"나리가 뵈옵고 싶어 왔쇠다그래. 너무 놀리지 마시고 가만 술이나 드시와요. 무안해서 제 얼굴이 벌개집네다. 자, 약주나 한 잔 더 드시라우."

계월향은 이제는 수줍어도 아니 하고 대담하게 김응서 장군에게로 사랑의 화살을 쏘아붙이기 시작한다.

옆에 있던 젊은 무관들이 박장대소를 한다.

"안수해 접수화*라는데, 네가 나를 먼저 찾아왔으니 꽃이 벌과 나비를 찾아오고, 바다는 기러기가 그리워진 모양이구나."

김응서는 마음이 흥락해서 이렇게 한 마디를 던진다.

계월향은 잔에 가득 술을 부어 김응서 장군에게 올리면서 스스럼없이 대거리한다.

"꽃이 나비를 먼저 찾아오거나, 나비가 먼저 꽃을 찾아오거나 정분만 나면 마찬가지외다. 어떡하갔소. 선관 같으신 장군님의 꼬이심을 받아 한평생 팔자 한번 고쳐 봅세다그려."

계월향은 활발하고 시원스럽게 대답한다.

김응서는 계월향이 주는 술을 다시 받아 한숨에 쭉 들이켜 버린다.

"네가 나를 봉으로 알고 찾았나 보다마는 잘못 헛짚었다. 지위도 없고, 권력도 없고, 돈도 없는 쇠뿌러기 호반이다. 그래도 네가 나를 따를 테냐?"

"사람 나고 지위도 있고 권력도 있지, 처음부터 어머니 뱃속에서 돈 가지고 나왔갔소. 나리, 그런 소리는 하지도 마시라우."

"평양 기생은 생강 한 배를 다 집어삼킨다더라. 나 같은 한량은 생강도 없다마는 입었던 고의적삼까지 다 빼앗긴다면 난리 통에 그것도 곤란하구나."

"울강구타령에 나오는 전라도 생강 장수의 이야기를 하십네다그래. 사람 따라 다르지, 평양 기생이라고 다 그렇갔소?"

---

* 안수해雁隨海 접수화蝶隨花 : 기러기는 바다를 따르고 나비는 꽃을 따른다는 뜻.

그러니 한번 계월향이 애를 태워 보시라우."

계월향은 눈을 흘기는 듯 생긋이 웃음을 보낸다.

"네 집이 어디냐?"

김응서의 입술이 어느덧 계월향의 귀에까지 닿아 가만히 속삭인다.

"장별리란 동리외다."

"내 이따가 밤에 네 집으로 놀러 가도 좋으냐?"

"좋습네다."

"진정이냐?"

계월향은 대답 대신 고개를 가만히 끄덕인다.

"그러면 장별리 어디쯤 되느냐?"

"나리가 꼭 오신다면 저녁 식사를 마련하고 장맞이를 내보내겠습네다."

"저녁밥까지 주려느냐?"

"약주를 많이 잡숫지 마십시오. 저는 조금 있다가 병탈하고 일찍 집으로 가겠습네다. 술시쯤 해서 장별리 큰 다리 앞에 등불 든 계집애가 서 있을 테니, 물어보시고 따라오시라우."

"따라오시라우" 하는 계월향의 정에 넘친 말소리의 여운은 청년 장군 김응서의 귀에 아련히 구슬을 굴리는 듯 좀처럼 사라지지 않는다.

계월향은 이렇게 속삭인 뒤에 슬며시 김응서의 곁을 떠나 윗자리로 사라진다.

이날 연광정 놀이가 파하고 으스름 황혼이 지나 밤이 찾아

들자 청년 장군 김응서는 평복으로 바꾸어 입고 장별리 다리 앞을 거닌다.

어느덧 술시가 되었는지 개천 건너편에서 열대여섯 살 된 계집애 하나가 조그마한 사방등을 들고 다리를 건너오다가, 더 갈 생각을 하지 않고 멈추더니 돌난간 앞에 기대서서 사면팔방을 두리번두리번 둘러본다.

김응서는 등불 든 계집애의 모습을 발견하자 공연히 가슴이 두근두근 방망이질 친다. 아직껏 한번도 기생방을 찾아가 본 일이 없기 때문이다.

등불 든 계집애는 이 편을 바라보자, 비로소 김응서가 지나가는 사람이 아니요, 누구를 기다리는 듯한 눈치를 채고 대담하게 선뜻 김 장군의 앞으로 나서 가만히 묻는다.

"죄송합네다. 혹시 김 장군님 아니십네까?"

김응서는 대답 대신 고개를 끄덕여서 그렇다는 뜻을 표한다.

"아즈마니께서 지금 기다리고 계십네다."

하고 계집애는 김응서의 얼굴을 쳐다보며 따라오기를 재촉한다.

"너의 아주머니가 계월향이냐?"

김 장군은 목소리를 떨어뜨려 물어본다.

"그렇습네다."

계집에는 고개를 끄덕거려 대답하고 등불을 들어 앞을 선다. 길고 짧은 두 등불에 비친 그림자가 땅 위에 소리 없이 움직인다.

"여기서 집이 머냐?"

"다 왔습네다."

말이 채 떨어지기 전에 계집애의 발길은 골목 안을 향해 들어서고, 청년 장군 김응서의 눈에는 조그맣고 아담한 집 한 채가 불빛에 은은히 비친다.

"어느 집이냐?"

"바로 이 집입네다."

계집애가 손을 들어 가리키는데 별안간 대문의 빗장 빼는 소리가 들리더니 문이 삐걱 열리고는 어둠 속에서 미인 한 사람이 나타난다.

"아주마니!"

계집애는 어둠 속에서 미인을 보자 반갑게 외친다.

"오, 향란이간!"

하는 부드러운 목소리가 떨어진다. 그러고는,

"오시느냐?"

하고 뒤미처 묻는 소리가 들린다. 확실한 계월향의 목소리다.

"오십네다."

계집애는 등불을 들고 쪼르르 계월향의 앞으로 달음질친다. 미인은 얼른 등불을 계집애한테 받아들고 골목 안으로 걸어서 김응서를 맞아들인다.

"대인난待人難이라더니, 무엇보다 님 기다리기가 진정으로 어렵습네다. 어서 들어오시라우."

계월향은 김응서의 소매를 지그시 이끈다.

사방등 위에 비쳐지는 계월향의 태깔은 환영처럼 처염하게 곱다.

김응서는 계월향의 손을 덥석 잡는다. 부드러운 촉감이 온 몸에 유열을 일으킨다.

"나 같은 사람을 네가 그토록 기다렸느냐?"

"참다못해 빗장 빼고 골목까지 장맞이를 나오는 판이외다."

"진정으로 고맙구나."

"고맙단 말씀하지 마시우. 어떡하겠소, 한평생을 의지하올 내 님이신데……."

계월향과 김응서는 어깨를 나란히 하여 서로의 손을 잡은 채 대문 안으로 들어선다.

대청 안에는 화문석이 깔려 있고, 백동 촛대에 촛불 빛이 은은한데, 자리 위에는 계월향이 타던 거문고가 운치 있게 가로 놓여 있다.

김응서는 흥을 못 이겨 손으로 거문고 줄을 어루만진다. 청아한 거문고 줄 우는 음향이 "스르렁" 소리를 내면서 들보 위로 흘러 떠돈다.

"시장하실 텐데 잠깐만 앉아 계시라우."

계월향은 김응서의 의관을 벗겨서 횃대에 건 뒤에 부리나케 부엌을 향하여 신을 끌고 내려선다.

"시장치 않아. 급히 서두를 것 없네."

김응서는 고맙고 대견해서 이제 말 대우가 소실을 부르듯 하는 말투로 변한다.

"저녁 진지 잡수실 때가 겨웠습네다."

"아니, 연광정 놀이에서 많이 먹어 시장치 않으이."

"나리도 참, 별소리 다 하시네. 별안간 말 공대는 왜 하십네까?"

"자네가 날 보고 임이라 하니 나도 처가에 온 것 같아 내 마음이 포근하이. 하게 소리 안 하고 배기겠나?"

계월향도 김 장군이 하게 하는 소리를 들으니 마음이 거뜬하고 좋다.

이윽고 계월향은 아담한 밥상을 향란이한테 받들려 들어오고, 계월향 자신은 조그마한 연꽃잎 상에 술병과 술을 받쳐 들어온다.

"반주까지 주려는가?"

"많이 잡숫지는 마시고 서너 잔만 드시라우."

계월향은 남색 스란치마를 헤치고 무릎을 꿇은 뒤에 병에서 술을 퐁퐁 따라 한 잔을 부어 올린다.

"자네, 저녁밥은 어찌했나? 나하고 같이 먹세."

"먼저 먹었습네다."

"그런 법이 어디 있나. 사람을 청해 놓고 자네 혼자 먹으니 말이 되는가? 그렇다면 술이나 한 잔 드시게. 오늘 우리 둘이 초례를 치르는 날이니 합환주나 한 잔 하세."

김응서는 술 한 잔을 마신 뒤에 계월향이 따르다가 놓은 병을 들어 잔에 가득 술을 따른다.

"술을 마실 줄 모르옵네다."

"아따, 첫날밤 합환 술이니 사양 말고 자시게나."

"정 못 먹겠습네다."

계월향은 배시시 웃으며 대답한다.

"합환주가 싫다면 장래 의가 좋지 못하다네."

"정 그렇다면 나리께서 마시다가 주시와요."

김응서는 술잔을 들어 한 모금 마신 뒤에 계월향의 입에다 대어 준다.

계월향은 사양치 못해 고개를 숙여 김응서가 들고 있는 잔의 술을 한 모금 마셔 본다. 비취옥 푸른 비녀를 꽂은, 계월향의 칠한 것보다 검은 윤기 도는 머리털에서 향긋한 훈향이 김응서의 코를 스친다.

계월향은 이내 한 모금을 마시다가 입을 찡긋하고 방긋이 웃음을 눈에 풍기며 김응서를 바라본다.

"나리, 인제 더 못 마시갔소."

"합환줄세, 어서 마시게."

"아무리 합환주라 해도 이제는 정 못 먹갔습네다."

계월향은 아미를 찡그리고 깔깔거려 웃는다.

"첫날밤 합환주 먹으며 웃으면 첫딸을 낳는다네."

"첫아들 못 낳고 딸을 낳는대도 웃음이 나오는 것을 어드렇게 하갔소."

계월향은 마침내 나머지 술을 마저 받아 마신다.

밥상을 물린 뒤에 김응서는 계월향의 노래와 거문고 타는 소리를 듣는다.

"그리던 임 맞는 날 밤에 저 닭아, 부디 우지 마라. 네 소리 없다 해도 날 샐 줄 뉘 모르리, 밤중만 네 울음소리 가슴 답답하여라."

청년 장군 김응서도 마음이 호탕하다.

"네 부모 너 생겨날 제 나만 사랑하게 만들어 냈구나."

청년 장군 김응서와 평양 기생 계월향의 사랑은 밤이 늦는 줄도 모르고 이렇게 끝없이 깊어갔다.

* * *

평양 기생 계월향과 청년 김응서의 사랑은 연광정 놀음을 기회로 하여 바다처럼 깊어 가고 청산처럼 첩첩했다. 두 사람의 깊은 은정은 때가 가고 세월이 더할수록 끊으려야 끊어질 수가 없게 되어 버렸다.

김응서는 계월향의 집에서 숙식을 하고, 계월향은 병탈을 한 채 놀음에 나가지 아니 했다. 완연히 새로운 살림을 차린 신랑과 신부가 희망과 애무와 타오르는 정열에 온몸의 영혼을 기울이는 신혼 부부였다.

김응서가 혹시 공사 일로 밤늦도록 돌아오지 아니 하면, 계월향은 얼을 잃어 저녁밥도 먹지 않고 문에 의지하여 기다리고 있었다. 기다려도 기다려도 얼른 돌아오지 않는 날은 한 걸음이라도 빨리 소식을 알려 하여 향란이를 다리 앞 길목까지 내보내서 장군이 오고 안 오는 것을 먼저 알아보아 기별토록 했다.

김응서는 인생의 극치이며 향락인 사랑을 인제 비로소 처음 느껴 보았다. 남녀의 사랑이 이토록 재미나는 줄을 아직껏 몰랐던 것이다.

부모가 어릴 때 정해 준 내외 이외의 다른 여자를 사랑해 보기란 처음이었다. 게다가 사랑의 대상인 계월향이 먼저 굴복해 들어오게 되니, 김응서는 승리의 기쁨으로써 더 한층 행복과 유열을 느꼈다.

쇠라도 녹아 흐를 듯한 뜨거운 애욕의 도가니 속에 육신과 영혼이 녹아 흘러 계월향과 김응서는 헤어날 줄을 모르고 있을 때, 두 사람의 남녀에게는 뜻밖에도 커다란 공포와 불안이 엄습해 왔다.

왜병이 임진강을 건너서 송도까지 쳐들어왔다는 변보가 들려온 것이다. 정보는 시시각각으로 위태로운 소식뿐이었다. 왜적의 큰 부대는 두 패로 나뉘어 한 패는 함경도로 밀어 올라가고, 또 하나의 큰 병력은 중화를 밀고 올라와서 평양까지 박두하리라는 것이었다.

들려오는 정보는 점점 더 불리해졌다. 마침내 적병이 대동강까지 당도했다는 소식이 들려왔다.

평양을 죽음으로써 사수한다던 임금은 어느 틈에 평양을 버린 채 의주를 향해 달아나고, 평양성은 윤두수 · 김명원 이하 모든 장수가 지키고 있을 뿐이었다.

김응서도 이 틈에 끼여서 임금을 따라가지 않고 평양에 있었다.

평양성 안은 박작박작 물 끓듯 했다. 백성들은 피란 보따리를 머리에 이고, 등에 어린애를 업은 채 울며불며 수심에 싸여 산지 사방으로 흩어졌다.

날마다 계월향과 꿀 같은 사랑을 속삭이던 김응서는 적병이 대동강까지 육박해 들어오게 되니, 날마다 계월향의 집으로 돌아오던 것이 겨우 이틀에 한 번, 사흘에 한 번씩 잠깐 잠간 들르게 되었다.

 계월향의 이웃집들은 텅텅 빈 집이 되어 버렸다. 아침에 사람이 있던 집이 낮 동안에 빈 집이 되어 버렸다. 낮까지도 번연히 사람이 있었는데 저녁때는 벌써 사람의 그림자가 없었다.

 며칠 전부터 집집마다 기르던 개는 모조리 백정의 손으로 넘어가서 동리마다 개장국들을 끓여 먹어 없어졌다. 개장국 끓이는 누린내가 평양성 안에 가득했다.

 계월향도 불안 공포 속에 아니 빠질 수가 없었다. 자기 한 몸의 처사라면 아무런 거리낄 것도 없었을 것이다. 벌써 모든 피란민들과 함께 보따리를 싸들고 향란이와 함께 피란길에 올랐을 것이다. 그러나 사랑에 대한 처리를 어떻게 하면 좋을 것인가 하고 계월향은 생각해 보았다.

 김 장군이 평양성 안에 있는 한 계월향은 평양을 떠나기는 싫었다. 온 평양 백성들 남녀노소가 모두 다 피란을 나가더라도 계월향은 결단코 김 장군과 떨어져서 먼저 가지 않으리라 결정해 버렸다.

 계월향의 사랑은 이토록 뜨거웠다. 이토록 불붙었다. 사랑은 죽음을 초월해서 뜨겁게 달궈진 거친 파도를 퍼런 허공 위에 뿜었다. 사랑하는 사람에 대한 사랑은 위난과 죽음을 극복하면서 이토록 태양처럼 위대했다.

기다리고, 또 기다리지만

　평양성이 왜병의 손에 떨어지기 전전날 밤, 아군의 병정들이 대동강을 건너 야습을 시작하기 직전의 일이었다. 조방장 김응서는 연일 군무에 피곤해서 충혈이 된 붉은 눈으로 장별리 계월향의 집을 찾는다.
　계월향은 이틀 만에 만나 보는 김응서건만 몇 달 만에 만나 보는 애인 같다.
　"어떻게 영문에서 용하게스리 몸을 빼쳐 나오셨습네다."
　계월향은 신을 거꾸로 끌어 반갑게 김응서를 맞아들이다가 흘긋 김응서의 충혈된 눈을 발견한다.
　"원 쯧쯧, 이런 변 보아. 밤잠을 하도 못 주무셔서 안질까지 나셨쇠다그려."
　"안질은 아냐, 좀 피로해서 충혈이 된 모양이야. 하룻밤 잘 자면 풀리겠는데……."
　"소금물을 조금 눈에 넣어 보시갔소?"
　"관계치 않아. 곧 나가 보아야지."
　"방금 또 나가시갔소?"
　"새벽에 야습을 시작할 테니까 곧 나가 봐야지."

"고만두시라우, 하룻밤만."

"새벽에 아군이 왜적을 습격할 계획인데, 조방장이 아니 나가면 싸움은 결딴이 나라고."

김응서는 빙긋 웃으며 대답한다.

계월향은 만류할 수 없다.

"그럼 내 빨리 진지를 지어서 바칠 테니 잠깐 누워 계시라우."

계월향은 향란을 시켜서 밥솥에 불을 사르게 하고 손수 찬을 만드느라고 부엌으로 들락날락한다.

"원 모두들 가게문을 닫고 피란들을 가놔서 꾸미* 양념 하나 살 수가 없쇠다."

"오면서 보니깐 이 동리도 모두 다 피란 가고 빈 집 뿐일세 그려."

김응서는 목침을 높직이 베고 마루 끝에 누워서 계월향을 바라보며 대거리한다.

"사람들이라고는 씨도 받을 수 없이 모두 없쇠다. 나리, 참 이거 어떡하면 좋갔소?"

"자네도 향란이와 피란 갈 일을 궁리해 보게나."

"일이 급하게 되어 가는 것 같습네까?"

"새벽 싸움을 치러 보아야 대세를 짐작하게 되겠네."

계월향은 밥상을 받들고 청 위에 올라온다.

"난리 통이라 잡수실 찬이 아무것도 없쇠다마는 시장하실 텐데 어서 드시라우."

* 꾸미 : 찌개나 국에 넣는 고기붙이.

"도섭*스런 소리하지 말게. 인제는 더운 잡곡밥을 얻어먹기도 용이치 아니 하리. 호강의 소리 작작 하고 그 대신 반주나 한 잔 주게나."

"눈이 붉으신데 반주가 무엡네까? 고만 두시라우."

"안질이 아니니까 관계치 않으이. 속이 답답해서 한 잔 마셔야만 하겠네."

계월향은 감히 거역하기 어렵다. 진달래 꽃빛보다 더 짙은 감홍로를 따라 김응서한테 올린다.

"자네 뺨빛보다도 더 고우이그려."

"난리 통에도 그런 염치없는 희롱의 말씀을 하시우?"

계월향은 김응서를 향하여 웃음 어린 눈을 흘긴다.

밥상이 물려진 뒤에 계월향은 오래간만에 김응서가 먹던 상을 돌려놓고 일부러 먹다 남은 대궁밥을 먹는다. 계월향은 부리나케 상을 물려서 향란이더러 설거지를 하라 이르고, 밥 먹은 손을 씻은 뒤에 소금물을 사기 그릇에 풀어 김응서의 충혈된 눈을 부드러운 손으로 씻어 준다.

"어, 시원하다!"

김응서도 역시 계월향의 곁을 떠나기가 싫다.

"나리, 적병이 만일 평양성으로 쳐들어온다면 나리는 어떻게 하시갔소?"

"이따 새벽에 대동강으로 건너가서 다행히 적병을 이기면 평양성은 며칠을 더 유지할 것이고, 만일 불행해서 패하게 된

* 도섭 : 주책 없이 수선스럽게 변덕을 부리는 짓.

다면 평양성은 부지하지 못할 걸세. 오늘 새벽에 싸우다가 죽으면 다시는 자네 얼굴을 못 만나 볼 것이고, 만일 목숨이 살아 있다면 임금이 계신 의주로 따라가야 할 판일세."

"나리, 저는 어찌하면 좋갔소?"

"아까도 말했지만 어서 향란이를 데리고 평양성을 벗어나서 피란을 가는 것이 좋겠네."

"참말씀이외까?"

계월향은 야속하다는 듯이 김응서의 얼굴을 뚫어지도록 들여다본다. 청년 장군 김응서도 대견하도록 귀여운 계월향을 마주 바라보면서 은근히 대답한다.

"참말 아니면, 그럼 당치 않은 소리란 말인가? 온 평양성 안의 남녀노소가 함빡 피란을 가는데, 자네만 혼자 남아 있으니 참 딱한 노릇이 아닌가. 장차 어찌하자는 셈인가?"

"나리가 평양을 떠나시지 않는 한은 내레 안 떠나갔소."

"내가 앞의 일을 잘 알아서 태평으로 이러고 있는 게 아닐세. 나는 나라의 장수니까 적병과 싸우고 성을 지키는 무거운 책임이 있어서 못 떠나는 것일세. 공연히 텅 빈 동리에 어린 향란이만 데리고 있다가 일이 급해서 몸을 빼치지 못한다면 어찌할 텐가?"

"영변 형님네에 오마니가 계시고, 선천에 동생이 하나 살디 오마는 나는 차마 나리를 이곳에 두고 내 한 목숨 구하러 먼저 나가기는 싫쇠다."

계월향은 호수 같은 눈을 내리깔아 하얀 앞니로 붉은 입술을 꼭 누르며 대답한다.

"영변에 어머니가 계시고, 선천에 동생이 있다면 피란 갈 곳으로는 아주 안성맞춤일세그려. 아무 걱정도 없네. 지금이라도 곧 당장 입을 의복가지와 가벼운 패물을 싸 가지고 향란이를 데리고 곧장 길을 떠날 차비를 차리게. 앞으로 나도 사불여의事不如意하면 상감이 계신 의주로 갈는지 모르니, 영변과 선천은 의주로 가는 역로라, 자네가 어머니한테 있다면 영변서 만날 것이고, 아우한테 있다면 선천서 만나 볼 테니 영변 어머니 집과 선천 아우 집을 찾을 노정기路程記나 적어 주게."

계월향은 머리를 다소곳이 숙인 채 이내 고개를 가로 저어 흔든다.

"그만한 생각은 나도 했더랬쉬다. 영변 오마니한테나 선천 아우에게로 가면 설마 푸대접하갔소마는, 내레 지금 나리 옆을 떠나기 싫은 걸 어찌하갔소."

"답답한 생각일세그려. 자네가 내 곁을 떠나기 싫다니 자네가 남복을 하고 칼을 차고 활을 메고 나와 함께 전쟁에 나갈 텐가? 웬 소린지 모르겠네. 어서 그러지 말고 이 밤 안으로 평양을 떠나게나. 사실인즉 내가 아까 집으로 올 때 자네가 여태껏 피란을 아니 가고 남아 있으리라고는 생각도 하지 않고 왔던 길일세. 온 성 안 남녀노소가 거의 다 나갔으니 자네도 필시 나를 기다리다가 나갔으려니 하고 그저 궁금증이 나서 영문에서 부리나케 나왔던 길일세."

계월향은 김응서의 목소리를 듣자 숙였던 고개를 천천히 들어 김응서를 바라본다.

타는 듯한 사랑의 정열이 엉키고 서린 계월향의 추파는 원망하는 듯, 사모하는 듯, 눈물이 어린 듯, 살기가 감도는 듯, 새치름하게 젊은 김응서를 흘겨본다.

"열 길 물 속은 들여다보여도 한 길 사람의 속은 모른다더니, 나리가 아직도 내 속을 모르십네다그려. 나는 칼을 찬 여장군이 아니라도 나리를 사지에 두고 나 혼자 떠나지는 못하갔소."

계월향은 드디어 격정이 폭발되어 눈물이 비 오듯 쏟아진다. 김응서는 향란이가 부엌에 있는 것도 잊어버린 채 그대로 덥석 계월향을 껴안는다.

불꾸러미 속에 일어나는 회오리바람 같은 격한 정열이 사랑하는 두 남녀의 육체를 강하게 휩싸 안는다. 넓고 큰 도가니 속에 용솟음쳐 끓는 열기 속에 계월향과 김응서의 영혼과 육체는 용솟음쳐 뛰다가 마침내 커다란 사랑의 도가니 밖으로 넘쳐흐른다.

길고 긴 포옹 속에 숨이 막히도록 침묵이 흐른다.

부엌에서 향란이가 서름질(설거지)을 다 했는지 덜그렁 하고 양푼에 주발과 그릇을 씻어 엎는 소리가 나면서, 부엌문이 삐걱 열리며 문 밖으로 한 발을 내놓는 발자취 소리가 들린다.

계월향과 김응서는 제각기 강렬하게 감았던 팔과 손을 허리와 어깨에서 풀어놓는다. 향란이가 양푼에 놋반상을 담아 들고 대청을 거쳐서 다락 위로 올라선다.

계월향과 김응서는 향란이한테 서로 껴안고 있던 꼴을 들킨 것이 약간 무안했으나 어찌하는 수가 없었다. 시치미를 뚝 떼고 다시 이야기를 계속한다.

"자네가 나 때문에 정 피란을 못 나가겠다면 내가 이따 새벽 야습을 한 뒤에 다시 자네를 보러 오는 수밖에 없네. 그러나 방정맞은 소리지만 만일 이따 자정 때 왜적을 무찌르러 야습을 나갔다가, 혹시 내가 불행해서 전장에서 죽었다고 하거든 자네가 내 시체를 거둬서 대동강 모래 틈에 묻어 줘야 하네."

"못할 말씀 없이 인제는 입에서 나오시는 대로 다 하십네다그려. 사위스럽쇠다. 아예 그런 말씀 고만 두시라우."

계월향의 맑은 눈에 안개가 서린다. 서리던 안개는 이내 눈물로 변하여 글썽글썽하다가 똑똑 방울이 져서 애끓는 구슬픈 비가 되어 하염없이 안주항라 깨끼적삼을 적신다.

이 때 향란이가 다락에다 양푼과 반상들을 올려놓고 다시 부엌으로 내려간다.

"진지 반상은 그렇게 깊이 간수해서 뭘 하누. 이따 어떨는지, 내일 어떨는지 모르는 이 판국에……."

계월향은 만사가 처량하다. 모처럼 이루어진 꿀 같은 사랑의 보금자리가 왜란으로 해서 이렇게 쉽사리 삽시간에 깨어져 버릴 줄은 꿈에도 생각지 못했던 바다. 왜병들이 쳐들어왔다 하나, 임진강쯤서는 넉넉히 막아 내리라 생각했던 것이다.

김응서도 계월향이 향란 보고 혼잣말하는 것을 들으니, 사나이 마음이건만 가슴이 짠하다.

"내가 공연한 소리를 해서 쓸데없이 자네 마음을 흔들어 놓았네. 설마 하니 내가 왜병의 손에야 죽겠나! 과히 상심하지 말게나."

"여인네 마음이란 아무리 꿋꿋하다 해도 요사스런 약한 생각이 납네다그래. 아무리 무식한 관상쟁이가 나리의 상을 본다 해도, 나리 보고 왜적의 손에 패하실 상이라고는 말하지 못할 것입네다. 자, 그만두고 조금 편히 누우시라우. 몇 시각에 영문으로 나가심 되갔소?"

"자정 때까지 도원수가 부벽루로 모이라 했으니 해시 말까지는 나가 보아야지."

"해시 말이면 아직도 멀었쇠다. 소금물로 눈 한 번 더 씻으시고 편히 좀 누우시그래."

계월향은 다시 소금물을 받들어 들고 올라와 김 장군의 눈을 씻어 준 뒤에 금침을 방 안에 펴놓고 김 장군을 편히 쉬게 했다.

연일 군무에 고단한 김응서는 계월향의 부드러운 애무 속에 혼곤히 잠이 든다.

"나리, 일어나시그래. 해시 말이외다."

김응서는 벌떡 자리에서 일어난다.

"더 주무시게 했으면 좋겠디만 막중한 국가 흥망이 달린 일이나 어떡하갔소. 고단해하시는 모습을 뵈니 간장이 녹을 듯하외다. 야습을 하시어 왜적을 몰살시키신 뒤엔 며칠 동안 푸욱 편안히 쉬시라우."

김응서는 아무런 대답이 없이 부리나케 구군복을 정제하고 등채를 짚고 일어나서 발길을 방문 밖으로 내디디다가 이내 몸을 돌이켜 급히 계월향을 껴안는다.

사랑하는 젊은 남녀는 참혹한 죽음과 고난의 길인 전쟁을 당하여 이렇듯 헤어지기 싫었던 것이다. 오랜 포옹 뒤에 사랑하는 애인들은 마침내 아니 떨어질 수 없다.

"야습을 이기신 뒤에 꼭 기별해 주시라우."

"오지 말래도 안 올 수 있나. 먼저 피란을 가래도 고집을 부려서 남의 애만 태우니."

"일이 뜻대로 되지 않으면 말 뒤에 나를 태워 가시라우."

계월향은 사방등에 불을 켜들고 멀리 동구 밖까지 나가서 김 장군을 작별한다.

자정이 가까운 사람 없는 장별리 돌다리 앞에는 떨어지기 싫은 계월향과 김응서의 사랑에 타오르는 강렬한 포옹이 더 한 번 길고도 오랬다.

대동강 건너편 언덕 가에선 왜적의 보초들이 쏘는 조총 소리가 위기 일발인 평양성의 적막한 공기를 깨뜨린다.

계월향은 애인 김응서를 이별한 뒤에 한 손에 등불을 들고, 한 손으로는 남치마를 휘어잡고, 사뿐사뿐 걸음을 옮겨서 돌다리로 다시 건너간다. 6월 보름 달빛이 운무 속에 싸여서 으스름 몽롱한 채 하늘 반 허공에 소리 없이 떠 있다.

계월향은 겨우 돌다리를 넘어서자, 또다시 발길을 돌이켜 금방 이별한 청년 장군 김응서의 우적우적 걸어가는 뒷모습을 바라본다.

저 편에서도 계월향을 차마 못 잊음인지 흘끗 고개를 돌이킨다. 계월향은 손에 든 사방등을 번쩍 들어서 사랑하는 사람을 향하여 흔들흔들 흔들어 본다.

저 편에서도 계월향의 흔드는 등불을 바라보자 등채를 높직이 들어 떨어지기 싫은 연연한 상사의 애타는 시름을 표시한다.

계월향은 이내 우두커니 건너편 다리 돌머리에 의지해 서서 더 한 번 강하게 등불을 흔들어 본다. 강렬하게 등불이 흔들려지는 바람에 촛불이 탁 꺼져 버린다. 으스름 달빛 아래 사랑하는 사람을 전쟁터로 보내면서 눈물을 머금어 초연히 서 있는 계월향의 모습은 한 폭 애끓는 달 아래 미인도다.

멀리서 꺼지는 등불을 보자 다시 더 한 번 등채를 높직이 들어 휘두르던 김응서의 모습은 이내 젖빛 같은 달빛이 흐르는 숲 속으로 스러진다. 만뢰가 고요한 으스름 달빛 속에 아직도 개가 남아 있는지 개 짖는 소리가 멀리서 들려온다.

아군의 야습이 장차 있을 것을 전혀 모르고 있는 대동강 건너편 왜적의 진터에서는 가끔 적의 보초가 쏘는 총소리가 "팽팽" 하면서 개 짖는 소리에 화답하는 듯하다.

인제는 애인의 그림자조차 찾아볼 길이 없다. 계월향은 별안간 홋홋한 외로움과 공포 속에 휩싸인다. 좌우 옆집은 모두 다 텅텅 빈 집들이다.

계월향은 이내 걸음을 총총히 걸어서 거죽으로 고리를 건 대문을 삐걱 열고 문 안으로 들어선다. 대청 안에는 마치 김응서가 앉아 있는 듯, 젊은 장군의 환상이 계월향의 머리에 떠오른다.

향란이가 대문 열리는 소리에 고단하게 자다 깨었는지 눈을 비비며,

"아주마니?"

하고 아랫방에서 뛰어나온다.

"향란이간? 고단할 텐데 어서 들어가 더 자거라."

"아자씨 가셨습네까?"

"왜놈들을 무찌르러 방금 나가셨다."

"오마니나! 무서워라. 저기 왜병의 총소리가 들립네다. 무서워서 어떡하갔소?"

"내레 근심하면 무얼 하난, 잠이나 더 자려마."

계월향은 향란이를 방으로 쫓아 들여보낸 뒤에 대청 안에 오르려 하니, 오를 생각이 없다. 으스름 달빛은 마당 가에도 비친다. 계월향은 이내 툇마루 가에 걸터앉아서 앞일을 곰곰이 생각해 본다.

* * *

평양은 텅 비었다. 임금도 달아나고 백성도 달아났다. 죽어서 평양성을 사수하자던 소리도 모두가 허튼 맹세였다. 자기는 무엇 때문에 이 빈 성에 혼자 남아 있는가! 다만 애인, 사랑하는 김응서가 몇 천 명 안 되는 우리 군과 함께 이 성을 지키고 있는 때문이다.

사랑하는 사람 김응서는 나라 땅을 지키기 위하여, 이 빈 성에 머물러 있거니와 계월향 자신은 사랑을 지키기 위하여 이 사람 없는 평양성에 홀로 남아 있는 것이다.

"남자는 목숨을 바쳐서 나라를 지키고, 여인은 생명을 내걸어 사랑을 간직한다!"

계월향의 입에서는 홀연히 혼잣말로 이런 소리가 떨어진다.
계월향은 혼잣소리를 해놓고 시 같다고 생각하면서 방긋이 입가에 미소를 띤다.
'내레 미쳤디, 미쳤어!'
계월향은 스스로 미쳤다고도 생각해 본다.
'그러나 죽어도 임의 곁을 떠나기가 싫은 것을 어떡하나!'
이렇게 스스로 묻고 스스로 대답도 해본다.
애정이란 참으로 이다지도 강렬하고 뜨겁고 지고至高하고 지상至上한 것임을, 계월향은 비로소 느낀다.
"연광정 놀이에서 김 장군만 안 만났더라문 내레 벌써 노리개와 금가락지, 은가락지들을 싸 가지고 영변 오마니한테로 갔더랬겠다……."
계월향은 또다시 혼자 이렇게 중얼거린다.
'난리 통이 되니 오마니도 보고 싶고, 동생네도 보고 싶다.'
계월향은 이런 생각도 해본다.
'오마니는 이제는 꽤 늙으셨으렷다.'
불현듯 어머니의 생각이 간절해진다.
"여인네는 친정 부모보다 사랑하는 사내가 더 좋은가 보다."
계월향은 이렇게 입 안의 말을 하고 싱그레 웃어 본다.
"그러게 예로부터 출가외인이니, 여필종부니 하는 말이 있지 않나."
이렇게 혼자 소리로 지껄이고 있던 계월향의 머리에 훌쩍 김응서의 모습이 별안간 떠오른다.
"나리는 지금쯤 우리 군을 휘동해 거느리고 대동강을 건너

가렸다!"

 계월향의 눈앞엔 구군복에 동개를 메고 활을 당기며 뱃머리에서 호통을 치면서 우리 군을 지휘하는 김응서의 씩씩한 모습이 선하게 비친다.

 '그저 이 싸움을 이겨 주소서!'

 계월향은 가만히 마음속으로 축원을 보낸다.

 눈을 감아 암축을 보내던 계월향은 무슨 생각이 났는지 자리에서 벌떡 일어나서 우물가로 내려가더니, 두레박 줄을 늘이어 우물물을 긷는다. 은빛 같은 달이 물바가지 위에 방그레 비친다.

 계월향은 물을 펑펑 퍼서 대야에 가득히 담근 뒤에 깨끼적삼을 훌떡 벗고 목물을 하기 시작했다. 풍염한 계월향의 반나체가 달빛 아래 더 한층 고왔다.

 계월향은 물을 몸에 끼얹은 뒤에 곱게 갈아 놓은 팥비누로 눈빛같이 흰 팔과 젖가슴의 언저리를 정결하게 씻었다.

 계월향은 밤이라도 혹시 누가 보는 듯싶었다. 수건으로 반나체를 가린 뒤에 또다시 발을 씻고, 얼굴을 씻고, 양치질을 깨끗이 했다.

 계월향은 방으로 들어가자 장문을 열고 소복으로 새 옷을 한 벌 꺼내서 아래 위 속옷까지 깨끗이 갈아입은 뒤에, 다시 우물에 내려가 옥수를 길었다. 다락에 올라 백자 사발을 꺼내서 깨끗하게 씻은 뒤에 옥수를 담아서 소반 위에 올려놓고 천지신명에게 북향사배를 드렸다.

 "대동강 왜적을 이기도록 해주소서. 김응서 조방장이 왜병들을 몰살시키도록 해주소서. 평양성이 무사하도록 해주소서."

계월향은 가만히 이렇게 축원을 올렸다.

축원을 올리고 또다시 절을 했다. 절을 드리고 또다시 축원을 했다.

"그저 김응서 조방장이 무사하도록 해주소서. 김응서 조방장이 큰 공을 세우도록 해주소서. 평양성이 적군의 손으로 돌아가지 않도록 해주소서."

계월향은 완전히 무아경에 들었다. 자꾸자꾸 절을 하고 축원을 올렸다. 축원을 하곤 절을 올렸다.

"평양성이 무사하도록 해주소서. 김응서가 큰 공을 세우도록 해주소서. 계월향과 김응서의 사랑이 오래도록 해주소서."

달빛 아래 깨끗한 소복을 입고 한 조각 얼음 같은 마음을 간직하고 사랑을 위하여, 평양성을 위하여, 나라를 위하여 천지신명께 달 아래 기도를 올리는 계월향은 한낱 기생이 아니라, 거룩한 백의선녀였다.

계월향은 달이 서산으로 질 때까지 쉬지 않고 빌었다. 멀리 평양성 밖 왜병의 진터에서는 또다시 왜적의 총소리가 들리기 시작했다.

어느덧 자시가 넘었는지 멀리서 홰를 치는 닭의 울음소리가 들렸다. 모두들 피란 가는 통에 닭들을 잡아먹어서 닭 울음소리조차 흔치 않았다.

계월향은 닭 울음소리를 듣자 대동강 편을 향하여 가만히 귀를 기울여 보았다. 아까 김응서한테 자정 때 우리 조선군이 부벽루에 모여서 대동강을 건너 적의 진을 야습한다는 소리를 들었기 때문이었다.

 계월향은 아무리 귀를 기울이나 별달리 다른 소란한 소리도 들리지 않았다. 조선군들이 극히 비밀한 행동을 하는 까닭에, 조용하게 대동강을 건너느라고 군사들의 들레는* 소음조차 없나 보다 생각하고, 손에 땀을 쥐어 사방의 동정만 살펴보고 앉아 있을 뿐이었다.

 시각은 1각, 2각 옮겨갔다. 여전히 고요한 밤이었다. 계월향은 인제는 가만히 앉아 있을 수가 없었다. 벌떡 자리에 일어나서 대청 안으로 서성거려 보았다. 여전히 고요한 밤이었다. 마당에 깔린 달빛만이 그림자를 어느 틈에 옮겨놓았다.

 계월향은 조바심이 되었다. 김응서의 말에 의지하면, 이번 한 싸움이 평양성의 운명을 최후로 결정한다는 것이었다. 만일 이번 야습이 성공이 되면 평양성의 운명은 얼마쯤 유지될 것이고, 야습이 성공을 못 하는 날은 평양의 운명이 조석에 달렸다는 것이었다.

 평양성이 유지가 되어야만 계월향의 사랑은 평양성의 운명과 함께 유지가 되는 것이요, 평양성이 깨지는 날은 계월향의 사랑은 파란이 첩첩한 고난의 길로 떨어지는 것이었다.

 이번 싸움은 국가 흥망이 달린 중대한 전투이기도 하지마는, 계월향에게 있어서는 사랑이 계속되느냐 깨어지느냐 하는 위기일발의 기로에 서 있게 되는 것이었다.

 계월향은 어정어정 마루를 거닐어 보다가 마루 끝으로 나

* 들레다 : 야단스럽게 떠들다.

와 쥘끈을 붙잡고 발돋움해 가며 대동강 편을 바라보았다. 그러나 앞에는 계월향의 집보다 더 큰 집들이 기와를 연하여 가로막혀 있으니 대동강이 보일 리가 없었다. 계월향도 이것을 모르는 바가 아니건마는 공연히 이렇게 해보지 아니 하면 마음을 한 초라도 가라앉힐 수가 없기 때문이었다.

계월향은 신을 신고 다시 마당으로 내려섰다. 아까 장독대 앞에다 소반에 받쳐 놓았던 하얀 백자 옥수 사발이 계월향의 시야로 들어왔다.

계월향은 두 손을 공손히 모아 옥수 그릇을 향하여 절을 드렸다.

"그저 조선군이 평양성을 지키도록 해주소서."

"우리 군이 대동강을 무사히 건너가서 왜적을 쾌하게 무찔러 죽이도록 해주소서."

"조선군이 쏘는 화살은 백발백중 왜적들의 눈알을 꿰어 맞히고, 왜병들의 조총 탄환은 쏘는 대로 불발탄이 되도록 해주소서."

계월향은 미친 듯 취한 듯, 사랑의 승리와 국가 흥망의 위기일발인 찰나에 서서 완전히 자기의 몸을 잊은 채 이렇게 빌었다.

어느덧 동이 환하게 트이기 시작했다. 대동강 편이 떠들썩했다. 별안간 왜적의 조총소리가 콩 볶듯 일어났다.

계월향은 새 정신이 번쩍 났다. 기어이 우리 군의 야습 작전은 시작된 모양이었다. 적의 맹렬한 총탄 소리가 그치지 않고 계속되었다. 야습이 너무 늦은 듯했다.

김응서의 얼굴이 계월향의 눈앞에 떠올랐다. 눈을 부릅뜨고 이를 악물고 화궁을 당기고 왜장을 향하여 쉴새 없이 화살을 쏘아붙이는 청년 장군, 사랑하는 애인 김응서의 얼굴이 선하게 앞에 나타났다.

계월향의 마음은 쥐어짜지는 듯했다.

"김응서 장군이 그저 무사하도록 해주십시오."

"평양성이 무사하도록 해주십시오."

계월향은 또다시 옥수를 향하여 미칠 듯이 빌었다.

날은 어느덧 환하게 밝았다. 대동강 건너편에는 큰 격전이 벌어진 듯했다. 왜병들의 총성은 더 한층 격렬한데, "와!" 하고 몰리는 소리가 바람 편에 은은히 들렸다.

계월향은 궁금해서 그대로 앉아 배겨날 수가 없었다. 우리 군들이 왜병을 돌격하는 소린지 왜적들이 우리 군을 추격하는 소린지, 들레고 떠드는 소리만 듣고는 도저히 분간할 수가 없었다.

계월향은 참다 못하여 대문 밖으로 나가 보았다. 동구 밖의 길거리는 어제와 마찬가지로 아무런 이상도 없었다.

피란 나간 빈 집들은 어제처럼 을씨년스러운데, 다리를 지나서 넓은 시가로 들어가 보니 지금도 보따리와 어린애들을 안고 피란을 나아가는 사람들의 행렬이 끊이지 않았다.

평양성 밖 대동강 가에서 왜병들의 조총 소리는 더욱더 격렬하게 들려 왔다.

계월향은 피란 가는 사내 하나를 붙잡고 물어 보았다.

"조선군과 왜병의 접전이 어드렇게 되었습네까?"

하고 말을 꺼냈다.

"모릅네다. 그러나 조총 소리가 저렇게 맹렬한 것을 보니, 암만해도 조선군이 몰리는 것 같으외다."

피란민은 황황히 지팡이를 끌고 휘적휘적 달아났다.

계월향은 혹시 무슨 소식을 들을까 하여 부벽루를 향해 올라갔다. 여전히 거리에는 피란 짐과 피란 가는 사람으로 범람했다. 사대문은 우리 군들이 지키고 있어서 굳게 닫혀졌는데, 다만 피란 가는 백성들의 편의를 보기 위하여 북문 한 군데를 터놓은 까닭에 북문으로 향하는 거리는 피란 가는 사람으로 더 한층 떠들썩하고 복잡했다.

계월향은 무슨 좋은 소식을 들을까 하고 한참 부벽루를 향해 길을 걷는 판인데, 부벽루 장대 편에서 별안간 경종 소리가 요란하게 일어났다.

계월향은 웬일인가 하고 문득 걸음을 멈추고 섰다. 공연히 가슴이 두근거렸다. 급하고 어지럽게 쳐지는 소란한 경종 소리는 무슨 불길한 예감을 주는 음향인 듯싶었다.

이윽고 부벽루에서는 조선군들이 쏟아져 내려왔다. 조선군의 얼굴들은 긴장되고 눈은 충혈이 되었다. 북문으로 나가던 피란민들이 "와!" 하고 다시 몰려들었다.

계월향은 감히 뛰닫는 조선군들에게 입을 벌려 물어볼 수가 없었다. 몰리는 피란민들을 향하여 물어 보았다.

"웬일입네까?"

"오늘 저녁 대동강 야습에 우리 군이 밀렸답네다. 이래서 북문을 마저 잠가 버렸다 합네다."

몰리는 피란민들은 황황하고 낙담해하는 얼굴로 이렇게들 대답하고 헤어졌다.

계월향의 간 줄기가 몽땅 뚝 떨어지는 듯했다. 사랑하는 사람, 김응서의 잘생긴 얼굴이 눈에 선하게 어렸다. 죽었나 살았나 하는 생각이 번갯불같이 머리에 스치고 지나갔다. 가슴이 방망이질 쳐졌다. 아뜩하고 현기까지 느껴졌다. 맥이 탁 풀리고 어깨가 축 늘어졌다.

사랑하는 사람 김응서가 어젯밤에 이야기해 준 것으로 미루어 본다면 이제 평양성은 위기일발에 놓여 있는 것이었다. 위기일발보다도 적군에게 포위되는 고립 상태에 빠져 있었다.

인제는 장차 애인 김응서와 함께 이 위태로운 곳에서 벗어나는 한 가지 길이 남아 있을 뿐이었다. 그러나 지금 애인의 생사존망을 알 길이 없었다. 좌우간 어제 김응서와 이별할 때 약속한 대로 김응서가 데리러 올 때까지 기다리는 수밖에 별 도리가 없다고 생각했다.

계월향은 여기까지 생각이 미치고 보니 어서 빨리 집으로 돌아가지 않으면 아니 되게 되었다. 계월향은 정신을 가다듬고 두 주먹을 불끈 쥐어 집을 향하고 종종걸음을 걸었다.

'혹시 그 동안에 나리가 들어와서 나를 기다리고 있지나 않은가?'

하는 생각이 일어났다.

계월향은 다시 용기가 솟구치기 시작했다.

부리나케 집으로 가 보니 대문이 잠겨져 있었다. 문을 덜컥 덜컥 흔들어 보니 향란이가 뛰어나오면서 빗장을 뽑고 문을 열고는 계월향을 쳐다보고 반색을 했다.

"아주머니, 그 동안 어디 가셨더랬소? 나는 무서워서 죽을 뻔했습네다."

"네가 고단하게 자기에 깨우기가 미안해서 아무 말도 하지 않고 나갔더랬지. 성 안 피란민들의 동정을 좀 살피느라고……. 향란아, 그 동안 아저씨 안 들어오셨던?"

"아니오……."

향란은 고개를 살레살레 가로 흔들었다.

"난 그 동안 혼이 났더랬소."

"왜?"

"자고 일어나 보니까 아주머니는 대문을 열어 놓은 채 온데 간데가 없디, 그리고 동리는 텅 비어서 사람 구경도 할 수가 없지요. 나는 아주머니 혼자 피란을 갔나 하고 맥이 탁 풀렸더랬소."

향란은 이제야 마음이 놓인다는 듯이 방싯 계월향을 쳐다보면서 지껄였다.

"설마 너를 내버리고 나 혼자 피란을 가간?"

계월향은 방긋이 이를 드러내 웃고 향란의 머리를 쓰다듬어 준 뒤에 안방으로 들어가서 잠근 반닫이 문을 열고 머리에 꽂는 수식首飾들이며 패물들을 찾아 놓았다.

장차 사랑하는 나리가 오면 어제 약속대로 말 뒤에 농짝을 실어서 영변이나 철산이나, 그렇지 아니 하면 아주 의주까지라도 따라가자는 작정이었다. 금비녀·은비녀·비취 비녀·

금가락지·은가락지·금패 가락지·호박 단추·황금 투호삼작 노리개, 그리고 산호 가지에 주먹보다도 더 큰 밀황덩이를 곁들여 단 대삼작 노리개와 자마노 반지·비취옥 반지 등을 꺼내어 차곡차곡 보에 싸 놓았다. 다시 2층 장문을 열고 값진 모물毛物 약과무늬 잘배자와 잘토시에다가 당장 입을 여름살이로 한산 세모시 적삼과 치마들이며, 안주항라 깨끼저고리·광당포 속옷·진주 버선 들을 조그마한 농짝에 담아 놓은 뒤에 향란이를 불러서 밧줄을 붙들라 하고 농짝을 얽어매기 시작했다.

지금이라도 나리 김응서가 말을 타고 달려오면 지체 없이 곧장 뜨자는 생각이었다.

향란이가 농짝 묶는 것을 보자,

"아주마니, 인제 우리도 피란 가우?"

하고 물었다.

"아저씨래 말 타고 오시믄 말 뒤에 타고 갈 참이다."

"아주마니, 나도 데리고 가간?"

"아무렴, 널 안 데리구 가간? 같이 가야디."

"아이 좋아라!"

향란은 남들은 모두 피란을 가는데 저희 집에서만 아니 가니, 무섭고 부러웠던 것이다.

"아자씨가 곧 오시갔소?"

향란은 또 물어보았다.

"해 안으로 오실 게다."

계월향은 단단한 피란 짐을 다 묶어 놓은 뒤에 농짝을 대청 안 북창北窓 앞으로 향란이와 마주 들어 옮겨 놓았다.

"향란아, 짐을 묶었더니 지저분하구나. 아저씨 오시만 꾸지람하시갔다. 방과 대청 안을 깨끗이 쓸어라."

향란은 비를 들어 집 안을 치우고 계월향은 피란길 떠날 만반 준비를 다 차려 놓은 뒤에 사랑하는 사람이 데리러 오기만을 기다리고 있었다.

향란이가 방과 마루를 다 쓸고 나니, 계월향은 향란을 데리고 부엌으로 내려갔다.

"아자씨가 오시믄 밤새도록 싸우셔서 시장하실 게다. 빨리 솥에 불을 살라라."

계월향의 머릿속에 떠 있는 것은 다만 사랑하는 사람 김응서뿐이었다.

"그러고 찬장 아래층에 있는 자루를 꺼내서 뒤주에 남아 있는 쌀을 옮겨 담아라. 길 떠나면 어디 가서 좀처럼 쌀 구경을 하겠니."

계월향은 손수 팔을 걷어붙이고 된장찌개를 끓였다.

고기는 난리 통이 되어 구하려야 구할 수가 없었다. 울타리 아래 뒷밭으로 돌아가서 김장 마늘 심은 것을 한 통 쑥 뽑아서 정하게 물에 씻어 껍질을 벗긴 뒤에 된장찌개에 썰어 넣었다.

계월향은 집을 버리고 나갈 생각을 하니 모든 것이 아까웠다.

"어느 누가 새까만 꿀같이 단 이 간장이며, 황금같이 노란 된장을 퍼 먹을라누. 마늘밭도 아깝다. 지난 가을부터 한겨울, 봄 동안 공력을 들여서 오줌을 주고 벌레를 잡아 주고 한 것이 다 허사로구나!"

계월향은 혼잣말로 탄식해 보고 지껄이고 마음이 짠해 하면서 한 술을 들어 된장찌개 간을 맛보았다.

계월향은 찌개를 화로에 올려놓은 뒤에 부엌에서 나와 손을 씻고 마루 끝에 걸터앉았다. 간밤에 달이 깃들였던 마당가엔 6월 뙤약볕이 쨍쨍하게 눈이 부시도록 내리쬐었다.

계월향의 등허리 땀방울이 송골송골 솟아나서 잠자리 날개 같은 한산 세모시 적삼의 등솔 두서너 군데가 하얀 흰 살을 뿜어 찰싹 배어졌다. 사랑하는 사람을 위하여 된장찌개를 끓이는 부엌이 무척 무더운 탓이리라.

장독대 아래 화단에는 새빨간 백일홍들이 쨍쨍한 뙤약볕을 받아 정열을 뿜어 발갛게 웃고 섰다. 마치 계월향이 애인 김응서에게 향하는 정열과 비슷했다. 계월향이 지난 봄 청명淸明 때 손수 씨를 뿌려 심은 백일홍이었다.

백일홍들이 활짝 핀 화단 위 장독대 앞에는 간밤에 계월향이 밤이 지새도록 사랑하는 애인과 평양성을 위하여 천 번, 만 번 천지신명께 축원을 드려서 빌던 백자 옥수 사발이 깨끗한 물이 담긴 채 소반 위에 받쳐져서 고요히 놓여 있었다.

계월향의 시야가 백일홍을 거쳐 백자 옥수 사발로 옮겨졌다.

"백일홍! 꽃도 백날을 붉어서 이름이 백일홍인데, 우리 둘의 사랑은 한 달이 채 못 되어서 벌써 고생길에 드누나……."

계월향은 이렇게 웅얼거려 보았다.

"아까운 저 꽃을 왜놈들이 마구 다 짓밟아 놓을 테지!"

자기 자신의 운명을 모르는 계월향의 머리엔 갑자기 꽃이 가엾은 생각이 들었다.

다시 백자 옥수 사발이 계월향의 시야 속으로 굴러 들어왔다.

"하느님도 야속도 하셔라. 목욕재계를 하고, 천 번, 만 번 빌었건만 조선군이 밀리고 평양성이 위기일발인 포위 속에 빠지다니!"

백자 옥수 사발보다도 천지신명을 원망하고 싶은 생각이 일어났다. 생각이 여기에 미치니 계월향의 머리에는 대동강 모래 뙤약볕 위에 애인 김응서가 왜적의 조총 탄환을 맞아 눈을 부릅뜨고 쓰러져 있는 흉한 모습이 얼씬거리며 떠올랐다.

계월향은 징그러운 송충이를 떼어 버리듯 얼른 이 불길한 환영을 머릿속에서 쫓아 버렸다.

"방정맞은 생각을 내가 왜 했더랬나……. 나리는 나를 데리러 인제 꼭 오실 것을!"

계월향은 자리에서 벌떡 일어나자 백일홍 화단 앞으로 가서 옥수 사발을 향하여 또다시 가만히 축원을 올렸다. 마음이 약해지니 신앙에만 의지하고 싶었다.

"그저 김응서 나리가 무사히 살아서 돌아오도록 해주소서. 빨리 평양성을 탈출하도록 해주소서……."

마침내 아침때가 훨씬 지났다. 밥을 퍼 놓고 된장찌개를 화롯가에 물려 놓은 지도 벌써 오래였다. 그러나 사랑하는 사람의 소식은 감감했다.

평양성 안은 웬일인지 도리어 이른 아침때보다도 조용했다. 멀리 대동강가에는 들레는 소음도 없고, 성 안엔 조선군의 뛰닫는 소리도 없었다. 왜병의 진터에서도 이제는 그 격렬하던 총성마저도 멎었다. 극히 불쾌하고 불안스런 침묵이 오랫동안 계속되었다.

어느덧 점심때도 넘어 버렸다. 그러나 김응서의 소식은 아득했다.

계월향은 하는 수 없이 화롯가에 졸아붙는 된장찌개를 내려놓았다. 내려놓고는 마음이 허전해서 배겨날 수가 없었다. 계월향은 다시 장독대 앞에 놓인 백자 옥수 사발을 향하여 축원을 올려서 빌었다. 김응서가 살아서 어서 돌아오게 해달라고. 그러나 김응서는 여전히 돌아오지 않았다.

해가 뉘엿뉘엿 서산으로 넘어가 버렸다. 계월향은 이제는 미칠 듯하였다. 대문을 활짝 열어 놓아 버린 채 풀방구리에 쥐 드나들 듯 대문간으로 나갔다 들어왔다 좌불안석을 하고 돌아다녔다.

새벽부터 온종일 굶었으니 기운은 파김치가 되어 버렸다. 그러나 아무런 식욕도 일어나지 않았다.

향란이가 나이 어리건만 하도 딱하게 생각해서,

"아주마니, 밥 좀 드쇼그려. 얼굴빛이 좋지 않쇠다."

하고 음식 먹기를 간절히 권해도 계월향은 머리를 흔들 뿐이었다.

"나는 밥 생각이 없다. 네나 좀 먹으려마. 이제 아자씨 오시면 대궁밥 먹디."

하고 또다시 대문간으로 부리나케 나가 버렸다.

날은 완전히 저물어 캄캄하게 되어 버렸다.

계월향이 대문간에서 문을 닫아걸고 기운 없이 들어와서 향란을 시켜 촛대에 불을 붙이게 하고 있을 때였다. 별안간 대문을 요란하게 흔드는 소리가 일어났다.

대문 흔드는 소리를 듣자 계월향은 반가웠다. 뛸 듯이 기뻤다.

"향란아, 아자씨가 오시나 보다!"

하고 벌떡 일어서자 향란이를 불렀다.

"나갑네다!"

계월향은 큰 소리로 향란이를 부른 뒤에 신을 거꾸로 꾀어 신고 중문간으로 뛰어나가서 대문을 열었다. 향란이도 촛불을 들고 마저 뛰어 나갔다.

계월향이 얼른 빗장을 빼고 문을 활짝 열어 보니 기다리고 기다리던 김응서 장군은 아니요, 난데없는 동리 이장과 관청 군교였다.

"아주마니, 여태 피란 안 나가셨쇠다그래. 어서 나가시오, 꽃같이 젊은 아주마니가 여태까지 남아 있다니 말이 되오! 도원수가 명령을 내렸쇠다. 오늘밤 안으로 백성들을 모조리 피란시키라고!"

이장의 말소리였다. 계월향은 기가 막혔다.

"평양성이 이제는 다 떨어지게 되었습네까?"

"어젯밤 야습에 조선군이 실패를 했고, 왜적들은 여울물이 옅은 대동강 상류 왕성탄을 건너서 지금 평양성 밖에 집결해서 진을 치기 시작했쇠다. 조금만 있으면 왜적들은 평양성 안으로 몰려들 것이와다. 괜스레 여기 있다가 왜적의 손에 잡히지 말고 어서 피란을 갑쇠다그려."

이번엔 늙수그레한 군교가 자세히 경위를 밝혀 주고 어서 피란 나가기를 재촉했다.

"여보시오, 군교님네. 혹시 조방장 김응서 나리의 소식을 들으셨더랬소?"

계월향은 하도 답답하니 군교에게 소식을 물어보았다.

"조방장이면 높은 분인데 우리는 모르겠쇠다."

"이번 싸움에 돌아가시지는 않았갔디요?"

"그런 높은 장수가 돌아갈 리가 있갔소. 이번 싸움에 대장이란 사람은 한 사람도 죽지 않았쇠다. 어서 피란이나 빨리 나가시오그려."

말을 마치자 군교와 이장은 휙 돌아서서 바쁘게 나가 버렸다.

"그런 높은 장수가 돌아갈 리가 있갔소. 이번 싸움에 대장이란 사람은 한 사람도 죽지 않았쇠다" 하는 군교의 말을 듣자, 계월향의 마음속에는 한 가닥 희망이 새로이 용솟음쳐 일어났다.

그렇다면 애인 김응서는 대동강 이번 싸움에 죽지 않은 것이 확실했다.

'죽지 않았으면 나리께서는 꼭 오실 텐데, 오지 않는 것이 아니라 군무가 하도 급하니 오지 못하는 것이 아닌가? 조금 더 기다려 볼까? 지금쯤 부벽루에서 나리는 말을 달려 나를 데리러 내려오지 않을까?'

계월향은 생각이 이렇게 드니 주춤병이 들어서 이장과 군교가 권하는 대로 얼른 자리를 뜰 수가 없었다. 뒤에서는 적병이 몰려든다 하는데, 데리러 온다던 임은 영영 오지 않았다.

어느덧 밤은 또다시 깊었다. 사랑하는 사람을 평상시도 아니요, 창황한 난리 통에 기다리기란 참으로 애가 마르는 듯했다.

6월 열엿새, 느직하게 떠오르는 달빛이 어느 틈에 어제처럼 계월향의 집 마당 한 귀퉁이에 비치기 시작했다.

'부벽루로 나리를 찾으러 올라가 볼까?'

계월향은 애인을 기다리다 못해서 마음속으로 이렇게 혼자 물어 보았다.

'내가 부벽루로 나리를 찾아 헤매는 동안에 나리가 나를 데리러 온다면 천재일우의 좋은 기회를 영영 놓쳐 버릴 테니 어떡하나……'

계월향은 자리에 일어났다가 다시 주저앉아 버렸다.

밥 짓는 계집애 향란은 연일 밤잠을 자지 못해서 몹시 고단했다. 마루 끝에서 꼬박꼬박 졸고 앉았다가 어느 틈에 쓰러져 팔베개를 하고 자고 있었다.

계월향은 또다시 대문을 밖으로 걸어 잠그고 동구를 빠져서 다리를 지나 저자 있는 길로 나가 보았다.

달빛이 환한 거리는 완연히 죽음의 세계였다. 집집마다 문들은 열려진 채 사람의 그림자라고는 하나도 없었다. 어젯밤과는 딴판이었다. 즐비하게 늘어선 기와집과 초가집들은 텅 텅 빈 채 사람 없는 거리에 해골인 양 엉성하게 버티고 섰다.

왜적들의 총소리가 간헐적으로 이곳저곳에서 일어났다. 바로 계월향이 서 있는 지척에서 들리는 듯했다.

계월향은 오싹 몸서리를 쳤다. 아까 군교의 말에 의지하면 왜병들은 야습 나갔던 조선군을 밀어붙이고, 날이 가물어 물이 줄어든 대동강 상류 왕성탄을 텀벙텀벙 건너서 모란봉 아래 진을 치고 있다는 것이었다. 왜적의 총소리가 가까이 들리는 것이 괴이치 않았다.

그러나 애인 김응서의 뛰닫는 말굽 소리는 의연히 들리지 않았다.

'그 동안 혹시나 딴 길로 와서 기다리고 있지나 않은가?'

계월향은 두 주먹을 불끈 쥐고 달빛 아래 종종 걸음을 걸어 집으로 돌아왔다. 문은 의연히 밖으로 걸려져 있는데, 뛰어들어가 보니 향란이 년의 코고는 소리만 드높았다.

계월향은 기진맥진이 되어 마루에 오르자 그대로 쓰러져 버렸다. 마음속으로 '대문을 잠그고 들어올 것을……' 하고 생각까지 하면서도 꼼짝달싹하기가 싫었다.

'될 대로 되어 버려라!'

계월향은 이렇게 단념하면서 눈을 감아 버렸다. 계월향은 마룻바닥에 쓰러져 누운 채 온몸이 풀솜같이 되어 혼곤히 잠이 들어 버렸다.

계월향은 이틀 밤을 꼬박이 새운 채 음식도 먹지 않고 평양성의 운명과 애인 김응서의 무사히 돌아오기를 애를 태워 가며 조바심쳐 빌고 헤매었으니 마음과 몸이 얼러서 피곤하지 않을 수가 없었다.

계월향은 솜같이 피곤한 몸을 마룻바닥에 쓰러뜨리자마자 자기도 모르는 결에 깊은 졸음 속에 빠져 버렸다. 계월향은 기억하지 못할 길고 뒤숭숭 산란한 악몽 속에서 별안간 잠이 번쩍 깨어 버렸다.

해가 높다랗게 떠올라서 자던 눈이 시도록 부시었다. 계월향은 깜짝 소스라쳐 놀라 일어났다. 전신이 물초가 되어 땀이 후줄근하게 배어졌다.

"이게 무슨 꼴이람. 웬 놈의 잠이야……."

계월향이 가만히 비명을 부르짖어 자책을 할 때, 머리에는 휘익 김응서 장군의 다정한 젊은 얼굴이 또다시 떠올랐다.

'혹 내가 자는 동안 나리가 다녀가시지 않았을까?'

계월향은 벌떡 일어서자 좌우 옆을 돌아보았다.

'나리가 오셨다가 군무가 하도 급하니 나를 못 데리고 가신 것이 아닌가? 그렇다면 나를 깨우지 않고 가실 리가 있나? 나를 내버리고 가게 되니 면대하면 이별하기가 힘들어서 그대로 슬며시 가 버린 게 아닌가? 그렇다면 편지 한 장쯤이라도 떨어뜨리고 갔어야 할 게 아닌가?'

아무리 앞뒤를 살펴보나 종이 조각 하나 떨어져 있지 않았다. 다만 향란이가 아직도 마루 한 귀퉁이에서 정신을 못 차리고 고단하게 자고 있을 뿐이었다.

별안간 바람결에 고함치는 함성이 "와아" 하고 일어났다. 징 소리, 나팔 소리가 기승스럽게 들려왔다. 여기다가 가끔 총소리가 섞여서 들려왔다. 징 소리, 나팔 소리, 북소리는 곡조와 음향이 귀에 익은 우리 나라 음악 소리가 아닌 것이 확실했다.

계월향은 깜짝 소스라쳐 놀랐다.

'왜적들이 벌써 성 안으로 몰려 들어오는 게다!'

계월향은 얼른 방 안으로 뛰어 들어갔다.

계월향의 손은 잠그지 않은 반닫이 문을 열어젖혔다. 어젯밤 패물을 골라 쌀 때 반닫이 속에 내던져 버렸던 장도를 덥석 쥐었다. 계월향의 저고리 고름에 찼던 물소뿔 자루에 은으로 마구리를 한 조그마한 장도였다.

계월향은 얼른 칼자루를 잡고 칼집을 뽑아 보았다. 세 치 칼날이 싸느랗게 푸른빛을 뱉어 차가웠다. 계월향은 칼날을 한 번 겨누어 본 뒤에 칼집에 도로 꽂자 속치마 고름에 찼다. 세 치 작은 칼로 호신용을 삼자는 게다.

계월향은 장도 끈을 속치마 고름에 맨 뒤에 마루로 얼른 나와서 장도칼을 뽑아 농짝을 얽어맨 박줄을 탁탁 끊어 버렸다. 농짝 속에 차곡차곡 쟁여 담은 치마, 저고리, 적삼들을 다 헤쳐 버리고 패물 보따리를 끌러 다시 추려서 도로 주머니 속에 집어넣어 버렸다.

죽음의 거리인 듯하던 평양성 안은 별안간 적병들의 진흙 발길 소리로 버적버적했다. 북소리, 징 소리, 나팔 소리는 점점 더 가까이 들렸다. 뛰닫는 말굽 소리도 요란했다.

계월향은 아직도 잠에 곯아떨어진 향란을 강하게 흔들어 일으켰다. 향란이가 자다가 기절초풍이 되어 일어났다.

"향란아, 큰일났다! 왜병이 막 쳐들어온다. 어서 빨리 달아나자!"

왜병이 쳐들어온다는 소리에 향란이도 정신을 번쩍 차렸다.

"어서 달아나자!"

계월향은 향란의 손을 끌어 빨리 짚신을 신게 했다. 계월향도 왕골 속으로 뽑아 삼은 고운 짚신을 신었다.

"아주마니, 저 농짝은 어드렇게 하나?"

"농짝은 말에 실어야겠는데, 아자씨가 아니 오시니 내버려야지. 별 수 있간."

"아이, 아까워서 어드렇게. 쌀자루나 가지고 갑세다."

"별 소리를 다 하누나. 한 몸 주체하기도 어려운데 쌀자루가 다 무에간. 이 계집아야, 어서 가자."

계월향은 향란의 손을 지르르 끌어 천방지축 대문 밖으로 나섰다. 적병의 함성과 노랫소리와 행진하는 북소리는 아까보다 더 소란했다.

계월향은 걸음을 빨리 걸어가면서 적병들의 함성이 나는 방향으로 귀를 기울였다. 모란봉에 있는 을밀대, 부벽루, 칠성문은 벌써 왜적의 손에 점령이 된 듯 소란한 소음이 지금 칠성문 안에서 박작박작 끓는 것이 분명했다.

지지난 밤에 애인 김응서를 찾으러 부벽루 아래로 헤맸을 때, 별안간 칠성문이 닫혀 되돌아오면서 피란민들에게 들은 소리와 간밤에 이장과 군교가 피란 나가라고 권하던 소리로 미루어 보아 조선군은 대동강 상류의 낮은 물목에서 밀렸다 하니, 적병이 평양성 안으로 들어오자면 칠성문을 경유하지 않고는 아니 될 것이었다.

계월향은 영변 어머니 집으로 향해 갈 것을 마음 곳으로 결정하고, 장별리에서 보통이벌을 거쳐서 보통문 밖으로 탈출할 것을 작정했다.

계월향은 향란의 손목을 잡고 사람 없는 쓸쓸한 거리를 걸어갔다.

적병들의 북소리, 노랫소리, 고함 소리는 점점 더 가까워졌다. 적병들은 벌써 만수대 앞으로 밀려드는 듯했다.

계월향이 보통이벌에서 북편을 바라보니 왜적들은 기다란 붉은 기를 명정* 늘이듯 하고, 선봉대는 말을 타고 북을 울리며 앞에 섰다. 뒤에는 수만 명 새까만 왜병들이 와글와글 물밀듯 쏟아지는데, 붉은 기는 바람에 펄럭거려 하늘을 가릴 듯하고, 새까만 왜병의 복장은 개미떼가 오글거리는 듯했다.

계월향은 한심했다. 하룻밤 사이에 평양은 왜나라가 되어 버렸다. 흰옷 입은 조선 사람이라곤 찾아볼 수가 없었다. 모두 다 어디로 숨어 버렸는지 그림자도 보이지 않았다.

계월향은 홋홋하고 무서웠다. 향란의 손을 꼭 붙든 채 더욱 걸음을 빨리 걸어서 보통이벌을 지나갔다.

계월향은 홀연 야속한 생각이 들었다.

'열 길 물 속은 알아도 한 길 사람의 속은 모른다더니, 왜병의 적진 속에다가 호젓이 나 하나만 내버린 채 달아나다니 말이 되나. 목숨에 대해서는 사랑하자던 맹세도 허사로구나!'

계월향은 처음으로 김응서를 원망하는 것이었다.

'데리러 온다고 말이나 말지. 철석같이 약속을 해놓고 사람을 이 지경에 빠지게 하더란 말인가. 영변 오마니 집으로나, 선천 형의 집으로 찾아오기만 해보아라, 한 번 상투를 들었다가 놓을 테다.'

계월향은 분한 마음이 탱중했다. 김응서에 대한 사랑하는 상사의 마음이 깊을수록 원망하는 생각도 뼛골 속까지 파고 들어갔다.

* 명정銘旌 : 붉은 천에 흰 글씨로 죽은 사람의 관직이나 성명 따위를 쓴 조기弔旗.

'천장지구天長地久라며 사랑한다던 나를 사지에 빠뜨리고 저 혼자 달아나다니, 내레 계집의 몸이 아니고 사내라면 오히려 모르갔다.'

계월향은 혀를 끌끌 찼다.

'내레 공연스리 사람을 잘못 보아 평생에 실수를 하누나!'

계월향의 걸음을 옮기는 전신엔 독살이 쫙 퍼졌다. 고운 뺨에는 푸른 기운이 살포시 떠돌고, 찌푸린 눈썹엔 매섭도록 찬 서리가 어리었다.

계월향의 살기 어린 차가운 눈에 보통문이 앞을 가려 나타났다. 이 문만 벗어나면 다시 살아날 수 있다.

계월향은 '인제는 살았구나!' 하는 생각이 일어나자 한숨이 저절로 탁 터지며 이내 "후" 하고 가쁜 숨을 뿜었다.

기어이 원수를 갚으리

계월향은 두 주먹을 불끈 쥐고, 보통문을 향하여 달음질친다. 향란이도 계월향을 따른다.

1초, 2초, 시각은 급하다. 계월향은 어서 빨리 적진에서 몸을 빼 보려 하여 보통문 안으로 쑥 들어선다.

그러나 열린 줄 알았던 보통문은 팔뚝 같은 자물쇠로 잠겨서 철벽같이 닫혔다.

이 때 문루 위에서 별안간 흉악한 고함이 터져 나오면서 새빨간 갑옷 투구를 입은 놈들 수십 명이 서리 같은 장검을 빼어 들고 우르르 몰려 내려온다.

계월향이 아뜩한 정신을 수습하여 문득 바라보니, 왜적들이 흉악한 탈바가지를 쓰고 눈을 부릅떠 사면에서 칼을 겨누어 들어오고 있었다. 왜적들의 본진이 성 안으로 풀려 들어오기 전에 벌써 평양성 사대문을 왜적의 결사대가 먼저 점령해 버렸던 것이다.

계월향은 소스라치는 듯 간담이 떨어지고, 향란은 "오마니!" 소리를 연거푸 부르짖으면서 계월향의 치마꼬리를 휘어잡고 기절하도록 울음을 터뜨린다.

계월향은 옴치고 뛸 수도 없다. 시퍼런 칼들을 겨누며 덤벼드는 왜적들의 포위는 시시각각으로 좁혀든다.

"인제는 고만이로구나!"

계월향은 눈을 감고 '죽음을 못 벗어나리라' 하고는 체념을 한다.

향란은 무서움과 절망 속에 빠져서 발을 동동 구르며 불이 나도록 구슬픈 비명을 지른다.

적병들의 포위망은 바짝바짝 졸아든다. 마침내 왜적들의 칼 끝은 계월향의 가슴 복판을 시퍼렇게 겨눈다.

계월향의 정신은 또다시 아뜩해진다. 금방이라도 기절을 할 듯하다.

무리 중에 괴수인 듯한 자가 무어라고 큰 소리로 지껄여 댄다. 호령하는 소리도 같고 문초하는 소리 같기도 한데, 계월향이 귀를 기울이나 알아들을 수가 없다. 향란은 머리를 계월향의 치마 뒤로 바싹 처박은 채 온몸이 쭉 흐르는 진땀 속에 빠져서 바들바들 떨면서 목을 놓아 급히 운다.

괴수인 듯한 자가 귀찮다는 듯이 눈을 부릅떠 큰 소리를 꽥 지르니, 다른 왜적들이 무지한 손으로 향란을 지르르 끌어서 사정없이 발길로 차고 질러 버린다. 약하고 어린 향란은 공중 제비로 가로 떨어져 기절을 한다. 무지한 왜적들은 제각기 어린 향란을 한 번씩 걸어차고 짓밟는다.

피에 굶주린 잔인무도한 왜병들이었다. 눈깔이 시뻘겋게 뒤집혀서 야수처럼 죄 없는 어린 생명을 짓이겨 놓는다.

향란은 땅에 쓰러져 입으로 허연 거품을 뿜고 눈을 홉뜬 채 이내 숨이 떨어져 운명을 해버린다.

이 꼴을 보는 계월향은 악이 바싹 꼭두에까지 솟구쳐 올랐다.

"이 개새끼 같은 놈들아, 아무리 무지막지한 왜놈들이기로서니 죄 없는 남의 나라 어린애를 함부로 때려죽이는 법이 어드레 있네!"

비단을 찢는 듯한 쇳소리로 왜장을 꾸짖는 계월향의 눈섶이 빳빳이 일어선다.

계월향은 인제는 무섭지도 않았다. 악에 받쳐서 손가락으로 적장의 면상을 가리키며 꾸짖어 수죄를 한다.

"이 개새끼 같은 놈들아! 네놈의 나라에서는 늙은이도 없고 어린애도 없네? 이놈들아, 차라리 나를 때려죽이지 와 죄 없는 불쌍한 어린애를 발길로 차서 죽이는 게냐!"

사면팔방에서 겨누어 대는 시퍼런 칼과 날카로운 창 속에 우뚝이 서서 왜장을 수죄하고 섰는 계월향의 또렷한 태도는 치열하도록 귀기를 띠어 매섭고 쌀쌀하다.

왜장의 면상을 거침없이 가리키면서 사람의 인도를 쳐들어서 용감하게 수죄하고 섰는 계월향의 하얀 손가락은 싸늘한 푸른 기운을 띤 예리한 단검보다도 오히려 차갑고 매섭다. 한 치 하얀 계월향의 보드라운 손가락은 적장의 붉은 염통을 강하게 찌르고 아프도록 도려낸다.

왜장은 고니시 유키나가와 소오 요시토시의 부하로 대마도 출신이었다. 조선말을 입으로 지껄이지는 못하나, 계월향의 수죄하는 소리는 어렴풋이 알아듣고 있었다.

적장의 양심도 가책을 받는지 얼굴이 벌게지며 고개가 약간 수그러진다.

　왜장은 계월향의 가슴에 겨누어 댔던 시퍼런 긴 칼을 슬며시 내려서 칼집에 꽂는다.

　죄 없는 어린 계집애를 발길로 차 죽이고, 잔약한 여인의 가슴에 하나도 아니요, 수십 명 장정이 칼을 겨누고 창으로 위협하던 것이, 계월향이 손가락질하며 꾸짖는 소리 한 번에 너무도 사내답지 않은 행동이었던 것을 뉘우쳤음이리라.

　왜적의 결사대장은 칼을 집에 꽂은 뒤에 부하들을 보고 왜말로 지껄인다.

　"칼들을 거두고 저 계집을 보호했다가 장군한테 바치도록 해라!"

　괴수의 말이 떨어지니 왜적들은 계월향의 가슴에 겨누었던 칼과 창을 일제히 내려서 허리 옆에 꽂고, 한 자가 앞에 서서 계월향의 팔목을 잡아 지르르 끈다.

　"가만히 다루어라."

　다시 괴수가 왜말로 명령을 내린다.

　이 때 계월향은 왜적의 팔을 강하게 뿌리치고, 향란이 쓰러진 곳으로 뛰어가서 끌어안는다.

　향란의 어린 몸은 이미 굳어져 차디찬 시체다.

　계월향은 차디찬 시체를 강하게 껴안은 채 눈물을 비 오듯 흘린다.

　"향란아! 이 무지막지한 왜 도둑놈들이 죄 없는 너를 와 죽였드랬단 말이냐."

　계월향의 슬픈 격정은 그대로 오장육부를 쥐어트는 듯하

다. 그녀의 폭발하던 슬픔은 이내 철읍하는 넋두리로 변한다.

"향란아, 내레 잘못해서 너를 죽였구나. 일찌감치 너를 데리고 피란을 나갔다면 왜적들의 손에 이 꼴을 아니 당했을 것을……. 어매, 불쌍해서 어쩌나. 향란아, 가엾은 향란아! 나는 불쌍한 너를 저승길로 혼자 보내디는 않갔다. 조금만 기다리라우. 저승길로 가는 솔밭 반석 위에 앉아서 잠깐만 기다려 다오. 나도 곧 네 뒤를 따라서 네 원수를 갚아 주고 가마!"

계월향은 눈물 어린 눈으로 바라보다 향란의 홉뜬 눈을 쓰다듬으며 내려 주고, 꾸부러져 뻗은 다리를 바로잡아 펴놓는다. 왜병들이 또다시 우르르 몰려들어 향란의 시체 위에서 계월향을 끌어 일으킨다.

계월향은 벌떡 일어나서 다시 손가락으로 적장을 가리키며 호령을 한다.

"이놈들, 나를 죽일 테면 당장 이 자리에서 죽이라우! 그렇디 않다면 나를 놓아라. 불쌍히 너희 손에 죽은 어린애를 흙에 묻어 장사라도 지내 주어야갔다."

분을 따 넣은 듯한 하얀 계월향의 손가락은 또다시 적장의 염통을 비수처럼 찔러서 도려낸다.

계월향의 어여쁜 눈매는 노기를 띠어 붉게 타오르며 적장의 눈을 쏘아본다. 미인 계월향의 정의에 타오르는 성난 눈길은 마치 붉은 놀이 바다에 떨어져 용솟음쳐 끓는 듯하다.

적장의 시선은 당황하여 계월향의 눈길을 피한다. 계월향의 꾸짖는 사연을 적장은 대강 알아들었기 때문이다.

결사대장인 왜병은 또다시 부하들에게 무어라고 지껄이면

서 명령을 내린다.

　왜병들은 잠깐 동안 흩어졌다가 괭이와 삽들을 사람 없는 민가에서 뒤져 가지고 돌아와서, 보통문 옆 산기슭 언덕배기를 팠다. 계월향은 열다섯 살 된 향란의 시체를 조용히 가로 안아 깨끗한 백토 위에 편안히 눕혔다. 계월향은 향란의 죽은 얼굴을 마지막으로 들여다보며 영결한 뒤에 눈물을 머금어 한 줌 흙을 덮었다.

　이 성스런 정경을 바라보는 완강한 왜적들은 저희들도 모르는 결에 고개가 저절로 숙여진다.

　계월향은 일장통곡을 하여 향란의 시체를 묻은 뒤에 주저 없이 왜장의 앞으로 썩 나선다.

　"자, 이제는 나를 죽이라우!"

　보통문을 감시하고 있던 결사대장인 왜장은 처음부터 계월향을 해칠 생각은 없었다. 묶어서 포로로 만들어 두목에게 바쳐 환심을 사고 상을 타 보자던 생각이었다.

　그러다가 횡포한 부하들이 향란을 쳐 죽이고, 계월향이 죽음도 무서워하지 않는 당돌하고 또렷한 태도로 손가락을 들어 자기를 수죄하니, 적장이건만 마음 한구석엔 양심이 적이 움직인 것이다.

　이리하여 부하를 시켜서 향란의 무덤을 파게 했고, 석양 비낀 해에 넋두리를 하면서 소녀를 장사 지내는 계월향을 한 번 더 바라보자 적장은 측은한 인정이 더 한층 움직이게 된다.

　적장의 마음이 적이 회심하게 돌아가는 판인데, 계월향은 향란을 묻고 나서 적장 앞으로 주저 없이 또박또박 걸어 나와,

"자, 이제는 나를 죽이라우!"

하고 매섭도록 처염하게 덤벼드니, 적장은 도리어 어찌해야 좋을지 마음이 흔들려 당황한다.

적장은 아무런 태도도 취하지 못한 채 묵묵히 서 있다. 계월향은 또 한 번 소리를 친다.

"무엇을 주저하고 있느냐? 그 숱한 너희 놈들의 칼로 내 목을 선뜻 베라우!"

계월향은 매섭도록 싸늘한 귀기를 띠어 적장에게 육박한다.

왜장의 모든 부하들은 계월향의 앞뒤로 둘러서서 상관의 명령이 장차 내리기만 기다리고 있다.

무서움 없이 요염하게 귀를 뿜어 죽음으로써 항거하고 서 있는 계월향의 어여쁜 자태는, 적장의 눈에 강렬한 향기를 뿜는 한 송이 백합꽃으로 비쳐진다.

적장의 가슴이 공연히 까닭 모르게 두근거려지고, 계월향의 쏘아보는 눈과 마주친 왜장의 눈은 아찔하도록 현기를 느낀다.

6월 훗훗한 여름 바람은 계월향의 몸을 강하게 스쳐서 적장이 서 있는 편으로 불어온다. 바람결에 계월향의 몸에 배인 훈향이 왜적 결사대장의 코로 스며든다.

왜장은 콧구멍을 벌름하고 코를 쭝긋한다. 또다시 한 줄기 힘찬 바람이 계월향의 이마에 늘어진 머리를 두서너 올 뒤흔들어 놓으며 적장의 코밑을 스친다.

적장은 두 번씩이나 계월향의 몸에서 강하게 풍기는 향내를 맡자 인제는 더 맡을 수가 없다. 이내 고개를 돌려 외면을 한다. 적장의 마음은 어수선 산란하다.

결사대장은 무슨 생각이 들었는지 외면을 한 채 얼굴에 쓴 탈박을 홀떡 벗어 버린다.

흉악하고 무서운 탈박 밑에서 드러나는 왜장의 얼굴은 나이 서른 미만의 대마도 미남자였다. 얼굴은 관옥 같고 코는 준수한데, 눈매는 계집같이 가을 호수처럼 푸르고 맑았다. 탈박을 벗고 난 결사대장인 왜장은 말을 통치 못하여 몹시 갑갑한 모양이었다. 한동안 주저주저하다가 빙그레 웃으며 마침내 반벙어리 말을 꺼낸다.

"나눈 당신을 죽이지 아니 하무니다."

힘을 들여 억지로 한 마디를 마친 결사대장은 손으로 보통문 문루 위를 가리키면서 올라가라는 뜻을 표시한다.

계월향을 둘러싸고 있는 탈박을 쓴 왜병들은 저희끼리 서로들 얼굴을 쳐다보면서 씽긋하고 소리 없는 웃음을 주고받는다.

계월향은 왜장의 얄밉도록 젊은 얼굴을 빤히 들여다보다가, 죽이지 않는다는 왜장의 반벙어리 소리를 듣자 더 한 번 격한 노여움이 폭발한다.

"이 인도를 모르는 도둑놈아, 어린 소녀를 쳐 죽이듯 나를 어서 쳐 죽이라우!"

계월향은 또다시 비단을 찢는 듯한 쇳소리를 질러 왜장을 꾸짖는다. 이 때 별안간 보통문 앞에는 급히 달려오는 말굽소리들이 요란하게 들려온다.

달려오는 말굽 소리를 듣자 왜적의 결사대장을 위시하여 모든 왜병들은 고개를 돌려 보통문 앞길을 바라본다.

티끌이 자욱하게 일어나고, 왜병의 기마대가 홍일산을 받은 장군 한 사람을 옹위하며 급히 보통문을 향하여 말들을 달리는 것이다.

결사대장을 위시하여 보통문을 파수하고 있던 왜병들은 계월향을 그대로 세워 둔 채 황망히 조총대를 들어 장군의 일행을 맞이한다.

앞에 경비대 왜병이 나는 듯이 말을 달려와 결사대장을 향해 군례를 올리며 말한다.

"고니시 유키나가 대장께서 순성巡城을 나시옵니다."

연통을 받은 결사대장은 황망히 호령을 불러 결사대를 2열 횡대로 정제시켜 놓고, 저희 장군을 맞아들인다.

경비대 병정이 말하는 고니시 유키나가 대장은 평양으로 쳐들어온 왜장의 총두목 고니시 유키나가를 가리킨다. 왜군의 총본영인 그는 벌써 평양성 안을 무혈 점령한 뒤에 평양 사대문을 순시하는 모양이다. 그의 일행은 보통문에 당도하자, 달려오던 걸음을 느릿느릿하게 바꾸어 천천히 성문 앞으로 나온다.

홍일산을 받은 그를 중심으로 수십 명 왜적의 장성들이 갑옷 투구에 위풍이 늠름하게 나타난다.

홍일산을 받은 고니시 유키나가의 뒤에는, 붉은 가사를 멘 중이 말을 타고 따랐고, 바로 그 다음에는 다이라노 시게노부가 따랐으며, 다음에는 마흔을 겨우 넘어설 듯 말 듯한 고니시 유키나가의 부장이 따랐다.

중은 조선에 여러 차례 다이라노 시게노부와 함께 사신으로 왔던, 정탐에 참모를 겸한 겐소라는 자요, 소서의 부장은 다이라노 시게노부와 겐소가 건너올 때마다 무관으로 따라와서 조선 사정과 조선 말에 능통한 자다.

고니시 유키나가의 일행은 결사대의 엄숙한 군례를 받은 뒤에 성벽을 둘러보고 성문을 살핀다.

"아무 이상이 없느냐?"

고니시의 부장이 결사대장에게 묻는다.

"아무런 이상이 없습니다."

부장과 결사대장이 왜말로 이렇게 지껄일 때, 총대장인 고니시 유키나가의 눈에 결사대가 늘어서 있는 후면 보통문 안에 오뚝이 서 있는 계월향의 모습이 비친다.

피란을 가느라고 남치마를 벗어 버리고 모시 적삼에 생모시 치마를 입고 왕골 짚신에 외씨 같은 흰 버선을 꿰어 신은 계월향은 수수한 여염집 아낙네의 모습이다. 그러나 뛰어나게 잘생긴 계월향의 얼굴은 수수한 옷차림으로 해서 더 한층 빛이 나고 돋보였다.

고니시 유키나가는 홍일산을 받은 채 이윽히 계월향을 바라다본다.

결사대장의 눈이 흘끗 총대장인 고니시 유키나가의 눈을 쳐다보다가 마주칠까 봐 얼른 고개를 숙인다.

중 겐소와 부장의 눈에도 잘생긴 계월향의 얼굴이 비친다. 왜장들의 눈에 비치는 계월향의 모습은 마치 거칠고 메마른 사막 위에서 한 떨기 해당화를 발견한 듯하다. 2천 리 뻗친 전쟁터, 피비린내 나는 아우성 속에서 해당화 한 송이인 듯한 계월향을 발견하자, 적장들은 공연히 까닭도 없으면서 마음들이 싱그럽다.

"저 계집이 누구냐?"

고니시 유키나가는 젊은 결사대장에게 계월향을 턱으로 가리켜 묻는다.

"결사대가 보통문을 점령한 뒤에 피란 나가는 여자를 지금 막 붙들어 놓은 것입니다. 지금 곧 묶어서 장군께 바치려는 판이온데 장군께서 오셨습니다."

조금 전까지도 어여쁜 보옥을 얻은 듯 계월향을 소중하게 간직하려 생각하던 젊은 결사대장은, 총대장인 고니시 유키나가에게 들켜 놓았으니 숨길 도리가 없다.

사실대로 바로 고한다.

이 때 계월향은 보통문 문루 아래, 온몸에 살기를 띤 채 오뚝이 서서 적장들을 응시한다.

한 번 죽음을 각오한 계월향은 아무런 무서움도 없다. 이미 호랑이 굴을 벗어나기는 틀린 노릇이다.

열 놈의 도둑을 만나나 백만 대군의 도둑을 만나나, 한 번 죽을 것을 각오한 바에야 더 이상 수의 적고 많은 것으로 무서움이 더하고 덜할 까닭이 없다.

계월향의 눈에는 홍일산도 또렷하게 시야로 들어오지 않았다. 왜적의 총대장이라는 굉장하다는 거물도 눈에 잘 보이지 않는다.

기어이 원수를 갚으리 77

똑똑하다는 자나 잘났다는 자나, 젊은 자나 늙은 자나 다만 이 땅을 빼앗으러 들어오고, 우리 겨레를 짓밟으러 들어오고, 평화로운 이 나라를 피와 죽음 속에 빠뜨려 어지럽게 만들고, 만대에 전해 내려오는 이 땅의 문화를 한 줌 재와 불꾸러미에 그을린 흙으로 만들고, 개인의 꿀 같은 사랑을 토막 쳐서 끊어 놓는 침략자 도둑인 것뿐이다. 잘난 놈도 없고 못난 놈도 없다. 똑같은 왜적일 따름이라고 계월향은 생각한다.

이 때 왜장의 총두목 고니시 유키나가는, 젊은 결사대장이 대답하는 소리를 듣자 빙긋 웃으며 중 겐소를 바라본다.

"어쩨, 미인인데."

왜말로 지껄인다.

"잘생긴 얼굴입니다."

겐소가 대답한다.

"조선의 평양은 색향色鄕이라더니 정말 여자가 잘생겼구나."

고니시 유키나가는 침을 꿀꺽 삼키며 다시 한 번 계월향을 바라본다.

"당신은 여러 차례 조선에 나와 봤으니까 잘 알겠지. 저게 여염집 부인인가, 노는 계집인가?"

"사아(글쎄요)."

겐소라는 자는 웃음을 띠며 말 위에서 고개를 갸우뚱하고 계월향을 한동안 바라보다가 대답한다.

"옷차림은 수수해서 여염집 아낙 같기도 합니다마는, 암만 보아도 얼굴은 참 잘생겼습니다. 여염집으로 저만큼 때깔이 벗겨지고 세련되려면 보통으론 어려울 것 같습니다. 기생일시 분명합니다. 장군이 마음에 드신다면 어디 좀 물어볼까요?"

옆에 따라선 젊은 부장이 소리 없이 싱긋 웃는다.

고니시 유키나가는 탕기 머금은 눈으로 붉은 백일홍같이 웃는다.

"당신은 조선 말을 잘하니 편리할 거야."

그는 그만두라는 말 대신 이런 딴청을 한다.

중 겐소는 말 위에서 내린다. 계월향 편으로 가지 않고 일부러 점잔을 빼고 결사대장의 편으로 걸어간다.

"저 계집의 신상을 조사하여 보았느냐?"

"말이 통하지 못하와 아직 물어보지 못했습니다."

"혹시 정탐인지 모르니 내가 잠깐 취조를 해보아야겠다."

"그러지 아니 해도 본영으로 잡아 바치려던 참입니다."

"내가 물어본 뒤에 잡아 바치도록 해라."

겐소는 정중하게 명령을 내린 뒤에 계월향이 서 있는 편으로 발걸음을 옮긴다.

"그러하온데 한 말씀 보고를 드릴 것이 있사옵니다."

"무슨 말이냐?"

"저 여자의 동행이 있었습니다. 열대여섯 살쯤 되는 계집아이온데, 둘이 함께 달아나는 것을 부하들이 붙들었습니다. 계집아이가 하도 호들갑을 떨어서 취조하는데 귀찮게 구니까 부하들이 발길로 차서 운명을 했습니다. 그리하와 저 여자가 하도 야단을 치고 시체를 묻어야 한다 하여 지금 저 언덕에 구렁을 파서 묻은 길이옵니다."

겐소는 결사대장의 보고를 듣자 양미간을 잠깐 찌푸린다.

"잘못한 일이다. 너희들에게 한양서부터 항상 주의를 주지 않았더냐? 새로이 점령하는 땅에 가서는 민심을 얻어야 한다고. 더욱이 늙은이나 어린애를 함부로 처치해서는 아니 된다. 다음부터는 극히 조심해라!"

겐소는 왜말로 결사대장을 가볍게 나무란 뒤에 천천히 계월향 앞으로 걸어간다.

독기 있게 쏘아보는 계월향의 시선이 겐소의 눈에 비친다.

겐소는 얼른 합장을 하고 계월향에게 고개를 숙인다.

"난중에 고생이 많으십니다."

똑똑한 조선말 발음에 계월향이 깜짝 놀란다.

먹장삼에 붉은 가사를 두르고 석장을 짚은 것은 흡사 조선 중인데, 다만 다른 것은 엄지발을 짜개서 신은 버선과 짚신이다.

'조선놈이 왜놈한테 붙었던가?'

계월향은 의심하는 생각이 든다.

"같이 피란 가던 소녀를 무지한 병정들이 차 죽였다니, 얼마나 가엾고 측은하시겠습니까? 죽은 소녀의 명복을 소중히 극락세계로 천도하겠습니다."

왜중 겐소는 이렇게 또 지껄이고 나서 더 한 번 합장해서 절을 올린다. 계월향의 마음을 풀어 주자는 간흉한 계교다.

계월향은 아무런 대답도 없이 오뚝이 서서, 맥맥히 추파를 굴려 중이 하는 꼴을 가만히 바라보고 섰다.

"어디로 피란을 가시다가 이 횡액을 당하셨습니까?"

계월향의 살기는 약간 풀린 듯했으나 왜적의 진 속에서 뛰어나온 이 조선말 잘하는 중을 발견하자, 새삼스레 멸시해 보는 눈초리가 더 한층 매섭다.

계월향은 의연히 대답이 없다.

중 복색을 하고 조선 땅을 방방곡곡 찾아다녔고, 일본 사신의 수원이 되어 여러 차례 조선에 왔던 겐소는, 계월향의 모습이 확실히 여염집 아낙네가 아닌 것을 분명히 알아 냈다.

아무리 의복을 수수하게 차렸다 하나, 분결같이 희고도 투명하도록 보드라워 보이는 흰 손이며, 가무스름 풍정 있게 늘어진 귀밑털이 반듯하게 다스려진 이맛전이라든지, 붉은 입술에다가 정염이 흘러간 흔적을 가진 푸른 두 눈알, 여기다가 세련된 미의 해조諧調가 몸 전체를 싸안은 계월향의 형태는, 부엌에서 주걱 자루를 붙잡아 밥을 푸고 냇가에서 팔을 걷어붙여 빨래하는 이 나라 여염의 여자는 분명히 아니었다.

겐소는 겐소대로 태도가 점점 변하여 빙긋 웃어 멸시하는 눈으로 계월향을 바라본다.

멸시해 바라보는 눈과 눈초리 사이에 겐소의 말이 또 떨어진다.

"부인의 사랑양반 성씨가 누구십니까?"

음흉한 늙은 왜중의 야비한 웃음이 탄력을 잃은 주름 진 입술 위로 능글맞게 떠돈다.

오래간만에 계월향의 말문이 터진다.

"너는 조선놈이냐, 왜놈이냐? 네 신분을 먼저 밝히라. 그런 뒤에 대답하갔다."

늙은 왜중 겐소는 여전히 멸시하는 웃음을 띤다.

"나는 일본 사람입니다."

그는 능글맞게 대답한다.

"내레 조선 기생 계월향이다. 네가 중 복색을 한 데다 비명횡사에 죽은 어린 원혼을 위해서 극락세계로 천도를 해준다니, 내레 말 좀 하갔다. 부처님의 오계五戒 중에 가히 살생을 못하도록 경계하신 게 불도인데, 닭이나 개를 잡아먹어도 죄가 된다 하거늘, 어찌 너는 사람을 죽이는 앞잡이가 되어 남의 나라를 짓밟아 유린하고, 사람을 쏘아 죽여서 붉은 피로 내를 이루게 하느냐! 네 놈의 죄악은 천지간에 가득 차서 네 몸은 장차 초열지옥焦熱地獄으로 떨어져 죽을 것이다! 이 늙은 왜중 놈아, 먹장삼을 입은 네 손으로 나를 빨리 죽여서 붉은 선지가 뻗치는 꼴을 네 눈으로 똑똑히 보라우."

불교도의 다섯 가지 경계 중 하나를 들어서 왜중 겐소를 꾸짖어 대는 계월향의 태도는 마치 나한을 꾸짖는 관음보살 같다. 겐소는 계월향의 꾸짖는 소리를 듣자 발끈 하고 성미가 뻗친다.

"저, 저 년을 잡아 묶어라!"

그는 결사대장인 왜장을 돌아보며 호령을 내린다.

왜중 겐소는 계월향이 조리 있게 따져서 꾸짖는 소리를 듣자, 불가에 적을 둔 불교도 중으로서는 너무도 가슴이 아프도록 상처를 받아 찔린 것이다.

'건방진 년! 기생 년 주제에!'

그는 마음속으로 이렇게 부르짖고 반발적으로 악독한 명령을 급하게 내린다. 그는 이렇게 잔인한 명령을 내리지 않고서는 도저히 불교도로서 저지르고 있는 자기의 행동과 죄악을 가리고 덮어서 주체할 수 없었던 것이다.

결사대장은 중 겐소의 명령을 듣자 잠깐 주저주저한다.

젊은 결사대장도 말은 알아듣는지라 불도의 다섯 가지 경계 속의 하나를 쳐들어서 중을 꾸짖는 계월향의 소리를 들으니, 아까 사람의 인도를 들어서 자기를 꾸짖던 조리 있는 논리보다 더 한층 또렷한 논리다.

계월향의 아름다움에 홀리고, 계월향의 인격에 눌리고, 계월향의 올바른 논리에 취해서 이제는 계월향을, 조선의 여성을 높이 평가하고 싶은 생각이 마음 한 귀퉁이에 구름 일 듯 유연히 일어난다.

'어찌하면 좋은가? 저 미인을 묶어 놓는다면 죽음 아니면 욕을 곧 당할 텐데.'

왜적의 결사대장은 마치 진흙 발길로 구슬을 깨 두들겨 부수는 듯한 안타깝고 애처로운 마음을 느낀다.

왜적의 결사대장이 잠깐 정신을 잃은 듯 망연히 계월향을 바라보고 섰을 때, 왜중 겐소는 두 번째 독한 호통을 놓는다.

"왜 빨리 묶지 못하느냐?"

결사대장은 어찌하는 수가 없었다.

"묶어라!"

기운 없는 소리로 부하들에게 명령을 내린다.

왜병들은 계월향이 서 있는 곳으로 몰려든다.

이 때 계월향은 왜중 겐소의 독한 명령을 눈치로 알았다.

자기를 죽이지 아니 하면 잡아다가 욕을 보일 것이 필연의 귀결일 것이 분명하다. 욕을 보고 죽느니보다는 차라리 깨끗이 자기 손으로 자결하는 것이 옳을 것이라 생각했다.

　얼른 속치마에 손을 넣어 고름에 찼던 장도 칼자루를 뽑아 든다.

　파르족족한 세 치 짧은 칼날이 햇빛에 반짝하자, 날카로운 칼 끝이 계월향 자신의 흰 목을 향하여 급히 겨누어진다.

　젊은 대마도 결사대장이 계월향을 바라보자 구슬피 비명을 지른다. 왜중 겐소의 입에서도 "앗!" 소리가 일어난다.

　이 때다. 왜병의 땀내 나는 더러운 손길이 칼을 잡은 계월향의 섬섬옥수를 덥석 완강하게 잡아 낚는다.

　계월향은 죽을힘을 다하여, 왜적의 손을 강하게 뿌리친다.

　"다쳐서는 아니 된다!"

　대마도 젊은 결사대장의 흥분된 왜 소리다.

　계월향과 왜적의 격투는 계속된다. 대마도 젊은 결사대장은 혹시나 계월향이 상할까 봐 달음질쳐 뛰어든다.

　"칼을 빼앗아라! 다치지 않도록 칼을 빼앗아라."

　젊은 결사대장은 애가 타는 듯 뱅뱅 돈다.

　계월향은 칼을 적에게 빼앗기지 않을 양으로 온몸의 힘을 다 들여 저항해 싸운다.

　적병들은, 다치지 말고 곱게 칼을 빼앗으라는 결사대장의 분부를 듣자, 그대로 맨손으로 칼을 빼앗으려 하니 힘이 든다. 주먹질이나 발길질을 하기도 어렵다.

　작은 칼이나마 계월향의 손에는 찔리면 상하는 칼이 있다. 다만 팔목을 잔뜩 잡아서 힘으로 계월향을 이기는 수밖에 없다.

　완강한 적병의 땀내 나는 더러운 손길이 계월향의 보드라운 회목을 바짝 비틀자, 계월향의 머리에 꽂힌 은비녀가 댕그랑 소리를 내면서 석비레* 메마른 땅으로 굴러 떨어진다.

"독한 계집이다!"

조금 멀리 떨어져서 계월향의 모든 태도를 가만히 바라보고 섰던 고니시 유키나가가 이렇게 혼잣말로 중얼거린다.

부장과 다이라노 시게노부는 넋을 잃어 바라보고 섰다.

왜병 한 놈이 허리에 찼던 포승을 계월향의 고운 몸에 후려쳐 던진다.

계월향은 옴치고 뛸 수가 없이 포승에 얽혀 버린다. 자유를 잃은 계월향은 분노가 탱중하여 젖가슴이 뛰어 새가슴처럼 쌔근거린다.

계월향의 몸을 포승에 묶은 채, 여러 왜적은 그녀의 다리를 들어서 말 위에 앉히려 한다.

"떨어지면 아니 된다. 가마를 구해 오너라."

겐소의 명령이다.

이윽고 왜병들은 관가로 뛰어 들어가 가마를 구해 왔다.

고니시 유키나가는 다시 마상에 올랐다. 홍일산이 그 위로 받쳐졌다.

부장이 뒤를 따르고, 다음에는 겐소가 따르고, 다음에 계월향이 포로가 되어 포승에 묶인 채 가마에 실렸으며, 다음엔 다이라노 시게노부가 말을 타고, 다음엔 기마대가 옹위해 뒤를 따랐다.

* 석비레 : 푸석돌이 많이 섞인 흙.

고니시 유키나가가 한동안 가다가 뒤에 따르는 겐소를 돌아본다.

"대사, 여염집 계집이오? 기생이오?"

고니시가 빙긋 웃고 물어본다.

"평양 기생 계월향이라고 합니다."

"무척 똑똑한데."

"학식도 있는 듯합니다."

"거문고 타고, 춤을 추는 구경을 좀 해보았으면, 하하하!"

고니시 유키나가는 호탕한 너털웃음을 웃는다.

"오늘 밤으로 수청을 들이시렵니까?"

왜중 겐소는 능글맞게 대답한다.

고니시 유키나가의 부장이 소리 없이 웃음을 웃는다.

고니시의 일행은 부벽루로 올라간다. 행장의 처소는 부벽루인 것이다.

왜장들은 부벽루로 올라서 대동강 굽이치는 푸른 강물을 바라보며 먼지를 턴다.

기마 대장 한 명이 고니시 유키나가의 앞으로 나타난다.

"아까 보통문에서 잡아 온 계집을 어찌하오리까?"

"음, 조금 나가 있거라."

고니시는 가볍게 대답한 뒤에 겐소와 다이라노 시게노부가 있는 앞에서 부장을 바라본다.

"자네, 아까 계월향이란 기생을 봤지. 마음에 드나?"

젊은 부장은 아무런 대답이 없이 씽긋 웃는다.

"싫지는 않은 모양일세그려. 이번에 싸우느라고 애도 많이 썼으니 계월향은 자네가 맡아 가게. 상으로 주는 것일세. 하 하하!"
 고니시 유키나가는 어른다운 아량을 부하에게 베푼다.
 "감사합니다!"
 젊은 왜적의 부장은 꾸뻑 절을 하고 물러선다.
 다이라노 시게노부와 겐소도 깔깔거리며 웃는다.
 부장의 처소는 연광정이다.
 이날 석양 때 계월향은 부장에게 끌려서 연광정으로 가게 되었다.

 왜적의 부장은 계월향을 연광정으로 들어오게 하고는 손수 계월향의 포승을 풀었다.
 연광정 앞에는 왜적의 부장을 비롯하여 왜병 수천 명이 결진하고 있으니, 계월향을 놓쳐 버릴 염려는 조금도 없었기 때문이었다.
 왜적의 부장도 대마도 출신이다. 일찍이 세견선을 거느리고 조선 쌀을 얻으러 자주 동래와 부산으로 왕래하던 자다. 조선 말이 왜중 겐소만큼은 능란하지 못했으나, 조선 말을 알아들을 줄 알고 급한 때는 한두 마디 지껄이기도 하였다.
 손수 포승을 끄르는 왜적의 부장은 나이 마흔이건만 손이 가늘게 떨린다. 마치 첫날밤 신방에 들어 신부의 옷을 끄르는 신랑의 심경이다.
 땀이 후줄근해진 계월향의 의상에서 뿜어 나오는 훗훗한 훈향이 강하게 왜장의 코로 스며든다.

6월 염천 한복중인 때문에 여인에게서 풍기는 내음은 더욱 훈훈하고 짙다. 풍염한 계월향의 흰 살이 구겨진 한산 세모시 적삼 밑으로 은은히 비친다.
　가늘게 떨리는 왜장의 손은 포승 매듭을 얼른 풀지 못한다. 계월향이 독기 가득히 서린 눈으로 몸을 비틀어 적장을 쏘아본다.
　길 짧은 세모시 적삼 밑으로, 붉은 물을 칠해서 끝을 물린 백자白磁 복숭아 연적 같은 흰 젖 한 쌍이 출렁하고 미끄러져 드러난다.
　왜장은 아찔하도록 현기를 느낀다. 마음은 산란하고 염통은 뛰고 숨은 가쁘다. 포승 매듭 끄르기가 사람의 목숨을 쏘아 죽이기보다 오히려 힘든 모양이다.
　왜장의 이마와 등에는 진땀이 솟아 흐른다.
　왜장은 한동안 신고를 한 뒤에야 포승 매듭을 겨우 끄른다.
　"미안이노 하이. 편히 주무 쉬게나."
　왜장은 서툰 조선 말로 이렇게 지껄이고, 계월향의 손을 잡아 연광정 마루 위로 이끌어 올린다.
　계월향은 왜장의 손을 강하게 뿌리친다.
　"이놈들아, 어서 나를 죽여 달라니깐 와 죽이지 않고 이렇게 승강이를 하네?"
　계월향은 왜장을 쏘아보며 강하게 푸념을 한다.
　왜장은 계월향한테 뿌리침을 당한 무색한 손으로 수건을 꺼내서 이맛전에 흐르는 땀방울을 씻는다. 한참 동안 우두커니 계월향을 바라보고 섰다가 무엇을 생각했는지 왜장은 아무 소리 없이 연광정 누 아래 외진 터로 내려가 버린다.

 얼마의 시간이 흘렀다.
 계월향은 비로소 주위를 살펴본다. 아무도 없다. 자기 혼자만이 홀연히 서 있다.
 대동강가에서 맑은 바람 한 줄기가 불어온다. 답답한 가슴이 약간 시원하다. 온몸에 쭉 흘렀던 땀도 적삼 밑으로 스며드는 시원한 강바람으로 해서 걷혀지기 시작한다.
 계월향은 구겨진 모시적삼 소매와 깃을 매만진다. 흩어져 산발된 머리를 가다듬어 쪽을 찌려 한다.
 정신을 차려 보니 비녀가 없다. 아까 보통문에서 칼을 빼앗길 때 비녀가 떨어졌던 것이다. 비녀가 없으니 머리를 그러모아 쪽을 지을 수가 없다.
 연광정 뒤뜰에 푸른 솔 서너 그루가 계월향의 눈에 비친다.
 계월향은 걸음을 옮겨 푸른 솔 한 가지를 휘어잡아 꺾는다. 푸른 솔 맑고 맑은 향기가 계월향의 코에 스며든다.
 갑자기 계월향의 머리에 시조 한 구절이 맑은 솔 향내 속으로 떠오른다.
 '송죽같이 굳은 절개……'
 계월향은 푸른 솔가지로 이내 비녀를 대신하여 머리에 꽂는다.
 계월향은 솔 비녀를 꽂고 천천히 연광정 마루 위에 오른다.
 눈 아래는 푸른 대동강 물이 청류벽 능라도를 감돌아 여전히 줄기차게 흘러간다.

모란봉을 위시하여 넓은 벌에 수를 놓은 듯 점점이 박힌 산들도, 어제와 같이 아무런 다른 자태가 아니었다. 멀리 병풍같이 꾸불꾸불 둘러쳐 있는 푸른 이끼 낀 장성도, 이 땅이 왜병의 발에 이미 짓밟힌 줄도 모르고 그 석벽은 말없이 하늘을 향하여 솟구쳐 있다.

침략자를 막으라는 화강암 긴 성이건만, 적의 떼는 벌써 이 성 안에서 천군만마가 되어 들끓어 대고, 성은 의연히 멍청하게 꾸불꾸불 하늘만 바라본다.

물과 산과 성은 너무도 무심하다.

물과 산과 성뿐이랴? 구름도 무심하고 하늘도 무심하다.

구름은 여전히 아름답게 희고, 하늘은 의연히 쪽빛같이 푸르다. 나라가 망한 줄을 모른다. 인류의 역사 한 면이 변한 줄을 모른다.

구름과 하늘만 무심한 것이 아니다.

능라도 실실이 늘어진 푸른 수양버들은 오늘 이 변란 속에서도 연기같이 푸르다.

새 소리가 난다. 반갑도록 정신을 일으키는 솔개 소리다.

갈매기가 펄펄 난다. 대동강 푸른 물 위로 쪽빛 하늘 위로 거칠 것 없이 훨훨 난다.

새도 무심하고 배들도 무심하다.

상녀부지망국한*이라더니, 갈매기도 부지망국한이다.

이 땅의 예전 주인은 한 사람도 보이지 않는다.

* 상녀부지망국한商女不知亡國恨 : 기생들은 망국의 설움을 알지 못한다는 뜻.

거리거리에 왜적들의 명정 같은 붉은 기, 푸른 기, 누른 기, 검은 깃발이 성 안에 가득 차서 바람에 펄펄 날린다.

붉은 갑옷 입은 왜장들과 까만 옷을 입은 왜병들이 복작복작 장터처럼 끓어 댄다.

흰 옷 입은 조선 사람은 약에 쓰려야 구할 수가 없다. 사면에서 지껄여 대는 말소리는 모두 다 왜 소리다.

평양은 완연히 왜 나라다.

"망해도 분수가 있지! 이렇게 하룻밤 사이에 별안간 망할 수가 있나?"

계월향은 개탄한다.

계월향이 시름하고 서 있는 눈앞으로 갈매기 한 쌍이 활활 창공을 박차서 대동강 하늘 위를 거슬러 건너간다. 계월향은 새가 부럽다.

"어드렇게 내 몸이 새로 될 수는 없는가?"

계월향은 백로를 바라보니 무척 부럽다. 나는 새가 되어 적진을 훨훨 벗어나 날아서 애인 김응서의 품으로 돌아가고 싶다.

"조물주가 애당초 사람을 창조해 낼 때 팔 대신 와 날개를 붙여 주지 않았던가!"

계월향은 이렇게 중얼거려 본다.

나는 백로를 보며 애인의 환상을 불러일으킨 계월향은 간과 허파가 뭉그러지고 애가 쥐어짜 비틀린다. 잘생긴 젊은 김응서의 얼굴이 이제는 또렷이 눈앞에 나타난다.

아까 아침 녘 보통문을 향하여 피란하러 달아날 때, 그렇게 원망하고 벼르던 생각은 씻은 듯 부신 듯 다 달아나 버린다.

눈에 삼삼히 사랑하는 사람의 모습은 사라지지 않는다.

'죽지 않고 살았을 텐데, 어드매쯤이나 가서 있을꼬?'

'영변일까? 선천일까? 그렇디 않으면 의주일까? 옷도 한 벌 챙겨 보내지 못했드랬으니 이 더운 삼복 중에 의복 꼴이 말이 아니렷다.'

계월향은 사랑하는 김응서의 신상을 이렇게 골똘히 생각하고 섰다.

계월향의 몸이 훗훗이 적진 속 연광정에 떨어져서 골똘히 사랑하는 이를 상사하고 있을 때, 해는 어느덧 석양이다.

서편 하늘로 고개를 돌이키니 찬란한 금빛 낙조가 서산 허리에 반나마 걸렸는데, 뭉게뭉게 떠오르는 여름 흰 구름이 벌겋게 취해서 물들기 시작한다.

푸른 하늘 서편 한 가닥에 층층이 떠오르는 만길 면화 송이 흰 구름이 떨어지는 태양의 반사를 받아 한 점, 두 점, 석 점, 불그레하게 놀이 지기 시작한다. 놀은 점점 퍼지고 짙어진다. 삽시간에 만길 하얀 면화 송이에 새빨갛게 불이 붙는다.

서편 하늘이 함빡 불붙어 타오른다. 화톳불 백만 자루 불길이 한꺼번에 서편 하늘에서 둥둥 떠서 타는 듯하다.

계월향은 황홀한 놀을 바라본다. 일찍이 자기 자신이 한평생 한 번도 바라보지 못했던 놀 같다. 우두커니 얼을 잃어 놀을 바라보고 있던 계월향은 웅얼거린다.

"놀은 타는 듯한 사랑이다."

머리엔 김응서와 활활 불붙어 이글이글 끓어 타오르던 지나간 시절 애무의 살림이 눈앞에 아렴풋이 떠오른다.

어디에서 날아왔는지 하얀 백조 두 마리가 훨훨 날개를 펼쳐서, 시뻘겋게 타오르는 놀을 뚫고 너울너울 지나간다. 암놈인지 수놈인지 모른다.

계월향의 마음에는 한 마리는 암놈이요, 한 마리는 수놈인 듯싶다.

김응서와 계월향은 한때 저 흰 새들과 같이 뜨거운 사랑의 화염 속을 의좋게 뚫고 들어가 헤맸던 것이다.

계월향은 생각해 본다.

놀은 점점 더 타올라 아름다웠다. 푸르게 흐르던 대동강 물이 노을 빛을 받아 벌겋게 이글이글 끓어 흐른다.

계월향의 얼굴도 노을 빛을 받아 빨갛게 복숭아처럼 곱게 물든다. 맑고 푸른 계월향의 물결 같은 눈도 취한 듯 불그레하다.

놀은 한산 세모시 흰 적삼과 생모시 노르께한 치마폭에까지 비쳐서 분홍빛으로 물든다. 계월향은 볼그레 물든 한산 세모시 적삼 깃을 굽어본다.

'아까 하늘에서 놀을 뚫고 날던 흰 새와 비슷하다.'

하고 계월향은 생각해 본다.

'그러나 한 사람이 없다. 애인이 없다. 아까 놀을 뚫고 날던 흰 새는 암수였는데, 지금 놀 속에 서 있는 것은 단지 나 한 사람뿐이다.'

계월향은 을씨년스런 외로움 속으로 홋홋이 떨어진다.

삽시간에 놀이 꺼져 버린다. 참으로 순간이다.

그렇게 서편 하늘을 화려하고 장엄하게 장식했던 놀이 어느 사이에 빛을 잃어 휙 스러져 버린다.

계월향의 주위엔 별안간 누르컴컴한 황혼이 기어든다.

놀은 삽시간에 깨졌다. 아무것도 없다. 흰 새도 보이지 않는다. 극히 평범한 서산 한 줄기가 으스름 서편 하늘에 희미한 선을 던져서 보기 싫게 우뚝 서 있다.

대동강 물빛은 평범하고 무색하다. 멋없게 흐른다.

계월향은 삽시간에 꺼지는 놀이 마치 자기의 운명 같다고 생각해 본다. 자기의 사랑 같다고 생각해 본다.

계월향은 갑자기 스러지는 놀을 보자 맥이 탁 풀린다. 온몸의 힘이 뚝 떨어진다. 앞이 캄캄하다.

사랑하는 사람 김응서의 생각도 꺼진 놀과 같이 스러진다. 계월향은 이내 자기의 몸을 더 유지해 서 있을 수가 없다. 연광정 기둥을 얼른 붙잡고 몸의 중심을 유지해 본다.

황혼은 어느 틈에 어둠으로 변해 간다.

계월향은 마침내 누의 마룻바닥에 몸을 던져 쓰러져 버린다.

연광정은 완전히 어둠 속에 빠져 버렸다.

적진 속에는 횃불과 화톳불이 하나씩 둘씩 켜지기 시작했다. 연광정 뜰 한가운데에도 왜병이 관솔불을 켜놓고 나갔다.

계월향이 연광정 누의 마루에 쓰러진 채로 만 가지 시름 속에 잠겨 있을 때, 적진의 주보酒保에서 적병 한 사람이 연광정 누의 마루로 올라와 사방등에 육초*를 녹여 꽂아 놓고 불을

---

* 육초肉燭 : 쇠기름으로 만든 초.

밝힌 뒤에 저녁 밥상을 올려 온다.

계월향에게 저녁을 대접하는 것이다.

계월향은 상을 대하지 아니 했다. 단지 죽을 생각만을 가지고 있었다. 그러나 죽기란 그다지 용이한 노릇이 아니다. 계월향은 호신용으로 가졌던 칼마저 이미 빼앗겨 버렸다.

'약을 먹고 죽어 볼까?'

그러나 먹고 죽을 약도 수중에 없다.

계월향은 검푸르게 흘러가는 대동강 물을 바라본다. 풍덩 강물에 몸을 던져서 깨끗이 한평생을 마치고 싶다. 그러나 정자와 강물의 거리는 너무도 멀다.

계월향은 혹시 빠져나갈 구멍이 없나 하고 다시 누의 마루에 일어나서 관솔불이 켜진 뜰 아래로 내려서 본다.

연광정 주위에는 난데없이 낮에 없던 왜병들이 한 칸 걸러 한 명씩 조총과 칼을 겨누어 수직을 하고 서 있다. 물 샐 틈 없는 삼엄한 경계망이다.

* * *

밤은 점점 깊어 들었다. 별안간 훅훅한 강바람이 강하게 불기 시작하더니, 빗방울이 우둑우둑 떨어지면서 연광정 기왓장을 갈겨 댄다.

초저녁부터 착 가라앉았던 하늘에서 별안간 번갯불이 번쩍하면서 우렛소리가 멀리서 들리기 시작한다.

바람은 더욱 세차고 빗방울은 더 한층 굵다. 시커먼 하늘에

번갯불은 점점 더 자지러지면서 우렛소리는 금방 강산을 망그러뜨려 짓부숴 놓을 듯이 개벽을 하는 듯한 웅장한 소리를 낸다.

계월향은 무의식중에 얼른 누의 마루 위로 뛰어오른다.

바람은 더욱 세차게 분다. 우둑우둑 떨어지기 시작하던 비는 댓줄기같이 쏟아지기 시작한다.

이 때다. 적병 수십 명이 횃불을 들고 왜장 한 사람을 옹위하여 연광정으로 올라온다. 이글이글 타오르는 횃불이건만, 강하게 부는 바람과 쏟아지는 빗줄기에 꺼지고 젖어 남은 횃불은 겨우 서너 자루뿐이다.

적장은 비를 막으려 밤이건만 양산을 받았다.

세 자루 횃불에 비친 왜장의 얼굴이 계월향의 시야에 들어온다. 아까 포승을 손수 끌러 주던 왜장이다.

마흔 고개를 넘을까 말까 한 정력이 이글이글 타오르는 젊은 얼굴은 저녁 반주에 취했는지 더더욱 불그레하다.

적장은 연광정 돈대 위로 오르더니 횃불 든 모든 호위한 군사를 돌아본다.

"너희들은 물러가거라!"

왜말로 명령을 내린다.

왜병들은, 꺼지고 남은 횃불을 들어 군례를 올리고 물러간다.

"횃불 한 자루는 이리 다오."

왜장은 횃불을 손수 든다.

"연광정을 수직하는 보초들은 다 잘들 있느냐?"

왜장은 물러가는 군사들을 다시 불러 물어본다.

"아무런 이상도 없습니다."

왜병의 두목인 듯한 자가 대답하고 물러간다.

바람은 여전히 강하게 불고, 비는 계속해서 억수같이 쏟아진다.

왜장은 횃불을 친히 들고, 버적버적 연광정으로 올라선다.

계월향은 횃불을 들고 버썩 누의 마루로 올라서는 왜장을 보자 이내 무서운 공포 속에 빠져서 온몸이 부들부들 떨린다.

'이놈이 이제는 나한테 개 짐승의 짓을 하려나 보다!'

계월향의 머리는 이런 기막힌 무서운 생각이 번갯불처럼 홱 스치고 지나간다.

적장은 횃불을 든 채 계월향 앞으로 다가선다.

거나하게 술이 취해서 개기름이 흐르는 적장의 커다란 얼굴엔 입이 빙긋이 벌어지며 야비한 웃음이 물결친다.

기막힌 무서움의 절정에 서서 바들바들 떨고 서 있는 계월향의 하얗고 고운 얼굴이, 횃불에 비쳐서 얼근하게 취한 적장의 눈에 부조浮彫마냥 떠오른다.

천하의 절색이다. 낮에 포승을 풀 때보다도 훨씬 더 어여쁘다.

축축한 빗방울을 머금은 강한 바람이 적장이 들고 서 있는 횃불을 강하게 후려갈긴다. 횃불이 꺼질 듯 다시 살아난다.

바람이 누의 마루로 돌다가 반대 방향으로 스러진다. 스러지는 바람을 따라 계월향의 살 내음이 적장의 코로 스쳐 간다. 적장은 횃불을 든 채, 더 한 걸음 계월향 앞으로 다가선다.

계월향은 비슬비슬 뒷걸음을 쳐서 물러선다.

적장은 여전히 소리 없이 능글맞은 웃음을 해가지고 계월향에게로 따라 든다.

　계월향은 또다시 뒷걸음질을 친다.

　바람과 비는 아까보다 더 거세고 억수같이 쏟아진다.

　적장은 물러가는 계월향을 따라서 또 한 걸음 다가선다.

　계월향은 마침내 연광정 난간 구석 모퉁이에 오뚝이 서서 떤다. 이제는 더 피하려야 갈 곳이 없다.

　낮에는 그렇게 적장들을 강하게 꾸짖던 계월향이, 폭풍우 쏟아지는 이 밤에는 한 마디 소리를 내어 꾸짖지를 못하는 것이다. 계월향의 손에는 촌철도 없다. 계월향은 죽음이 무서워서 떠는 것이 아니었다. 목숨이 떨어지기 전에 몸을 망치게 되니 탈이다.

　적장은 바른손에 잡았던 횃불을 왼편 손으로 바꾸어 든다. 그는 마침내 계월향의 손을 덥석 붙든다.

　계월향은 송충이가 탁 붙은 것 같아 질겁해서 적장의 손을 뿌리치며 강한 소리를 빽 지른다.

　"이 짐승 같은 자식이!"

　쇳소리 같은 계월향의 구슬픈 비명이 자기도 모르는 결에 강하게 질러진다. 그러나 사나운 폭우 소리는 계월향의 비명을 모기 소리보다도 더 작게 만들어 놓는다.

　적장은 벌룽거리는 횃불을 번쩍 들어서 동이의 물을 붓듯 폭우가 쏟아져 내리는 연광정 마당 가로 팽개쳐 버린다.

　이글이글 불붙어 타오르던 횃불 한 자루는 댓줄기처럼 쏟아지는 억센 비에 "부지지" 소리를 내면서, 마지막 번쩍 하는 섬광을 내자 이내 탁 꺼져 버린다. 누의 마루에는 은은한 사방등의 촛불 빛만이 꺼질 듯 희미할 뿐이다.

적장은 계월향의 앞에 떨어진다.

연광정 마루 한복판에 이르자 아직도 빗물이 눅눅하게 젖은 갑옷 투구를 활활 벗어젖힌다.

적장은 마침내 갑옷 속에 입은 '하카마'까지 활활 벗어 버린다. 건장한 육체를 싸안은 적장의 홑옷 입은 미끈한 자세가 희미한 등불 아래 계월향의 눈으로 스며든다.

적장은 옷을 활활 벗어부치고 덥석덥석 걸어서 연광정 난간 문지방 안에 바람을 막아 앉아, 희미한 빛깔을 뿜고 있는 등불을 발길로 탁 걷어차 버린다.

사방등은 모로 박히고 불은 탁 꺼져 버린다.

위기는 겨우 머리칼 한 올을 사이에 두고 있다.

별안간 연광정 안은 캄캄한 어둠 속에 갇혀 버린다.

계월향은 정신을 바짝 차린다.

'어드렇게 하면 적에게 욕 당하는 것을 단 한시라도 모면할 수 있을까?'

계월향의 머릿속에는 이 생각으로 가득 찼다.

적장이 발길로 등불을 걷어차서 별안간 불이 탁 꺼져 버렸을 때 계월향은 천재일우의 좋은 기회라고 생각한다.

적장의 마의 손길이 다시 뻗치기 전에, 계월향은 얼른 어둠 속에서 몸을 움직여 사뿐 연광 기둥을 껴안으며 누마루 밖에 있는 난간을 끼고 살금살금 기어 돈다.

비바람은 여전히 거세고 사나웠다.

계월향은 쏟아지는 비를 무릅쓰고 연광정 댓돌을 더듬어

내려서자, 아까 비녀를 만들어 꽂던 솔숲을 향해 달아난다. 쏟아지는 비의 차가운 맛도 감각하지 못한다. 옷이 젖는 것도 생각할 여지가 없다. 다만, 한 가지 간절한 생각만이 머릿속에 꽉 차 있을 뿐이다.

'어드렇게 하면 내레 사랑하는 님을 위해서 정조를 적장에게 빼앗기디 않나?'

한편으로 적장은 옷을 활활 벗어부치고 발길로 등을 걷어차 불을 끄자, 캄캄한 폭풍우 속에 야수처럼 계월향을 향하여 뛰어든다. 거나하게 취한 적장은 어둠 속에서 떨리는 듯 진저리를 강하게 쳐서 느긋한 유열을 느낀다.

바로 찰나 뒤에는 계월향의 부드러운 육체를 어루만질 수 있는 것이다.

기둥 앞 한구석, 캄캄한 어둠 속에서 계월향의 풍염하게 잘 생긴 얼굴이 아련히 떠오르는 듯하다. 적장은 달음질쳐 뛰어가 계월향을 버썩 껴안는다.

적장의 이마빼기로 별안간 무엇이 강하게 부딪친다. 적장은 아팠다. 눈에서는 번갯불이 번쩍 하고 일어난다.

강하게 얼싸안은 적장의 품속에 들어 있는 것은 풍윤한 계월향의 부드러운 살이 아니라 딱딱한 연광정 아름드리 기둥이었다.

적장은 뼈다귀를 떨어뜨려 잃어버린 늑대의 심경 같았다. 어둠 속에서 미칠 듯 헤매면서 계월향의 부드러운 몸을 찾는다. 이 구석으로 달리며 뛰었다가 저 구석으로 찾아 뛴다. 몇 번인가 또다시 기둥과 문설주에 이마받이를 한다.

"계월향!"

"계월향!"

계월향을 부르면서 어둠 속을 헤매며 쫓아다닌다.

마침내 적장은 연광정 넓고 넓은 누의 마룻바닥을 굴러다 니면서, 허공에 두 팔을 뻗은 채 계월향을 찾아다닌다.

허기진 사냥개처럼 두 팔로 마루판을 더듬어 기어 다니면서, 콧구멍을 벌룽거리며 계월향의 체취를 쫓아 찾아다닌다. 몇 번인지 또다시 정강이를 문지방에 부딪치고 기둥에 이마받이를 한다. 왜장은 열 번, 스무 번 계월향을 부른다.

그러나 계월향의 모습은 연광정 누의 마루 안에서 묘연히 자취를 감추었다.

왜장은 어느덧 술이 다 깨어 버린다. 반면에 야수 같은 욕화慾火는 점점 더 강하게 타오른다. 그는 후회를 한다.

'공연히 술김에 미리 불을 꺼버렸구나.'

그렇지만 계월향이 철옹성같이 첩첩이 둘러싸인 진 속을 헤치고 벗어나 달아날 리는 만무한 노릇이다.

적장은 마침내 체면을 돌아보지 않고 고래고래 소리를 지른다.

"거기 누구 아무도 없느냐?"

질자배기*를 깨 두들기는 듯한 왜장의 큰 목소리건만, 거센 비바람 소리에 막혀서 얼른 호위병의 귀로 들어가지 않았다.

여남은 번이나 부른 뒤에야 호위병이 횃불 한 자루를 들고

* 질자배기 : 질흙으로 빚어서 구워 만든 둥글넓적한 질그릇.

황망히 연광정으로 뛰어오른다.

적장은 심술이 뻗쳤다.

"이놈들아, 귓구멍이 절벽같이 먹었느냐? 그토록 불러도 대답이 없으니……. 마루에 불이 꺼졌다. 등에 불을 붙여라."

호위병은 황송해서 아무런 변명도 못하고, 공손히 한 귀퉁이에 거꾸러져 있는 사방등을 바로잡아 놓은 뒤에 홰에서 작은 싸릿가지 하나를 꺾어 불을 옮겨 초에 붙인다.

불을 붙여 놓고는 다시 적장의 눈치를 살핀다.

적장의 노기는 아직도 풀리지 않았다.

"여기 계집이 없어졌다. 포로로 잡아 왔던 조선 계집 말이다. 멀리 달아나지는 못했을 것이다. 빨리 찾아서 붙잡는 대로 꽁꽁 묶어 오너라!"

왜적의 호위병은 명령을 받자 나는 듯이 연광정 누 아래로 뛰어내린다.

폭풍우 속에 연광정을 둘러싼 수백 자루의 횃불들로 삽시간에 불야성을 이룬다.

적병들은 비를 무릅쓰고 황망하게 발길을 이 구석 저 구석으로 돌려 계월향을 찾아다닌다.

미칠 듯 욕화에 불타오르는 적장은, 가만히 연광정 누의 마루에 앉아서 계월향을 잡아 오기를 기다리고만 있을 수는 없었다. 불야성처럼 비추는 횃불을 따라 속옷 바람으로 누 아래로 뛰어내린다.

댓줄기같이 내리지르는 폭우는 삽시간에 왜장의 틀어올린 '존마게(상투)' 머리와 엷은 옷을 쪼르르 적셔 버린다.

가슴속에 원죄의 추한 불길이 강하게 불붙어 타오르는 왜장은, 진흙 속에 뒹구는 검둥개가 된다.

왜장은 빨리 계월향을 찾아내지 못하는 호위병들 앞으로 가서 횃불 한 자루를 덥석 빼앗아 든다. 왜장은 횃불을 번쩍 솟구쳐 높이 들고 비쳐지는 불빛 아래, 시야를 넓게 하여 두리번두리번 앞을 바라보며 찾는다.

바로 멀지 않은 열 걸음 밖, 푸른 솔이 우거진 곳에 희끗 다른 무엇이 비친다.

왜장은 병아리를 본 독수리인 양 횃불을 들어 앞만 보고 날쌔게 달음질친다. 돌연히 발 아래에 무엇이 탁 걸리자 왜장은 진흙길에 미끄러져 횃불을 든 채 공중제비로 가로 떨어져 버린다.

왜장이 걸려 넘어진 것은, 아까 그가 처음 연광정에 올랐을 때 계월향의 고움에 취하여 등불을 걷어차기 직전, 흥에 겨워서 내던졌던 반 정도 타다 꺼진 횃자루 때문이었다.

왜장은 얼른 일어나 본능적으로 흙을 탁탁 털어 본다. 그러나 비에 으깨진 진흙은 떨어질 리가 만무하다.

이 꼴을 바라보는 모든 적병들은 저희들의 상관이언만 폭우가 내리지르는 것도 잊어버리고 입을 틀어막아 조소를 보낸다.

적장은 마침내 진흙 속에 뒹구는 개가 되어 버린다. 도덕을 가지지 못한 인류의 원죄 속에서 헤어나지 못하는 왜장은, 마침내 등 뒤에 서 있는 부하들의 비웃음도 느낄 줄을 모른다.

다음 순간에 적장은 횃불을 다시 들고, 솔밭으로 뛰어 들어가 희끄무레한 물건을 덥석 강하게 껴안는다.

비를 맞아서 온몸이 후줄근해 가지고 부들부들 떨고 있는 허연 물건은 틀림없는 계월향이다.

계월향은 마침내 적장의 악마 같은 강하고 억센 팔뚝에 놀란 암탉처럼 채였다. 계월향은 최후의 반항으로 억지를 피워 몸부림친다. 주먹이 으스러져라 하고 적장의 가슴을 갈겨 친다.

크고 넓은 적장의 가슴은 무쇠 구멍인 양 끄떡도 없다. 이로 적장의 팔죽지를 물어뜯는다. 발을 들어 발버둥질을 친다. 그러나 아무 효과도 없다.

적장은 마침내 무쇠 같은 힘찬 팔뚝으로 계월향을 으스러지도록 가로 안아 벌떡 일어선다.

다음 순간엔 처절하도록 애끊는 계월향의 자지러지는 비명이 폭풍우 쏟아지는 연광정 누 안에 가득하다.

폭풍우 사나운 비바람 속에 향기 짙은 해당화 한 송이는 낙화가 낭자하도록 도둑의 진흙 발길에 짓밟혔다.

천길 지옥 속에 떨어져 거의 기절했던 계월향은 이제는 손가락 하나 까딱할 힘도 없다. 맥이 탁 풀려 버린다.

눈물이 철철 흘러서 마룻바닥에 흥건히 괴었다.

'나라가 망하면 몸도 망한다더니 이것이 나를 두고 이른 말이로구나!'

계월향은 목이 가라앉고 성대가 찢어져서 목소리조차 나오지 않는다.

'일부종사를 하기 어려운 기생의 몸이지만, 내레 몸이 이족

異族의 흙탕 발에 더럽힐 줄은 꿈에도 생각지 못했드랬던 바다! 장차 무슨 낯으로 김응서 나리를 살아서 대할 것인가?'

 계월향은 생각이 여기까지 미치니 얼굴이 화끈하게 상기가 된다.

 그저 탁 죽고만 싶었으나 죽어지지를 않는다. 옆에서는 적장이 고단하게 코 고는 소리가 드르렁드르렁 징그럽도록 들려온다.

 계월향은 이미 깨어진 몸을 마룻바닥에 내버린 채 밤이 새도록 흐느껴 운다. 계월향의 정신은 점점 또렷또렷 맑아진다. 그러나 몸은 꼼짝달싹 운신할 수가 없다.

 삭신이 쑤시고 아프다.

 적장의 징그러운 코 고는 소리는 여전히 높았다 낮았다 하면서 계월향의 괴로운 심경을 더 한층 쓰리게 만든다.

 계월향은 칼이 있으면 자기 몸의 한 부분을 도려내 버리고 싶다.

 '장도만 빼앗기지 않았드랬어도 새파란 칼 끝으로 왜적에게 더럽힌 내 몸의 한 부분을 도려내련만!'

 계월향은 이런 생각을 하고 또다시 흐느껴 운다. 흐느껴 울어도 목이 가라앉아 소리가 나지 않는다.

 '원수를 갚으리라. 기어이 이 몸의 원수를 갚으리라!'

 계월향은 바드득 이를 간다. 박씨 같은 계월향의 하얀 이가 보드득 갈리는 음향이 자신의 고막 속으로 굴러 들어간다.

 적장의 능글맞은 콧소리는, 여전히 드르렁드르렁 높았다 낮았다 계월향의 귓속을 징그럽게 찌른다.

'기어이 저 놈을 죽이리라! 내 손으로 죽이리라! 내 손으로 저 놈을 죽여서 천추에 씻지 못할 내 몸의 원한을 갚으리라! 나라의 원수를 갚으리라! 짓밟힌 겨레의 원수를 갚으리라!'

계월향은 생각이 이쯤 되고 보니, 어디서 솟구쳤는지 별안간 딴 기운이 버썩 일어나는 것 같다. 힘없이 풀렸던 맥박이 강하게 고동을 쳐 뛰기 시작한다.

노그라질 듯한 기운 없던 사지에 어떤 영기로운 새 기운이 떠오르는 듯하다.

조금 전까지 천길 지옥 속에 떨어졌던 몸은 거룩한 영감을 받아 구름을 타고 하늘 위로 오르는 듯하다. 쑤시고 아프던 다리, 팔과 어깨도 거뜬한 듯하다.

'몸은 비록 더럽혀졌으나, 나라를 위하고 겨레를 위하여 이 나라의 의로운 여자가 되어서 저 놈을 죽이고, 또다시 우리 겨레를 도탄에 들게 한 왜장들을 모조리 죽여서 대의에 사는 계월향이 되리라!'

계월향은 더 한 번 이렇게 마음속으로 결연히 맹세한다. 맹세를 한 뒤에 또다시 이를 간다. 뽀드득 이 갈리는 소리가 계월향의 귓속으로 더 한 번 강하게 들어간다.

어느덧 동이 환하게 트기 시작했다. 간밤에 지독하던 폭풍우도 이제는 씻은 듯 부신 듯 멎었다.

연광정 정자 안으로도 한 가닥 광명이 비친다.

계월향은 새 기운을 받아 벌떡 자리에 일어나 앉는다. 고요히 자기의 주위를 살펴본다.

옷은 갈기갈기 찢기고, 머리는 가닥가닥 흐트러졌다. 눈같이 흰 살엔 군데군데 시퍼렇게 멍이 들어박혔다.

찢어진 모시 적삼 앞섶이며 생모시 치마 앞뒤 자락에 붉은 피가 방울져 뿌려졌다. 마치 점점이 흩날려 떨어진 꽃잎과 같다.

누구의 피인지 모르겠다. 간밤에 계월향은 주먹으로 강하게 적장의 코쭝배기를 갈겼던 것이다.

그러나 계월향의 입술도 아프도록 찢어졌다. 계월향은 또 한 번 이를 바드득 간다.

계월향은 몸은 비록 더럽혀졌으나, 가슴속엔 한 조각 얼음 같은 마음을 고이 간직했다.

이날부터 계월향은 거죽으론 아무런 반항하는 태도도 갖지 않았다. 밥을 주면 기운을 차리기 위하여 먹었다. 옷을 주면 몸을 가리기 위하여 입었다.

적장은 계월향에게 일본 계집의 옷을 입히려 했다.

그러나 그는 한사코 이것만은 싫다 했다.

장별리 계월향의 집에 내버리고 나왔던 농짝이 왜병의 손으로 적장과 계월향이 함께 거처하고 있는 연광정 안으로 옮겨졌다.

계월향은 농짝을 바라보니 불현듯 적병들의 손에 불쌍하게 비명횡사한 향란의 생각이 나고, 또 애인 김응서의 생각이 간절했다.

1천여 리에 뻗쳐 성난 물결처럼 치밀어 올라오는 왜병의 난을 피하여 애인과 향란과 함께 이 농짝을 말에 싣고 구명도생苟命圖生을 해서 달아나려던 것이, 애인은 종적이 묘연한 채 생사를 몰라 소식이 단절되고, 나이 어린 향란은 무지막지한 짐승 같은 왜병들의 발길에 목숨이 떨어졌다.

그런 뒤에 외톨같이 홋홋이 단 하나 남은 자기의 몸은 이미 씻으려야 씻을 수 없는 버린 몸이 되었으니, 계월향에게 왜적들은 하늘을 같이 머리에 일 수 없는 큰 원수다.

계월향은 농짝의 옷을 챙기다가 가만히 눈감아 2천 리에 뻗친 왜란의 참혹한 정경을 생각해 본다.

'나와 똑같은 처지로 운명의 농간을 당한 조선의 여자들이 얼마나 많았을 것인가? 향란과 같이 도둑의 진흙 발길에 채어 죽은 어린애들의 억울한 혼이 이 강산 위에 얼마나 많이 덮여서 떠돌 것인가?'

계월향의 게슴츠레한 눈에 매섭도록 싸늘한 살기가 떠돈다. 모든 조선의 불쌍한 어린이와, 몸을 짓밟힌 조선 여자들을 대신하여 자기는 단연코 원수 갚을 것을 더 한 번 결심한다.

계월향은 왜적들에게 원수 갚는 방법을 가만히 생각해 본다.

원수를 갚자면 왜장들의 생명을 빼앗고, 왜병들의 목숨을 빼앗아 버리는 길밖에 없다.

그러나 자기에게는 너무도 힘이 없다. 무기조차 갖지 않았다. 그렇기 때문에 적장에게 몸을 버리지 않았던가?

다만 계월향이 오직 가지고 있는 힘이란 요염한 탯거리로 적장을 뇌쇄시키는 한 가지 큰 매력이 있을 뿐이다.

'이왕 내 몸을 더럽힌 바에야 한 번 더럽히나 두 번 더럽히나 더럽히기는 마찬가지다. 저 놈의 마음이 흐뭇하도록 우선 농락을 해보리라!'

다음 순간 계월향의 호수같이 맑은 눈엔 일찍이 가져 보지 못하던 탕기 띤 처염한 웃음이 쌩긋하고 귀기를 띠어 감돈다.

계월향은 농 속에서 빗접과 거울을 꺼내서 펼쳐 놓고 거울을 향하여 머리를 빗는다.

귀신같이 산발이 되어 흐트러졌던 머리는 순식간에 검은 공단 결 같은 머리 쪽으로 변한다.

계월향은 농 속에 의연히 남아 있는 패물 궤를 열고 대동강 짙은 강물 빛보다도 더 푸른 비취옥 비녀를 살포시 쪽에 디밀어 꽂는다.

찢어진 피 묻은 옷을 벗어 버리고 속속들이 새 옷 한 벌을 갈아입는다. 남스란치마에 화려한 당항라 깨끼저고리를 입는다. 아까울 것도 아낄 것도 아무것도 없다.

계월향은 옷을 갈아입은 뒤에, 세수를 하여 기름 묻은 손과 얼굴을 닦는다.

다시 거울을 대하여 얼굴에 엷게 지분을 바른다.

단장을 끝마친 뒤에 다시 거울을 대하여 얼굴을 비추어 보니, 스스로 보아도 좀 전의 자신보다 한결 아름다움이 느껴진다. 맥맥히 거울을 들여다보던 계월향은 서글픈 듯 가만히 길게 한숨을 쉰다.

적장은 계월향을 폭력으로 짓밟아 놓은 뒤에, 군무를 보살피러 총총히 부벽루의 고니시 유키나가의 본영으로 올랐다가, 궁금증이 나서 배겨 낼 수가 없었다.

한낮이 겨워지자 부리나케 연광정 자기 진터로 내려와서

부하 아장들에게 대강대강 처리할 일을 분별하고, 계월향이 있는 연광정으로 올라왔다.

적장은 계월향을 폭력으로 유린한 뒤에 악마 같은 쾌감을 느껴서, 마치 손바닥 안에 진주 구슬을 얻어 쥔 듯 즐거운 마음을 주체할 수 없었다. 그러나 마음 한구석엔 어쩐지 흡족하지 못했다.

여자와 남자의 사랑이란 도저히 폭력으로는 이루어지는 것이 아니다.

계월향은 최후까지 적장인 자기를 거부했다. 계월향은 마지막 힘을 다하여 주먹으로 자기의 코쭝배기를 쳐서 피까지 흘리게 한 뒤에 이내 기절한 상태로 떨어졌고, 그는 이 기회를 이용하여 아니 빼앗기려는 계월향 정조의 아성을 단숨에 무찔러 버렸던 것이다.

적장은 망망한 바다를 가로 건너 천병만마를 호령하면서 무인지경처럼 부산에서 한양, 한양에서 평양까지 1천5백 리 길을 치달렸다. 이 때, 이 나라의 임금은 그 위풍에 놀라서 의주로 달아났다.

이 나라의 고위 관리들은 가는 곳마다 풍비박산 쫓겨 가고, 이 나라의 남방과 북방의 천하 명장이란 수많은 장수들도 그와 싸워서 죽지 않았으면 모두들 패해서 달아났다. 이 나라의 수령이란 자들은 그의 명만 듣고는 바람처럼 뭉그러지지 않으면 항복해 버리는 자가 거재두량*으로 많았다.

* 거재두량車載斗量 : '물건이나 인재 따위가 아주 흔하여 귀하지 않음'을 이르는 말.

그런데 이 나라의 여자, 여자 중에도 절개를 지키는 여염집 아낙네가 아니요, 길가에 푸른 가지를 늘어뜨린 버들이 아니면 담 앞에 꺾으라고 곱게 핀 한 떨기 야화인 기생 계월향이 선뜻 그의 품안에 안기지 않고 최후까지 반항을 하다가 기진맥진 기함이 된 뒤에야 비로소 그의 것이 되었던 것이다.

강제로 기생 계월향의 육체를 짓밟았다는 것은 커다란 부끄러움이요, 사내로서 한평생 명예스럽지 못한 일의 하나였다.

적장은 마음 한 귀퉁이에 아직도 양심의 싹이 다 잘라지지는 않았다. 야수 같은 본능의 충동을 억제하지 못하여 강제로 계월향의 몸을 짓밟았으나, 이것은 정말 자신이 승리한 것은 아니었다.

적장은 한 가닥 불안한 마음을 아니 가질 수 없었다.

워낙 대상이 고운 요초인 때문이며, 상대편이 아름답고 맑은 구슬이기 때문이며, 한 번 본능을 푸는 기계로 버리고 헌 짚신 짝처럼 내버리기에는 아까웠기 때문이다.

적장은 야수적인 행동에서 사람다운 서정적인 정서로 마음이 움직이기 시작했다.

적장은 불안한 마음이 생겼다. 어느덧 짝사랑의 싹이 움직이기 시작하는 것이다.

'계월향이 순종치 아니 하고 나를 끝끝내 거부한다면 어찌하나?'

적장은 이렇게 생각하자 마음이 불안했다.

'아무리 기생이라 하나 침략자인 나를 좋다고 할 리는 없으렷다.'

적장의 마음은 어딘지 텅 빈 듯 공허했다.

'저 계집이 끝내 밥을 거부하고, 물도 아니 마시고 곡기를 끊어 절명이 되어 죽어 버리면 어찌하나?'

왜장은 생각이 여기까지 미치자 마음이 자못 초조했다.

'육체는 힘으로 빼앗아 굴복시킬 수가 있지마는 꼿꼿한 정신만은 억만 대병을 가지고 짓밟아 버린대야 빼앗을 도리가 없는 것이 아닌가?'

적장의 마음은 적이 괴로운 오뇌懊惱 속에 빠졌다.

계월향에 대한 적장의 짝사랑 싹은 완연히 트기 시작했다. 그의 머릿속은 오뇌와 불안이 가득 차 온통 뒤숭숭했다.

적장은 걸음을 천천히 하여 연광정 누의 마루로 오른다.

그의 눈엔, 아까 새벽녘 자리 옆에 흐트러진 머리와 찢어진 치맛자락으로 살기를 머금고 오뚝이 앉았던 계월향의 모습이 삼삼히 눈에 어린다.

'어떻게 하면 이 계집의 마음을 슬쩍 돌려 놓을 수 있을 것인가?'

이렇게 생각하면서 적장이 막 연광정 월대를 거쳐서 보석을 딛고 누의 마루로 올라설 때 그의 눈은 별안간 환하도록 부시다. 적장은 자기의 눈을 의심하면서 다시 고개를 번쩍 들어 앞을 바라본다.

연광정 붉은 기둥을 짚고, 유유히 흘러가는 대동강 푸른 물결을 굽어보고 있는 조선 미인 한 사람이 서 있다. 치마는 조선 여인의 화려한 정장 남스란치마요, 윗옷은 육체의 아름다움을 은은히 뿜어내는 당항라 깨끼저고리다.

여기다가 칡 빛보다도 더 짙은 검은머리 쪽엔 아름다운 고려 청자의 빛깔을 연상시키게 하는 비취옥 푸른 비녀를 넌지시 꽂고 섰다. 날아갈 듯 날씬한 어깨와 바람에 날리는 남스란치마 자락으로는 풍류가 구불구불 흘러넘쳐 이국 정조를 아낌없이 뿌리며 풍정 있는 뒷모습을 그리고 있다.

사람이라기보다 차라리 한 폭 기막힌 조선 여인의 미인도다.

적장은 어리둥절하다.

'웬 여인일까?'

계월향이 이런 모습으로 이렇게 서 있을 줄은 꿈 밖이다. 계월향은 지금쯤 저 편 누의 마루 뒤 온돌방에 쓰러져서 찢어진 옷, 흐트러진 머리로 독살을 풍기고 있을 것만 같은 생각이 들었던 것이다.

적장이 기침을 하면서 누의 마루 위로 성큼 올라서자, 강물을 바라보며 등을 지고 섰던 미인이 홀연히 고개를 돌린다.

기막히지 않은가! 계월향이다.

적장의 눈이 부시다.

말없이 적장을 바라보는 계월향의 눈엔 미소가 가슴츠레 물결친다.

적장은 꿈인지 생시인지 판단을 내리기 어렵다. 문득 서서 다시 한 번 계월향의 눈을 마주 바라본다.

기막힌 눈이다. 호수처럼 고요하면서도 움직인다. 웃는 눈도 아니요, 우는 눈도 아니다. 정염을 담뿍 실어서, 뽀얀 안개 속에 사랑의 아지랑이를 아물아물 뿜는 듯한 눈이다.

적장은 홀린 듯이 제 눈을 의심한다.

계월향은 여전히 아무 소리도 없다.

아늑하도록 태연히 서서 적장을 무심한 듯 유심히 바라본다. 계월향의 눈이 또 한 번 움직인다.

적장에게 사랑을 하소연하는 듯한 눈이다. 계월향의 눈은 소리 없이 또 흘려 움직인다.

원망하는 듯 사모하는 듯, 소리는 없건만 흘러 움직이는 계월향의 아름다운 눈매 속에는 도란도란 향기로운 말이 곧 떨어져 구르는 듯하다. 가을 물결 같은 계월향의 눈은 대동강 강물보다도 시원하고 넓다.

6척 장신의 완강한 젊은 왜장을 훌쩍 집어삼켜 버린다.

적장은 이제는 더 배겨 낼 수가 없다.

"오, 계월향!"

한 마디를 부르짖은 뒤에 성큼 뛰어가 계월향을 덥석 껴안는다.

사악사악 소리를 내는 엷은 깁* 남치마 자락이 적장의 손바닥 안에 사각사각 닿는다.

싱그러운 깁 내가 계월향의 훈향과 어우러져 적장의 코를 스치고 연광정 붉은 난간 위로 사라진다.

적장은 계월향의 얼굴을 왼팔에 고이 받든 채 그 희멀끔하게 잘생긴 얼굴을, 지척에서 고요히 응시한다.

황홀한 미의 세계다.

적장은 이런 아름다움을 사십 평생에 대해 본 적이 없다.

* 깁 : 명주실로 바탕을 조금 거칠게 짠 비단.

계월향은 아무런 저항도 하지 않는다. 그대로 몸을 적장의 넓은 가슴 안에 탁 실려 버린다.

마치 사람 없는 나룻가에 바람을 따라 저 혼자 흘러가는 임자 없는 배였다.

어젯밤의 모든 반항을 치우는 듯, 다시 그 이글이글한 큰 눈에 다뿍 하소연하는 뜻을 실어서 적장의 얼굴을 쳐다본다.

적장의 가슴이 출렁하고 물결친다. 적장은 이 아름다운 미의 세계에 노그라질 듯 취한다.

계월향의 눈이 적장을 뇌쇄시키는 게 아니라, 적장 제 스스로가 계월향에게 취한다.

화불미인花不迷人 인자미人自迷, 즉 색이 사람을 미혹하는 것이 아니라 사람이 스스로 미혹되는 격이다.

적장의 그 징그러운 큰 입술이 계월향의 하얀 뺨 위로 닿는다. 마치 검은 범의 입술이 분홍빛 해당화 꽃술에 닿는 형태다.

꽃술은 무심한 듯 가만히 호랑이를 거부하지 않는다.

적장은 무한히 행복스러웠다. 모란봉 언덕 가에 부벽루, 을밀대가 그림보다도 아름답게 솟구쳐 있고, 대동강 굽이치는 맑은 물이 푸른 버들 속에 파묻힌 능라도 청류벽을 감돌아 유유히 흘러가는 비단 폭을 펼친 듯한 아름다운 강산인 연광정 속에, 고도의 조선 문화를 말씬말씬 풍기고 있는 기생 계월향을 안을 수 있다는 것은, 가슴이 뻐근하도록 행복스러운 일이다.

동래부사나 부산첨사의 행차가 지나가면 땅바닥에 엎드려 절하던 대마도의 왜추倭酋로서는 꿈에도 생각해 보지 못하던 느긋한 행복이다.

조선의 부산첨사나 동래부사는 짓궂기도 했다.
　　부사나 첨사의 행차가 왜관倭館으로 지나갈 때에 좌우 옆길에 왜추들이 마중을 나와 엎드려 있을라치면, 부사나 첨사들은 담뱃대 긴 장죽을 물고 가마를 타고 가다가, 왜추들의 '존마게'를 틀어 올린 앞 머리빼기에 담배 연기가 몰씬몰씬 나는 은으로 '수복壽福' 자 모양을 새긴 뜨거운 담뱃대를 왜추들의 정수리에 꼬옥 눌러서 재떨이 대용을 했던 것이다.
　　왜추들은 해마다 조선의 쌀인 세견미歲遣米를 얻어먹게 되니, 이 설움을 아니 받을 수가 없었다.
　　담뱃대 뜨거운 불을 몇 번이고 눈물을 참고 정수리에 받아 오다가 영리한 왜추들은 꾀들을 내었다. 다음번부터는 미리 조선의 재떨이를 머리에 쓰고 나왔다. 조선의 놋재떨이 양편에다가 구멍을 뚫고 끈을 달아 머리에 뒤집어쓴 뒤에 갓끈마냥 턱에 붙들어 매고, 동래부사나 부산첨사를 맞이했던 것이다.
　　"엣, 고놈의 종자들!"
　　동래부사와 부산첨사는 그만 기가 막혀서 껄껄 웃어 버렸다.

　　왜장은 이렇던 지난 일을 생각하니, 오늘날 조선의 금수강산 연광정 높은 누의 마루에서 절대가인 계월향을 껴안아 본다는 것이, 마치 속인이 천상의 누각 백옥루의 광한전에 올라서서 월궁의 항아가 아니면 선녀를 희롱하는 심경이다.
　　"계월향!"
　　왜장은 계월향의 귀밑털이 풍정 있게 늘어져 있는, 바로 그 옆 희고 맑은 귓바퀴 앞에 은근히 입술을 대고 가만히 불러

본다.

　계월향이 눈을 스르르 감아 탐스러운 흰 턱으로 끄덕끄덕 대답한다.

　"인제는 내가 시루지 아니 하나?"

　치정에 얽히어 걸려든 왜장의 서투른 우리 말이다.

　계월향은 적장의 가슴에 안긴 채 또다시 대답 대신 그 풍윤한 아름다운 흰 턱을 끄덕끄덕 흔든다.

　적장은 만족했다.

　'계집이란 할 수 없는 게다. 제아무리 처음엔 정절을 지킨다 하지만, 한 번 정복을 당한 뒤엔 별수가 없는 게다.'

　이렇게 생각하자, 적장은 마음이 흥그러워 아무런 의심도 없다.

　석양 꺼지는 해에 적장은 손뼉을 쳐서 부하를 부른다.

　"상쾌한 저녁이다. 술을 올려라."

　술상이 올려지고, 대동강 여름 밤 경치는 아름다웠다.

　적장은 계월향이 따라 올리는 조선의 감홍로 술을 마음 놓고 마셨다. 그는 계월향에게 노래를 청하고 춤을 추게 했다.

　계월향은 자진해서 거문고와 가야금을 구해 올리라 해서 적장에게 이국의 정서를 함초롬히 맛보게 했다.

　적장은 이날 밤에 술에 취하고, 풍류에 취하고, 계월향에게 취했다. 인생의 향락이 이보다 더할 수 없는 것을 느긋이 느껴 보았다.

　이날 저녁부터 계월향은 마음에 없는 눈웃음을 사르듯이 풍기고 진심에서 우러나지 않는 교태를 억지로 지어 부렸다.

계월향의 모든 교태는 한 치 한 치 적장의 뛰는 염통을 점령해 들어갔다.

하루, 이틀, 사흘, 나흘이 지나가니, 적장은 이제 한시, 반시를 계월향의 곁에서 떨어지기가 난감했다.

군사들을 조련시키러 들판에 나갔다가도 먼저 계월향의 처소로 부리나케 돌아왔다. 공사 일로 고니시 유키나가의 본영으로 가서 회의에 참석했다가도 웬만한 일은 다음 아장에게 맡겨 버리고, 곤두박질을 해서 계월향의 처소로 뛰어들었다.

계월향은 가슴속에 날카로운 독한 비수를 품었으면서도 겉으론 태연했다. 태연할 뿐만이 아니었다. 간드러지게 살림 잘하는 첩이다. 계월향은 완전히 적장의 넋을 포로로 낚아 잡아 버리고 말았다.

꽃, 아름답게 스러지다

이 때, 왜장 고니시 유키나가의 군략상 정책은, 평양을 점령한 뒤엔 다시 더 서편으로 올라가지 않는 것이었다. 이것은 그의 비밀 계획이었다. 만일 더 이상 서편으로 순안· 숙천· 안주· 박천· 가산· 정주· 선천· 차연관· 의주로 올라간다면 명나라 구원병이 혹시 압록강을 건너 내려오는 날, 평양성만큼 큰 군사를 대항해서 싸울 만한 유리한 요충지가 없는 것을 그와 겐소는 잘 알고 있었기 때문이다.

그리고 여러 해 전에 왜중 겐소는 정탐과 사신으로 조선에 자주 나왔을 때, 조선의 비결秘訣이라고 세상에 전해진 《정감록》이란 책을 비밀히 구해 간 일이 있었다. 《정감록》 속에는 이런 글귀가 씌어 있었다.

'왜倭, 흥어부산興於釜山, 멸어부산滅於釜山.'

겐소와 고니시 유키나가는 이 글을 보고 곰곰이 생각했다.

'왜가 부산에서 일어나서 부산에서 망한다.'

귀가 번쩍 뜨이는 소리건마는, 도대체 무슨 소리인지 해석을 하기 어려웠다.

왜가 부산에서 흥해 일어난다는 말은 이치에 맞는 듯한 소리였으나, 부산에서 멸망한다는 말은 어떻게 해석해야 좋을지 몰랐던 것이다.

그러나 급기야 고니시 유키나가가 평양성을 점령한 뒤에 평양 부근의 지리를 조사해 보니, 부산현釜山峴이라는 땅 이름이 나타났다.

'부산고개' 라는 뜻의 이곳은 평양성 밖 서편 30리의 터에 있는 바로 의주로 가는 큰 길목에 있는 고개였다.

고니시 유키나가와 겐소는 깜짝 놀라서 부산현에 대한 것을 더 조사해 보니, 부산현 왼편 언덕 위에 커다란 선돌이 있는데, 근처 사람들은 이 돌을 석장군이라 불러 왔다.

이 석장군은 임진왜란이 일어나기 바로 전에, 돌연히 몸에서 피가 흘러 내려서 부산현 고개 앞에까지 흐르다가 딱 멈추었다는 것이다.

고니시 유키나가와 겐소는 가뜩이나 명나라 군사가 압록강을 건너올까 겁을 먹는 판인 데다가 이 소리를 들으니, 마음이 꺼림칙하지 않을 수 없다. 그런 까닭에 서편으로 쳐 올라갈 것을 중지하고 다만 평양성 부근을 튼튼히 해서 앞으로 전개될 조선과 명나라의 연합군의 협공을 대기하는 태세를 취하고 있었다.

어떻든 이상한 일이다. 일곱 해 임진왜란 중에 왜병들의 진흙 발길은 평양 서편 30리 밖인 부산현 이상을 넘어 본 일이 없었던 것이다.

고니시 유키나가는 평양을 중심으로 주위를 더욱 튼튼히

하려 하여 평양성 안에 군사들의 주력을 분산시켜서, 어랑산성을 함락한 뒤에 중화 지역에 또 한 진을 벌였다.

어랑산은 중화 구읍 동편 10리의 터에 있는 산성이다.

이 소문은 얼마 안 되어 나는 듯이 조선 진으로 보발이 들어갔다.

이 때, 조선 진은 평양을 철수해 버린 뒤에 모두들 순안에 병사를 주둔시키고 진을 치고 있었다.

장수에는 도원수 김명원·순찰사 이원익·순변사 이빈·방어사 김응서·별장 박명현 들이 있었다.

처음에 김응서는 계월향과 작별을 하여 야습을 한 뒤에 또 다시 올 것을 약속하고, 평양 대동강의 제1지류인 마탄강을 지키는 수탄장으로 있다가 호대한 왜병이 왕성탄과 마탄강으로 몰려드니, 왕성탄의 수탄장과 함께 눈덩이같이 뭉그러지는 군사들을 수습할 도리가 없어서 평양성 안 부벽루 본진으로 몰렸다.

머릿속에는 사랑하는 사람 계월향과의 약속이 얽히고 걸려서 초조했지만, 군의 형편이 이 지경이 되니 패군지장인 몸으로 도원수의 옆을 차마 떠날 수가 없었다.

온종일 근심하며 부벽루 본영문의 명령만 기다리고 있던 그는 결국 계월향을 만나 볼 틈도 없이 적병이 침입하기 직전에 창황하게 도원수와 함께 평양성을 버리고 달아났던 것이다.

그 뒤에 조방장 김응서는 왕성탄 수탄장과 함께 여울을 지키지 못했다는 죄로 파면을 당했다가 다시 비변사의 특명으로 복권이 되어, 도리어 한 등이 올라서 방어사가 되었다.

일본 진의 군대가 평양과 중화 두 곳으로 분산이 된 것을 알게 된 의주에 있는 비변사에서는 순안도원수가 병사를 주둔시키고 있는 영문으로 급한 전령을 내렸다.

"평양에 있는 왜병의 군세가 두 곳으로 분산이 되었으니 도원수는 이 기회를 잃지 말고 빨리 힘이 약해진 평양성의 왜병을 무찔러 버리라!"

이 때 순안 아군의 본영에서는 적병이 평양성 밖으로 더 나오지 아니 하니, 순안에 본영을 확고하게 정하고 용강·삼화·증산·강서 등 모든 고을의 장정 1만여 명을 뽑아서 다시 조선군의 진용을 정제하고 있었다.

비변사에서 평양을 공격하라는 지엄한 전령이 떨어지자 순안 조선군의 본영에서는 즉각 군대를 편성해서 평양을 공격하는 태세를 취하니, 순안 본영의 1만여 명 조선군은 순찰사 이원익·순변사 이빈·방어사 김응서가 거느려서 20둔屯으로 나누어 평양성 서편으로 육박하게 하고, 평양서윤 남부홍에게는 따로 2만여 명의 시골 군사들을 거느려서 평양성 30리 밖에 진을 치게 하였다. 그리고 별장 김억추에게는 수군을 거느려 대동강 어구로 향하게 하고, 중화별장 임중량에게는 2천 병마를 거느려서 중화로 쳐들어가게 하니, 계획은 평양성에 있는 왜적들을 가운데로 에워싸고 세 길로 쳐들어가자는 것이었다.

조선군은 지극히 비밀스럽고 신속한 행동을 취했다. 낮에는 일부러 행군을 아니 하고 밤에만 걸었다.

왜적들은 우리 조선군의 움직임을 감감히 모르고 있었다.

평양서윤이 거느린 군사 1만여 명이 이미 평양성 30리 밖에 진을 쳐버리고, 이원익·이빈·김응서가 거느린 군사가 평양 서편 보통문 밖에 육박해 온 뒤에야 비로소 왜장들은 조선 군대의 움직임을 알았다.

북으로 현무문·철성문, 동으로 대동문·장경문, 서로 보통문, 남으로 함구문·정양문 들을 철옹성같이 닫고 왜장들은 모란봉 위에 오른 뒤에 우리 편 군사의 진용을 정탐하였다.

* * *

이 때 계월향은 연광정에서 기회를 기다린 지 오래였다.

조선군이 평양성 서편 보통문에 육박했다는 소리를 듣자 계월향은 온 전신 혈관 속속들이 부챗살같이 쫙 퍼지는 듯 짜르르 하는 쾌한 환희를 느꼈다.

조선군은 보통문 밖으로 육박해 들어오니, 선봉대장은 방어사 김응서였다.

우리 조선군들은 사다리 수백 개를 놓고 일제히 성에 기어올라 화공을 썼다. 불로써 적병의 항복을 받자는 것이었다.

홰에 불을 당겨서 성 안으로 던지면서 굳게 닫힌 서문을 향하여서 현자총통으로 화전을 쏘아 성문을 깨부수자는 계획이었다.

왜군이 평양성을 점령한 이래 거의 왜국의 천지가 되다시피 하여 조용하던 평양 천지는 또다시 전쟁터로 변해 버렸다. 평양성이 왜적의 손으로 돌아간 뒤에 멀리 피란을 가지 못했던 가난한 백성들은 그 동안 하나씩 둘씩 평양성 안팎으로 모여들어서 수효는 많지 않으나 집을 버릴 수 없는 애착심으로 왜인의 군정 밑에 살았다.

평양성 안으로 들어온 조선 백성들은 문이 잠겨졌으니 달아날 수가 없었지마는 평양성 밖에 집을 가지고 있는 가난한 백성들은 또다시 피란 보따리를 아니 쌀 수 없었다.

"조선군과 왜병의 큰 접전이 다시 시작되는 모양인데 여기 있다가는 앉아서 죽기가 십상팔구다. 빨리 피란을 가자."

성 밖의 백성들은 이렇게 떠들썩하게 지껄이면서 또다시 창황히 남부여대男負女戴를 하고, 어린애들의 손을 잡아 다시 달아났다.

왜적들은 단번에 우리 군의 예기를 뭉그러뜨려 놓으려 하여 선봉장 수십 명이 앞을 서고, 보병 수천이 뒤를 이어 별안간 조선군이 화공하는 보통문을 활짝 열어젖히고 우르르 몰려나와서 시살했다.

조선군 편에서는 벼르고 벼르던 싸움이라 방어사 김응서는 붉은 적토마를 지쳐 달려서 크게 왜적을 꾸짖으면서 사살해 나아가니, 양편 진에서 북을 울리는 소리와 징을 치는 소리는 천지를 뒤엎는 듯하고, 티끌은 보통문 문루를 자욱이 덮어서 성 일대는 누런 운무 속에 잠겨 있는 듯했다.

김응서는 바른손에는 긴 칼을 들고, 왼손에는 쇠 방패를 들었다. 적이 쏘는 조총 탄환을 쇠방패로 막아 대며 긴 칼을 휘둘러 적의 선봉장의 머리를 끊어 말 밑에 떨어뜨리니, 조선군의 진에서는 박수 갈채하는 소리가 우레처럼 일어나고, 왜병들은 선봉장 머리가 말굽 아래 굴러 떨어지는 것을 바라보자 손과 발이 떨려서 황급히 달아나기 시작했다.

청년 장군 김응서는 뒤를 쫓아서 적병을 시살해 지쳐 나아가니, 장군의 마귀를 베는 긴 칼에 적병의 목은 가는 바람에 휘날리는 낙엽들이었다.

이 틈을 타서 조선군들은 활을 쏘고, 창으로 찌르고 칼로 쳐서 적병의 일진을 거의 함몰시키니, 적장은 황망히 징을 쳐서 군사를 거두고 보통문을 또다시 철벽같이 닫아 버리고 말았다.

왜적의 선봉 일진이 급하게 꺾이니 왜장들은 부벽루 위에서 황급히 회의를 열고, 평양성 안에 있는 왜병만으로는 조선군에 저항할 수 없으니 중화로 분산된 큰 군사들을 합세시키자는 결론을 내렸다.

왜적의 급한 파발마는 대동문 밖으로 사라져서 중화에 나가 있는 장수에게로 전령을 가지고 달렸다.

이 때 계월향은 가슴을 졸여 가면서 연광정 누마루 위에 있었다. 멀리 서편으로 보통문 밖에 티끌이 자욱하게 일어나며 북소리, 징 소리, 고함 지르는 소리가 바람결에 은은히 들려 왔다. 오래간만에 듣는 적병들의 조총 소리도 제법 살기를 띠어 극성스러웠다.

계월향은 연광정 붉은 기둥을 바른손으로 짚고 서서 멀리 보통문 쪽을 더 한 번 바라보고 섰다. 마음이 떠서 자리에 앉아 있을 수가 없었다.

'이번엔 꼭 우리 조선군이 이겨 주어야갔는데……'

그녀의 가슴은 두근두근하고 조마조마하다.

계월향은 연광정 붉은 기둥을 붙들고 서서 발돋움을 하여 보통문 편을 바라본다. 그러나 집들에 가려서 보통문은 보이지 않는다.

함성은 여전히 천지를 진동해 일어난다. 총소리도 바각바각 끓는다. 몽골의 흙비가 쏟아져 내리는 듯 누런 티끌이 부옇게 일어난다.

'나리께서도 살아만 계시다면, 이번 싸움에 으레 오셨을 터인데!'

애인 김응서의 잘생긴 얼굴이 눈앞에 환하게 나타난다. 별안간 계월향의 가슴속이 출렁하고 흔들린다. 간 줄기가 뚝 떨어지면서 창자가 자릿자릿 굽이쳐 꾀어지는 듯하다.

'내레 이미 적장에게 더럽힌 몸이 되었는데, 그래도 나리라고 불러 볼 자격이 있는 건가?'

계월향은 생각이 여기까지 미치니 별안간 정신이 아찔하고 맥이 탁 풀린다.

징 소리가 요란히 일어난다. 멀리 보통문 문루 편에서도 은은히 들려오고, 가까이 있는 부벽루의 고니시 유키나가의 본영에서도 징 소리가 요란하다. 군사를 거두는 징 소리인 듯하다.

왜적이 패했는지 조선군이 패했는지 계월향은 가늠할 수 없었다.

'좌우간 나리께서 오셨다면, 한 번은 만나서 만단설화를 다 이야기한 뒤에 기어이 원수를 갚아야갔는데……'

멀리 들리는 함성은 멎었으나 그 대신 평양성 안의 거리는 별안간 더 한층 수선거리고, 왜병들의 말 달리는 소리가 급하고 바쁘다.

계월향은 궁금증이 나서 배길 수가 없다. 몇 번이나 연광정 마루 위로 어정어정 거닌다.

연광정 아래 함께 있는 왜장의 진도 수선수선하다.

계월향은 신을 꿰어 신고 누 아래로 내려선다.

수직을 하고 서 있는 왜병들의 얼굴빛도 어쩐지 이상하다. 저희끼리 근심스러운 듯 무슨 소리를 주고받고 지껄이다가 계월향을 보고 뚝 그친다.

늙은 불목하니*가 물지게에 물을 길어 가지고 연광정 위로 올라온다. 대동강에서 길어 올리는 물이다.

늙은 불목하니는 조선 사람이다. 계월향의 신세처럼 왜병에게 포로로 잡힌 그는 적병들의 밥을 짓고 물을 길어 주는 책임을 맡고 있었다.

계월향은 넌지시 불목하니의 뒤를 따른다. 그러고는 불목하니가 물을 붓는 으슥한 부엌으로 가자 넌지시 묻는다.

"전쟁이 또 났쇠다그려?"

"우리 군이 보통문 밖으로 쳐들어왔답네다. 지금 성 밖에는 또다시 피란민으로 야단법석입네다."

"왜인들의 기색이 이상하디 않소?"

은근한 계월향의 목소리다.

---

* 불목하니 : 절에서 밥 짓고 물 긷는 일을 맡아서 하는 사람.

"왜병의 선봉이 우리 군한테 패한 모양이외다. 이번 싸움에 왜병이 숱하게 죽었답네다."

왜병이 패해서 숱하게 죽었다는 소리에 계월향은 정신이 번쩍 난다. 어깨가 거뜬하다. 얼굴에 기쁜 빛깔이 함박꽃인 양 환하게 활짝 피었다 스러진다.

"어떻게 우리 군이 그렇게……. 참으로 용하외다."

계월향은 마음속으로 대견해서 이렇게 감탄하는 소리를 한다.

"범 같은 장수 김응서 장군이 우리 군의 선봉이랍네다!"

계월향은 김응서 성명 석 자를 불목하니에게서 듣자 정신이 아뜩하다. 그러고는 자기 자신의 귀를 의심한다.

"무어요, 누구요?"

계월향은 목소리를 한층 떨어뜨려서 가만히 더 한 번 물어본다.

"왜 있디 않소? 평양서 유명했던 젊고도 풍채 좋던 조방장 김응서 장군 말입네다. 이분이 이번에 선봉장이 되어서 왜놈들을 숱하게 죽였답디다."

계월향의 귓속으로 김응서 성명 석 자가 물 샐 틈 없이 포옥 들어가 버린다.

"어서 세상이 바뀌어져야디."

불목하니는 한 마디를 가만히 웅얼거린 뒤에 물지게를 등에 지고 삐걱삐걱 연광정 누 앞으로 돌아간다.

계월향은 연광정 부엌 뒤에서 오금이 딱 붙는다. 온몸을 꼼짝달싹할 수가 없다.

사랑하는 애인 김응서가 아직도 살아 있어서 왜적들을 무찔러 죽였다는 사실은 너무도 벅차고 큰 기쁨이다.

애인 김응서는 첩첩이 에워싼 왜진을 헤쳐 뚫고 계월향 자기를 구하러 오는 것이다. 계월향은 날개가 있으면 금방 날아가서 애인의 품속으로 돌아가고 싶다.

그러나 계월향의 몸은 한 달 전 달 밝은 밤에 그와 이별할 때의, 다만 사랑하는 사람 김응서를 위하여 지켜 왔던 깨끗한 그 몸이 아니다. 계월향 자신의 몸은 이미 이족의 진흙 발길에 짓이겨 더럽혀진 몸이다.

그 일이 아무리 폭풍우 속에 당한 강제의 일이라 하나 어떻든 백옥 같은 깨끗한 옛 몸은 아니다.

'무슨 낯으로 장차 사랑하는 사람을 대할 것인가?'

계월향의 마음은 몹시 괴로웠다. 계월향은 잠깐 동안 방심한 상태 속에다 마음을 버려 우뚝이 섰다. 발이 저려 온다. 몸을 지탱해서 더 서 있을 수가 없다. 억지로 걸음을 떼어 놓아 연광정 위로 오른다.

적장은 아직도 돌아오지 않았다.

계월향은 다시 보통문 쪽을 바라본다. 보통문 문루는 아득히 보이지 않는다.

애인 김응서가 적토마 위에 높이 앉아 서리 같은 긴 칼을 비껴 들고, 눈을 부릅떠 보통문 안의 적병을 노려보는 늠름한 모습이 떠오른다. 순간 뒤에는 눈물을 머금어 사과하는 김응서의 아련한 모습이 떠오른다.

'자네를 버리고 나 혼자만 몸을 피해 미안하기 짝이 없네.'

"어떻게 만나 보기는 만나 봐야 할 텐데, 만나 보아서 이 원수를 갚아야 할 텐데."

계월향은 이렇게 혼자 웅얼거리고 연광정 누의 마루에 누워 김응서를 한시바삐 만나 가지고 원수 갚을 일을 곰곰이 생각해 본다.

'기어이 저놈을 죽이리라! 내 손으로 죽이리라! 내 손으로 저놈을 죽여서 천추에 씻지 못할 내 몸의 원한을 갚으리라. 나라의 원수를 갚으리라! 겨레의 원수를 갚으리라!'

계월향은 몸을 더럽히고 난 뒤에 이를 보드득 갈아 맹세했던 한 달 전 일이 생각난다.

'몸은 비록 더럽혀졌으나, 나라를 위하고 겨레를 위하는 이 나라의 의로운 여자가 되어서 저놈을 죽이고, 또다시 우리 겨레를 도탄에 들게 한 왜장들을 모조리 죽여서 대의에 사는 계월향이 되리라!'

그날 저녁 때 계월향은 이렇게 맹세하고 분연히 새로운 힘을 얻어서 적장을 떡 주무르듯 했다.

이제 사랑하는 사람이 지척에 왔다는 소리를 듣자, 계월향은 잠깐 정신이 뒤숭숭 산란해져서 조그마한 자신의 감상적인 정서에만 끌렸던 것을 스스로 비웃는다. 계월향은 벌떡 자리에서 일어나 머리에 괴었던 목침을 밀어젖히고 오뚝이 앉아서 적장들의 목을 벨 계획을 곰곰이 생각해 본다.

하늘이 주시는 좋은 기회다. 이 좋은 기회를 놓쳐서는 아니 될 것이다.

'어떻게 하면 김응서를 성 안으로 불러들여서 내 몸을 더럽힌 왜장 이하 모든 적장들의 목을 모조리 베어 버릴 것인가?'

계월향은 이렇게 마음속으로 웅얼거린다. 얼른 묘책이 선뜻 머리에 돌지 않는다.

'나리가 성을 넘어 들어오기만 하면 일은 되는 일인데.'

계월향은 또다시 깊은 생각 속에 빠진다.

갑작스럽게 아까 물 긷던 늙은 불목하니가 하던 말이 떠오른다.

'우리 군이 보통문 밖으로 쳐들어왔답네다. 지금 성 밖에는 또다시 피란민으로 야단법석입네다.'

계월향은 무엇을 생각했는지 별안간 무릎을 탁 친다.

계월향의 입가에는 방긋이 미소가 떠돈다. 계월향은 부리나케 적장이 쓰고 있는 연상硯床 앞으로 가서 급하게 벼루에 먹을 갈고 붓을 들어 종이 편지를 날려 쓴 뒤에 양편 마구리를 접어 풀을 붙여 꼭 봉한다.

거죽에는 '김응서 장군' 다섯 자를 언문으로 쓰고, 뒤에는 '계월향 사뢰어 올림'라 써서 얼른 수繡 주머니 속에 은밀히 간수한 뒤에 벼루 집을 제자리에 바로잡아 놓는다.

이윽고 석양이 질 무렵에 적장은 부벽루 본진에서 연광정으로 돌아온다.

계월향은 얼굴에 가득히 시름하는 빛을 띠며 적장을 맞아들인다. 적장은 계월향의 시름하는 태깔을 비로소 처음 대한다.

폭풍우 사납던 그 밤이 간 뒤부터는 어느 때나 항상 요염한 웃음을 풍겨서 넋을 사르게 하던 계월향이다.

그러나 오늘 저녁엔 웃는 듯 우는 듯 불이 붙는 듯 담뿍 정열을 뿜는, 사람을 뇌쇄시키는 그 눈결을 볼 수가 없다. 양미간에 일어나는 시름은 두 눈앞에 안개 일 듯 사리고 감돌아, 눈은 굳어진 화산인 양 고요히 정열을 잃었다.

적장은 걱정스러웠다.

"계월향, 어디가 아픈가?"

"아니오."

계월향은 고개를 살래살래 흔든다.

"오찌히 기운이 없다."

계월향은 대답 대신 억지 미소를 풍기고 적장을 향해 물어본다.

"소주를 가져오리까?"

"조그무 주게나."

적장은 저녁때면 으레 계월향이 따라 주는 술을 마시는 게 요사이의 즐거운 일과의 하나다.

쟁반에 진달래꽃 빛깔 같은 감홍로가 받쳐 오고, 안주로 대동강에서 갓 잡은 뱀장어 구이가 들어온다.

계월향은 여전히 고개를 늘이어 시름을 안은 채 술병을 기울여 감홍로를 잔에 퐁퐁 따라 올린다.

술이 대여섯 잔이 지나가자, 적장은 거나하게 주기가 돈다. 훗훗하게 취한 눈으로 계월향의 시름하는 탯거리를 바라보니, 적장의 눈에 비치는 계월향의 모습은 또 하나의 별다른 아름다움이기도 하다.

"계월향, 무슨 거꾸정이 있나? 마리노 해보라."

계월향은 한숨을 가볍게 쉰다.

"이런 말을 해도 좋을까요?"

"마리노 해보아."

"장군, 조선 군사가 쳐들어왔다지요?"

계월향이 장군이라 부른 것은 이번이 처음이다.

"그까지 꺼 아무 거꾸정하루 것 옵네."

"성 밖에 사는 백성들이 또다시 피란들을 간다지요?"

왜장은 고개를 끄덕여서 그러리라는 뜻을 표시한다.

"장군, 내레 오라버니가 서문 밖에 사는데, 우리 군한테 잡히기만 하면 죽을 테니 어떡하면 좋갔습네가?"

계월향은 호소하는 듯, 자탄하는 듯 한층 시름하는 빛을 더하며 구슬피 말을 던진다.

"구레서 거꾸정을 했나? 서문 밖 오데야?"

"바로 성 밑 집입네다."

"음, 위험한데……. 데려오게나."

계월향의 탐스러운 입이 함박꽃 피듯 벌어진다. 시름은 잊은 듯 부신 듯 스러졌다.

"장군, 참말이십네까? 아이 고마워라."

계월향은 적장을 향하여 날아갈 듯 절을 하고 얼른 뒤로 가서 바싹 적장을 강하게 껴안는다.

"장군, 그럼 내레 잠깐만 다녀오갔습네다."

계월향은 붉은 입술을 적장의 귀에 대고 속삭인다. 옆으로 적장을 들여다보는 계월향의 눈은 다시 그 불이 붙는 듯한 정열과 애정에 타오르는 꿈같은 눈이다.

"그래라!"

적장의 쾌한 승낙이 더 한 번 떨어진다.

계월향은 옷깃을 바로잡고 부리나케 신을 꾀어 신으며, 어글어글한 좋은 눈으로 애교를 또 풍긴다.

"잠깐 다녀 오갔시오, 장군."

적장은 고개를 끄덕이고 빙긋 웃으며 계월향의 고움에 새삼스럽게 도취된다.

몸을 뛰쳐나가던 계월향이 홀연 주춤 선다.

"아이참, 까막 잊어버렸네."

자지러진 목소리가 떨어지면서 부드러운 계월향의 흰 손바닥이 적장을 향해서 벌어진다.

"……?"

적장의 눈이 어리둥절하다.

"표신標信을 주셔야디요."

계월향의 눈이 해당화마냥 웃는다.

적장은 얼른 허리띠에 찼던 병부兵符를 선뜻 끌러서 난간 앞으로 내던진다.

계월향은 병부를 주워 들자, 적장을 향해서 한 번 더 눈웃음을 풍기고 나는 듯이 연광정 누 아래로 내려서서 큰길을 향해 달음질친다.

거리엔 살기가 등등했다. 몇 번인지 적병들의 검문을 받았다. 그러나 계월향의 품속에는, 엄지가락 같은 왜장의 병부가 있다. 가는 곳마다 거칠 것 없이 무사통과가 되었다.

평양 서편 성의 출입구인 보통문이 계월향 앞에 나타났다.

전쟁터가 된 보통문은 살기가 더 한층 떠돌았다.

계월향에게 있어서 보통문은 원한의 문이다. 피란을 가다가 이곳에서 향란을 적병의 손에 죽였고, 자기의 몸도 포로가 되어 망쳐 버렸다.

계월향은 잠깐 비분한 생각 속에 빠져 버렸다. 그러나 계월향은 얼른 값 헐한 감상의 회포를 억눌러 뿌리친다.

지금 자기 앞에는 커다란 일이 가로놓여 있다.

보통문을 지키던 왜병들이 시퍼런 칼을 빼어 들고 우르르 몰려나와서 계월향을 검문한다. 바로 한 겹 성 밖에 우리 군이 있기 때문에 검문은 더 한층 엄숙하다.

계월향은 품에서 왜장의 병부를 꺼내어 선뜻 내보인다.

왜병들은 성장을 차린 조선 미인을 바라보자 어디서 한 번 본 듯한 여자라고 생각하면서 부리나케 수문장한테로 뛰어간다.

이윽고 성을 지키고 있던 적의 수문장이 살기를 띠며 나타난다.

적의 수문장은 계월향이 처음 보통문으로 피란을 나가려 할 때 향란을 죽인 일로 계월향에게 착실한 꾸지람을 듣고 난 뒤에 도리어 계월향의 고고한 아름다움에 넋을 잃었던 바로 그 결사대장이다.

수문장은 닭 쫓던 개 지붕 쳐다보는 격으로 상관인 고니시 유키나가에게 계월향을 빼앗긴 뒤에도 항상 오매불망 잊을 수가 없었다.

그런데 이렇게 계월향이 훈향을 풍기는 화려한 의상으로 성장을 하고 앞에 서 있지 않은가? 지금 수문장인 자기 앞에서 있는 계월향은 일전에 자기를 꾸짖던 싸늘하고 차가운 그 계월향이 아니다. 바탕 좋은 얼굴엔 엷게 분을 바르고 화려한 조선 여인의 정장인 남스란치마를 입었다. 살기 띤 눈결 대신 다사로운 눈웃음이 금방 방긋하고 열릴 듯하다.

젊은 수문장은 상관의 병부를 본 둥 만 둥 한 채, 얼굴엔 무시무시한 살기가 차츰차츰 스러지기 시작한다.

계월향은 보였던 병부를 다시 허리춤에 간수한다.

적삼 섶 끝이 방긋이 들려지자 눈같이 흰 젖가슴 한편 쪽이 드러난다.

적의 젊은 수문장은 아찔한 현기를 아니 느낄 수가 없다. 저도 모르는 사이에 저절로 수줍다. 차마 바라볼 수가 없어서 고개를 돌이켜 외면을 해버린다.

"내레, 저 문루 위에 좀 올라갑네다."

"어쩐 일이무니까?"

"상부의 비밀스런 명령을 단행하기 위해서!"

계월향은 손가락으로 적장의 병부를 품고 있는 자기의 염통 뛰는 곳을 가리킨다. 상아 빛인 양 노르께한 흰 살이 깁 적삼 속에 은은히 비쳐 보인다.

계월향의 눈에는 웃음빛이 스러진다. 최고 적장의 비밀한 지상 명령을 처리하는 계월향은 위엄 있는 관음보살의 얼굴이다.

젊은 수문장의 고개가 풀기를 잃어 푹 수그러진다.

계월향은 적의 수문장을 본체만체 그대로 문루 사다리로 성큼성큼 층계를 밟아 올라간다.

최고 왜장의 병부를 가지고 비밀 지령을 처리하는 계월향의 행동을 막을 자는 한 사람도 없다.

적의 젊은 수문장은 계월향의 아름다움에 넋을 빼앗기고, 최고 장군의 병부를 가진 데 기운이 눌려 버린다. 다시는 더 아무런 소리도 꺼내지 못한다.

계월향은 문루 위에 오르자, 얼른 바깥 편 문루 쪽으로 걸어가서 성 밖을 굽어본다.

열 칸 밖에는 흰옷 입은 우리 군들이 질서 정연하게 진을 쳐 있다. 눈에 익숙한 영기와 대장들의 사령기가 바람에 펄펄 나부낀다. 보통문 돌성 하나를 간격으로 해서 성 안은 왜나라요, 성 밖은 조선이다.

계월향은 반가웠다. 흰옷 입은 우리 군을 바라보자, 눈물이 핑그르르 돈다.

계월향은 치마를 헤쳐 수 주머니를 끄르자, 아까 낮에 써넣은 편지를 얼른 손에 꺼내 든다.

'어드렇게 하면 이 편지를 온전히 전할 수 있갔는가?'

머릿속엔 이런 생각으로 가득 차 있다.

문루 위에 사람 그림자가 어른어른 움직이는 것을 바라보자, 저 편 우리 군 쪽에서 일원 대장이 말을 달려 고함을 치며 싸움을 돋우느라고 뛰어나온다.

계월향의 입 안에서 비단을 찢는 듯한 강렬한 목소리가 터져 나온다.

"오라버니!"

바로 같은 시각이다.

"이놈들, 어서 문을 열고 항복들 해라! 그렇지 아니 하면 승부를 다시 한판 결정해 보자!"

호통을 치며 장수는 지쳐 나온다.

계월향의 귀에 목소리가 익은 듯하다.

"오라버니! 오라버니! 오라버니!"

계월향은 성대가 찢어져라 하고 쇳소리로 연거푸 불이 나도록 부른다.

눈을 부릅뜨고 활을 당기어 말을 타고 지쳐 나오던 장수는 자기 귀를 의심한다.

"오라버니" 하고 문루 위에서 연거푸 부르짖는 목소리는 확실히 조선 말이다.

장수는 방금 화살을 당기어 쏘려던 활을 멈추어 옆에 끼고 그대로 말을 달렸다.

"오라버니이! 오라버니이! 오라버니이!"

피를 뱉는 두견새의 소린 듯한 강하고 아리따운 목소리는 장수의 귓속으로 폭폭 들어간다. 확실히 귀에 익은 여자의 목소리다.

장수의 가슴이 철렁하다.

'혹시나 계월향이 아닌가?'

장수는 더욱 말을 채찍질하여 성 밖으로 육박한다.

문루 위에 있는 계월향의 눈이 휘둥그레져 커다랗게 떠진다.

화려한 붉은 구군복에 밀화패영을 단 전립을 쓰고, 활을 끼어 말을 지쳐 달려오는 장수는 틀림없는 김응서 나리다.

"오라버니!"

계월향은 한 마디를 부르자 두 눈에서 뜨거운 눈물이 화끈 하고 쏟아진다.

문루 아래서 문루 위를 쳐다보는 장수도 계월향의 얼굴을 똑똑히 인정하게 된다.

"오!"

한 마디 소리를 부르짖은 채 눈이 둥그레지며 벙벙히 멈추가 된 듯 다시 더 한 마디 말도 내지를 못한다.

계월향은 얼른 손에 쥐고 있던 편지를 누 아래로 떨어뜨린다.

편지 쪽지는 누 위를 구불구불 번득번득 바람에 날려 곡선을 허공에 그리면서 장수가 타고 있는 말머리 앞으로 떨어진다.

장수는 날아 떨어지는 편지 쪽을 말 위에서 채어 잡는다.

계월향은 나리가 편지를 확실히 손에 잡은 것을 굽어보자, 얼른 치마꼬리로 눈물을 닦으면서 마지막 소리를 질러 나리의 주의를 일으킨다.

"오라버니이!"

그런 뒤에 총총히 누 아래로 내려간다.

계월향은 누 아래로 내려서자, 입가에 방긋이 미소를 풍겨서 적의 젊은 수문장을 바라본다.

"내일 또 만납세다."

한 마디를 내던지고 총총히 성 안으로 돌아간다.

적의 젊은 수문장은, 계월향이 내일 또 온다는 소리가 까닭도 없이 좋았다. 침이라도 흘릴 듯이 멍하니 계월향의 돌아가는 뒷모습을 우두커니 바라보고 섰다.

계월향은 걸음을 빨리하여 연광정으로 돌아간다.

꽃, 아름답게 스러지다 139

저녁 술을 즐기는 왜장은 아직도 뱀장어 구이를 술잔에 기울이고 있다.

"아이, 미안해라."

계월향은 나는 듯이 적장의 품속으로 돌아가서 술 한잔을 가득 부어 올린다.

"오빠를 만났는가?"

계월향은 금방 웃던 얼굴에 시름 빛을 띠었다.

"못 만났드랬사와요."

고개를 살래살래 흔들고 허리춤 안에서 병부를 꺼내어 적장에게 도로 바친다.

"내일 한 번 더 찾아 봐야갔시오. 미안하지만 그 때 한 번만 더 빌려 주어요."

계월향은 응석을 하듯 적장의 뺨에 자기의 뺨을 대어 비빈다.

"좋아."

적장의 쾌한 승낙이 떨어진다.

이날 밤에 적장에게는 보통문 적의 수문장으로부터 보고가 올려진다.

"포로로 잡혀갔던 성장한 조선 미인이 장군의 병부를 가지고 올라가서, '오라버니' 소리를 아홉 번 부르다가 돌아갔사옵니다."

적장은 보통문 수문장의 이 보고서를 받아 읽자, 더욱 계월향을 의심치 않는다.

격한 마음에 계월향을 바라본 방어사 김응서는, 계월향이 문루에서 떨어뜨린 편지를 받자마자 다시 문루 위를 쳐다보니, 계월향은 "오라버니!"라는 말 한마디를 남긴 채 이내 몸을 감추어 버렸다.

다행히 적진 중에 살아 있는 계월향을 보자 김응서는 별의별 생각이 나서 마음이 어수선했으나, 우선 편지 내용이 궁금해서 급급히 말을 돌려 진중으로 돌아와 조용히 편지 봉을 뜯어 읽는다.

'박복한 계월향은 나리를 기다리다가 이내 피란을 늦게 나가, 향란이란 년은 적병의 손에 죽고 제 몸은 고니시 유키나가의 부장에게 잡혀 있는 포로의 몸이 되었습니다. 긴 사단은 서로 만나 뵈올 때 말씀드리겠사옵고, 왜장에게 오라버니를 찾으러 나간다고 핑계하고 행여나 먼 빛으로라도 뵈올까 하여 오늘 나온 길이옵니다. 내일 늦은 저녁 때 수수한 백성의 평복을 차리시고 무기를 갖지 않으신 채 보통문 앞으로 오시옵소서. 그리하여 제가 "오라버니!" 하고, 부를 때까지 기다려 주시옵소서. 이리하여 성 안에 들어오시어 적장들의 목을 모조리 베어서 향란의 원수를 갚아 주시고, 계월향의 원수를 갚아 주시고, 나라의 원수를 갚아 주시고, 도탄에 든 겨레의 원수를 갚아 주옵소서. 불쌍히 죽은 향란의 시체는 보통문 옆 언덕에 묻혀 있사옵니다. 아무리 전쟁 중이라 하나 잠깐 틈을 내시어 무덤을 향하여 물을 한 그릇 뿌려 주시옵소서. 그러면 내일 늦은 저녁때, 꼭 백성의 옷을 입으시고 기다려 주시옵소서. 당부하옵니다.

적진 중에서 계월향 사뢰어 올림.'

김응서는 계월향의 편지를 읽자 가슴의 염통이 불끈불끈 솟구쳐 뛴다.
"음, 원수를 갚으리라!"
김응서는 한마디를 강하게 부르짖은 뒤에 비밀리 계월향의 계획을 실행하기 위하여 오리 이원익을 찾는다.
순변사 이원익은 이 계획에 크게 찬성을 한다.

김응서는 밤새도록 단잠을 이루지 못했다.
날이 밝자, 계월향이 약속한 때가 오기만 고대하고 있었다. 오늘은 일부러 적진 앞에 나아가 싸움을 돋우지도 않았다.
적진과 우리 군의 진은 양편이 모두 다 조용했다. 제각기 어떠한 비밀한 계획을 세운 채 불안을 껴안은, 탁 가라앉은 무더운 공기 속에 빠져 있었다.
해가 설핏해서 저녁때가 가까이 되자, 방어사 김응서는 부리나케 구군복을 벗어 버리고 맨고의적삼에 흰 수건을 머리에 써서 백성의 복장으로 변장을 하였다. 그런 다음에 우리 군도 모르게 슬며시 조선 진의 뒷문을 빠져나와 보통문 근처로 어정어정 거닐었다.
한편으로 계월향은 연광정에서 다시 왜장을 주물러 병부를 품에 지니고 부리나케 보통문으로 들어섰다.
두 번째 나타나는 계월향을 보자 왜적들은 이제는 아무러한 심문도 하는 일이 없다. 어제 계월향에 대한 보고까지 올렸는데도, 상부에서는 묵묵히 말이 없었다.
확실히 군의 중요한 임무를 띤 계월향이라 생각하고 아무런 의심도 아니 했다.

 계월향은 모든 왜병들의 앞을 지나 젊은 수문장 앞에 이르자, 이번에는 생긋 흰 이를 드러내어 웃으면서 손가락으로 2층 문루를 가리킨 뒤에, 또다시 사다리 위로 성큼성큼 올라간다.

 젊은 적의 수문장은 생긋 입술을 벌려 웃는 계월향을 바라보자, 저도 인사로 얼른 웃어 본다.

 자기를 보고 흰 이를 드러내서 생긋 웃어 주는 이 한 포기의 예쁜 웃음은, 적의 젊은 수문장에게 있어서는 무한한 광영인 것이다.

 적장은 계월향에게 빙그레 웃음으로 대꾸해 보내면서 어서 올라가라고 손까지 높이 든다.

 계월향은 문루에 오르자 우리 군의 진을 내려다보면서 소리를 강하게 질러 본다.

 "오라버니이!"

 성 밖에 거닐고 있던 김응서의 귓전을 강하게 때린다.

 고대해 기다리고 있던 반가운 목소리다.

 김응서는 얼른 성문 앞으로 가까이 뛰어간다.

 "오라버니!"

 계월향의 목이 터지는 듯한 부르짖는 소리가 또 떨어진다.

 "오, 누이냐? 내레 여기 있다."

 변장한 김응서가 큰 소리로 대답하면서 문루 위를 쳐다본다.

 계월향의 눈에 변장한 김응서의 모습이 환하게 들어온다. 계월향은 방긋이 웃는다.

 "오라버니, 내레 난리 통에 죽은 줄 알았디요? 어제부터 찾았는데, 그 동안 어드매 있다가 인제야 왔소? 성문 앞에 바싹 들어서 있어요. 조금 있으면 문을 열어 줄 테니."

계월향은 적의 수문장이 들으라고 일부러 큰 소리로 떠든다.

말을 마치자, 계월향은 김응서를 향하여 눈웃음을 풍겨 보내고, 핑 하니 누 아래로 내려선다.

계월향은 젊은 적의 수문장 앞으로 가자 다시 허리춤에서 병부를 꺼내 든다.

"상부의 명령으로 데려올 자가 있으니 문을 빨리 여시오!"

계월향의 얼굴은 엄숙하다. 아까 웃던 웃음은 다시 볼 수가 없다. 차가운 명령이다.

수문장은 아니 이행할 수가 없다. 그러나 책임은 있는 것이다.

수문장 자신이 문루로 올라서 우리 군의 진을 살펴본다. 우리 군은 움직이지 않은 채 아무런 이상이 없고, 다만 성문 앞엔 조선 백성이 한 사람 서 있을 뿐이다.

"얼른 문을 열고 그 사람을 들여보낸 뒤에 빨리 문을 도로 잠가라."

적장은 누 위에서 일본 말로 부하에게 명령을 내린다.

성문이 덜커덕 열린다.

백성의 차림으로 변장한 방어사 김응서는 성문 안으로 쑥 들어선다.

계월향이 어서 들어오라고 손을 흔든다.

보통문은 왜병들의 손에 다시 재빠르게 덜컥 닫힌다.

계월향은 젊은 수문장에게 눈으로 인사를 잠깐 보낸 뒤에 김응서를 데리고 연광정으로 태연히 올라간다.

성 안에 있는 왜병들의 검문소에서는, 조선 백성의 옷을 입은 김응서를 그다지 의심하지도 않았다. 성 안에는 조선 백성들이 많지는 않으나, 적지 않게 다시 들어와 있었던 때문이다.

계월향은 김응서를 연광정 뒤채에 있게 하고, 나직한 목소리로 속삭인다.

"나리, 답답하시잖지만 조금만 고생을 하고 계시라요. 틈 타서 이따가 또 오갔습네다."

그런 뒤에 계월향은 연광정 본채로 올라간다.

왜장은 계월향을 기다리고 있다가 돌아오는 것을 보자 반가웠다.

"만났는가?"

왜장은 빙그레 웃으며 물어본다.

계월향은 억지로 교태를 지어 웃음빛을 얼굴에 가득히 띠고 날아갈 듯 절을 올린다.

"그저 장군님 덕택으로 단 하나밖에 없는 오라비를 살렸습네다."

이내 병부를 바치고 나서 또다시 한 마디를 떨어뜨린다.

"참으로 고맙습네다."

그러곤 뒤로 돌아 적장의 어깨에 두 팔을 탁 얹어서 응석을 부리며 좋아한다.

적장도 자기가 확인이나 한 듯이 마음이 좋았다.

이 때 별안간 부벽루 왜진의 본영에서 경종 소리가 요란하게 들려온다.

"왔나 보다!"

왜장은 왜말로 저 혼자 지껄이고 얼른 갑주를 갖추어 입는다.

왜병의 전령이 급급히 연광정으로 말을 달려 치달아 올라와 왜장한테 인사를 드린다.

"장군, 대장군께서 빨리 본영으로 오시랍니다."

왜장은 전령의 전갈을 듣자 황황히 연광정 아래 수양버들 가지에 매어 둔 눈같이 흰 설토마를 끌러 타고 채찍질을 하여 부벽루로 치달린다.

'무슨 일이 있구나.'

계월향은 민감하게 생각하면서 연광정 누의 마루에 서서 한길 편을 향해 바라보며 동정을 살핀다.

부벽루의 경종 소리는 더 한층 소란한데, 멀리 보통문 편에서 또다시 티끌이 자욱하고 함성이 요란하다. 마치 전전날 우리 군이 쳐들어왔을 때와 같다.

별안간 부벽루 편에서 왜병들이 새까맣게 총을 메고 몰려 나오고 왜장의 부장이 백마를 달려 연광정의 진터로 도로 내려오자, 연광정 아래 진을 치고 있던 왜병들도 갑자기 점고를 받으면서 무장을 갖춘다.

한동안 부산하다가 왜병들은 서문 편을 향해 노래를 높이 부르면서 조수가 밀리듯 쏟아져 나간다.

총소리가 일어난다. 바각바각 볶아 댄다. 고함 소리, 북소리, 징 소리가 하늘도 뒤덮을 듯하다.

기어이 큰 싸움은 또다시 벌어진 모양이다.

계월향의 머리끝이 쭈뼛하고 일어선다.
'이 싸움 통에 나리를 모셔 왔으니 저분의 마음이 어떠하실까?'
계월향의 생각이 초조해질 때, 누 아래 마당에서 삐걱삐걱 물지게 소리가 들리면서 조선 늙은이 불목하니가 들어온다.
계월향은 바깥 소식을 얻어들을 좋은 기회라 생각한다.
얼른 댓돌에 놓인 신을 꿰어 신고, 부엌 뒤로 돌아가는 물 긷는 늙은이 뒤를 따른다.
"전쟁이 또 났습네까?"
불목하니는 물독에 물 한 통을 주르르 들어부으면서 말한다.
"큰일났쇠다. 중화에 있는 왜병의 대군이래 이동하여 피양 왜병과 합세해서 우리 군을 공격하는 모양이외다."
계월향은 얼른 발길을 돌이킨다.
발길을 돌이킨 계월향은 김응서가 있는 뒤채로 돌아간다. 왜장이 얼른 돌아오지 않을 것을 짐작한 때문이다.
김응서는 뒤채에 혼자 앉아서 귀를 쫑긋쫑긋 기울이고 무슨 소리인지 자세히 들으려고 애를 쓰고 있는 모양이다.
계월향은 계월향대로 또 다른 자기의 감정이 복발이 된다. 아까는 왜장의 이목이 무서워서 억지로 복발되는 감정을 죽였던 것이다.
계월향은 이제 조용히 나리를 만나고 보니, 첩첩이 가슴에 쌓였던 원한의 설움이, 도랑의 물꼬 터져 내리듯, 철철 쏟아져 흐른다.
"나리!"

한 마디를 겨우 부르짖자, 계월향은 그대로 장군 앞에 쓰러져서 흑흑 느낀다.

계월향은 복발되는 감정 속에서도 나리를 속여서는 아니 된다는 결백한 한 조각 얼음 같은 빙심이 싸느랗게 성애처럼 부풀어 오른다.

"나리, 저는 왜놈한테 몸을 망쳤습네다!"

느껴 떠는 울음소리 속에 숨기지 못할 이 고백을 아니 하지 못하는 계월향이다. 한 마디를 겨우 마친 계월향은 또다시 오장육부가 마디마디 쥐어짜 비틀리고 오그라드는 철읍 속에 몸을 던져 버린다.

김응서의 얼굴에 주르르 두 줄기 더운 눈물이 흐른다. 그는 이를 악물고 얼른 주먹으로 흐르는 눈물을 닦아 버린다.

그러나 계월향은 김응서의 흐르는 눈물을 보지 못한 채 그대로 엎드려 흐느껴 운다.

주먹으로 얼른 흐르는 눈물을 닦고 난 김응서의 얼굴은 금방 나무와 돌인 듯 덤덤하다.

"운수 소관일세. 고정하게. 지금 저 총소리가 무슨 소린가? 암만해도 중화에 있는 적병들이 보통문 밖 조선 진으로 쳐 올라온 것 같은데, 나는 곧 나가 봐야겠네."

김응서는 말을 마치자 벌떡 자리에서 일어선다.

엎드려 흐느끼면서 김응서의 말을 듣고 있던 계월향은, 그가 일어서는 발소리를 듣자, 마주 벌떡 일어선다.

"나리, 어디를 가신다고 그러십네까?"

"우리 군의 진으로 빨리 돌아가서, 왜병들을 무찔러 죽여야겠네."

"못 가십네다. 위태롭습네다!"

계월향은 문으로 나가려는 김응서를 탁 가로막아 선다.

"나는 적의 천병만마 속으로 횡행하는 사람일세. 무엇이 위태롭단 말인가?"

"아니 될 말씀입네다. 나리께서는 지금 몸에 고의적삼만 입으셨습네다. 갑옷 투구도 없고 구군복도 안 입었습네다. 칼도 아니 드신 빈 주먹이십네다. 조총 탄환이 비 오듯 쏟아지는 10만 적진을 어드렇게 뚫고 나가시렵네까? 그리고 오늘 밤 10만 적병을 죽이는 것보다 더 큰 적장의 목을 베실 크나큰 사명을 그대로 내버리시렵네까?"

"저 총소리를 들어 보게. 저 고함을 들어 보게. 중화에 있는 왜병들이 이렇게 빨리 움직여 올 줄은 몰랐네. 저 고함은 우리 조선군의 고함이 아니라, 왜적의 고함인 듯하이. 만약에 우리 조선군이 또다시 몰리면 어찌하나?"

김응서는 큰 눈을 부릅뜨고, 두 주먹을 불끈 쥐어 온 정신을 부르르 떤다.

"나리, 그래도 오늘 밤에 하실 일이 더 크십네다. 더럽혀진 계월향의 몸을 제물로 바쳐서 삼천리 잃으신 나라 땅을 다시 찾는 큰 계획이시라요! 우리 군이 설혹 이번에 밀린다 해도 적장의 목숨이 떨어지는 날엔 평양성은 다시 우리 군의 손으로 돌아올 것입네다. 잠깐만 참으시라요. 오늘 밤 안으로 결판을 짓도록 해드리갔습네다. 적장은 지금 군사를 거느리고 싸움터로 나갔습네다. 이 틈을 타서 계월향이 온 것이올시다.

적장이 돌아오는 대로 목을 베시도록 해드리갔습네다!"

계월향은 어느덧 자기 한 몸의 구슬픈 사랑의 감정을 활활 다 떨어 버린다. 다만 대의에 살려는 씩씩한 굳은 뜻이 싱싱하도록 마음속에 푸르다.

* * *

어느덧 밤이 깊었다.

7월 열나흘, 백중 전날의 으스름 달빛이 평양성 안을 싸안아 젖빛처럼 흘렀다.

모란봉·부벽루·영명사永明寺·을밀대며, 대동강·능라도·청류벽·연광정의 달빛 속에 녹아 흘러 꿈속에 빠진 듯한데, 보통문 밖의 격렬하던 고함은 어느덧 죽은 듯이 고요하다.

적병들의 콩 볶듯 하던 조총 소리도 이제는 띄엄띄엄 힘없이 일어난다. 확실히 전쟁은 한 고비를 넘어서서 풀이 꺾인 듯하다.

달빛이 그림자를 옮기는 것으로 보아 확실히 자정 때도 지난 듯하다. 별안간 연광정 아랫길에서 말굽 뛰닫는 소리가 요란하게 들린다.

계월향은 연광정에서 으스름 달빛을 받아 초연히 서서 때를 기다리고 있다.

연광정 아래 뛰닫는 말굽 소리는 적장이 탄 말굽 소리다. 적장은 아장들을 거느리고 연광정으로 치달려 오른다. 아장들은 물러가고 적장만이 연광정 위로 오른다.

계월향은 얼른 난간 앞까지 나아가 적장을 맞아들인다.

적장은 몹시 더웠다. 갑옷투구를 활활 벗어 버린다. 좌우 옆에 찼던 한 쌍 기다란 일본도를 덜그렁 풀어서 벽에 세운다.

계월향은 적장의 갑주를 아니 받아 개킬 수가 없다.

적장의 갑주 속에서 구역질이 날 듯한 훗훗한 땀 냄새가 계월향의 코에 스친다. 사람을 숱하게 죽인 피비린내가 스친다. 이 피비린내는 무수하게 죽은 조선 사람들의 피 냄새다.

이 무수한 조선 사람의 피비린내를 적장의 갑옷 속에서 맡는 계월향은, 으스름 달빛 아래 자기도 모르는 새에 입술을 꼭 깨문다.

'무죄한 수많은 조선 병정들의 피 어린 원한은 새벽 안으로 기어이 너의 붉은 피를 보게 하고야 말리라!'

계월향은 이렇게 생각하자, 별안간 소름이 전신에 좍 끼얹어진다.

갑주를 벗어 버린 대장은 홍소를 터뜨려 악마처럼 웃는다.

"하하하! 조선 군사가 달아났다."

왜장은 유쾌한 듯이 껄껄 웃는다.

계월향의 가슴속에서 간 줄기가 떨어지는 듯, 무엇이 와싹 하면서 강한 경련을 일으켜 떨어진다.

'우리 편 군사가 또 불리한 모양이구나.'

이렇게 눈치 챈 계월향은 마음이 좋지 않았다.

적장은 '훈도시' 하나로 앞을 겨우 가린 채 벌거벗은 몸뚱이로 연광정 뜰 아래로 내려가서 목물을 끼얹어 사람 죽인 땀과 피를 씻는다.

꽃, 아름답게 스러지다

자정 넘은 서늘한 강바람은 적장의 알몸뚱이에 시원하게 쾌감을 일으켜 준다.

적장은 누에 올라 계월향을 시켜서 달빛 아래 술을 따르게 한다. 죄 없는 이족의 붉은 피를 보고 나서야 비로소 칼을 거둔 침략자 야만의 저열한 쾌감이 독한 감흥로 소주 술잔을 기울이게 한다.

나라를 잃은 좁먹은 새벽달이, 적장의 손에 들고 있는 술잔 위에 둥실 뜬다.

좁먹은 달빛을 실은 독한 술은, 악마 같은 적장의 털 없는 점막을 스쳐서 자릿자릿 창자 속 모세관으로 스며든 뒤에 바늘보다도 더 가는 온몸의 핏줄기 속속들이 노그라질 듯 퍼진다.

술잔을 거듭할수록 적장은 점점 더 유쾌했다.

계월향은 더욱더 적장에게 술을 마시게 하려 한다.

이지러진 달빛 아래 거문고를 뜯는다. 적장을 조상하는 거문고 소리리라.

계월향은 한 잔의 술을 적장에게 더 권하기 위하여 남치맛 자락을 잡아 일어선다.

일그러진 달빛 아래 계월향의 춤은 자지러진다. 적장의 마지막 운명을 재촉하는 초혼무招魂舞이리라.

어느덧 달은 기울고 취한 적장의 혀는 꼬부라졌다.

적장은 반나마 잔을 들어 술을 마신 채, 이내 잔을 상 위에 던지고 고단한 듯 비틀비틀 자리에서 일어나 비스듬히 의자에 걸터앉는다.

　이윽고 적장의 코 고는 소리가 일어나기 시작한다. 계월향은 살포시 걸어서 술상을 치운다.

　적장의 코 고는 소리는 높았다 낮았다 가락을 짓는다.

　계월향은 마루 한중간에 가로놓인 거문고를 잡아당기어 무릎 위에 걸쳐 놓는다.

　"둥둥 뚱, 뚜뚜 둥, 두두 뚱, 뚜뚜 당, 징 둥당……."

　거문고 소리는 맑고 맑게 달빛을 타고 연광정 안에 가득하다.

　계월향은 적장의 잠의 깊이를 시험해 보려는 게다.

　적장은 아무런 반응도 없다. 다만 코 고는 소리만이 전과 마찬가지로 높고 얕게 가락을 지을 뿐이다.

　계월향은 거문고를 들어 기둥 앞에 세운 뒤에, 오뚝이 서서 적장의 동정을 다시 한 번 더 살핀다. 적장의 고단하고 취한 잠은 한층 더 깊어진 모양이다.

　계월향은 적장이 졸고 앉은 의자 옆에 세워 둔 두 자루 칼 중에서 한 자루를 가만히 집어 들고, 살금살금 발소리를 죽여 연광정 아래채로 돈다.

　초조한 듯 우두커니 계월향이 다시 오기만 눈이 빠지도록 고대하고 있던 김응서가 바시락바시락 걸어오는 사람의 발소리를 듣자 반가운 듯 앞을 내다본다.

　계월향은 말 없이 적장의 일본도를 김응서에게 넘긴 뒤에, 자기를 따라오라고 손짓해 부른다.

　김응서는 계월향에게 받은 일본도를 칼집에서 쑥 뽑아 달빛에 비쳐 본다. 서리 같은 검광이 무지개를 지어 둥글게 반원을 그리면서 차갑게 달 아래 비친다.

그는 만족하며 얼른 계월향의 뒤를 쫓는다.

계월향과 김응서는 다람쥐처럼 살살 기어 연광정 위로 오른다. 정자 한중간에 적장은 의자에 앉아서 의연히 코를 골고 있다.

계월향이 옆으로 서고, 김응서가 마주 서서 적장을 가만히 바라본다.

적장의 얼굴은 정력이 절륜絶倫한 채로 시뻘겋게 이글이글 타올랐다. 입을 딱 벌리고 눈을 반나마 떠서 코를 드르렁드르렁 곤다.

적장은 마치 깨어 있는 듯 위풍이 늠름하다.

김응서가 약간 질려서 주춤하고 물러선다.

계월향이 옆에서 이 모양을 바라보자, 왼편 손으로 그의 소맷자락을 꽉 붙들고 바른편 손으로 얼른 적장의 목을 후려치라는 시늉을 한다.

그는 마침내 칼을 휙 뽑아 적장의 목을 겨누어 후려친다.

심장이 터지는 듯, 마지막 안간힘을 쓰는 무서운 큰 비명이 "끙" 하고 일어나면서 적장의 손은 무의식적으로 의자 옆의 칼을 꽉 잡아서 허청으로 내던진다.

김응서가 깜짝 놀라 몸을 피하며 바라보니, 적장의 보검은 연광정 바람벽에 푹 박혀 꽂히고, 적장은 목이 반 동강만 잘린 채 피를 흘려 우뚝 섰다.

기운이 절륜한 적장은 아직도 아랫도리는 의연히 살아 있다.

김응서는 더 한 번 장검을 휘둘러 반 동강 남은 적장의 목을 갈겨 친다.

　목은 마침내 떨어지고, 육중한 적장의 몸마저 누마루 바닥으로 "쾅" 하고 쓰러진다.

　그는 천천히 피 묻은 칼을 적장의 옷에 씻고, 다시 기둥에 꽂힌 보검을 거둔 뒤에 마루에 떨어진 머리를 칼 끝에 꿰어 들어 누 아래로 성큼 내려선다.

　계월향은 잠자코 뒤를 따른다.

　수양버들 아래엔 적장의 백마가 매어 있었다. 김응서는 적장의 백마를 끌어, 계월향을 앞에 태우고 자기는 뒤에 타서 고삐를 잡는다.

　말 울음소리가 "히힝" 하고 일어나면서 백마는 뛰닫기 시작한다. 진문 앞에서 보초들이 왜말로 소리를 지른다.

　"누구냐?"

　조방장 김응서는 아무런 대답도 없이 말에 채찍을 해서 달린다.

　거리는 아직도 어둑어둑한 새벽이다.

　"어디로 가시갔소?"

　계월향이 김응서의 품에 안긴 채 말 위에서 묻는다.

　"어디로 가다니? 월성越城을 해서 아까 왔던 보통문 밖 우리 군의 진터로 도로 가야지!"

　"나리, 지금 우리 군은 없소이다!"

　"없다니, 무슨 소리야? 쫓겼단 말인가?"

　"아까 나리가 놀라실까 봐서 아무 말씀 안 했더랬쉬다. 우리 군은 어젯밤에 몰려서 피양성 밖을 떠났습네다. 지금쯤 순안으로 후퇴했을 것이외다. 바로 순안으로 가십세다. 어제 말씀드리고도 싶었지만, 나리께서는 더 큰일을 하셔야 하겠기에……."

김응서의 가슴은 짠했다. 마음이 잠깐 어두웠다.

"보통문으로는 못 나갈 테니 서성리 얕은 성을 찾아서 월성을 해 나가십세다."

다시 계월향의 목소리다.

이 때 별안간, 부벽루 편에서 경종을 두들기는 소리가 불이 붙듯 요란히 일어난다.

김응서와 계월향의 가슴이 잠깐 흔들린다.

"적장이 죽은 것을 본진에서 안 모양입네다. 나리, 빨리 달아납세다."

계월향이 재촉을 한다.

김응서는 달리는 말에 채찍을 더 한 번 갈긴다. 백마는 울면서 치닫는다. 계월향과 김응서를 실은 백마가 서성리 성 앞에 당도한다.

적진에서 일어나는 경종 소리는 여전히 소란하다.

김응서는 선뜻 백마에서 내려서자, 칼에 꿰었던 적장의 머리를 모래에 문질러 피를 씻은 뒤에 머리털을 풀어 허리에 차고 다시 껑충 백마 위로 올라탄다. 그리고 계월향을 껴안은 채 두 손으로 말고삐를 단단히 잡고, 말을 대여섯 칸 밖으로 뒷걸음질 쳐서 물린 뒤에 말을 탄 채 월성을 하려 한다.

백마는 네 굽을 모아 "히힝" 소리를 지르면서 성을 향해 뛰어오른다.

백마는 허공으로 솟구친다. 그러나 성의 높이보다 한 길이 얕다. 말굽은 다시 육지로 떨어진다.

적진에서 울리는 경종 소리는 더 한층 요란하다.

장군 김응서는 다시 말을 뒤로 물린 뒤에 발꿈치로 말허리를 되게 지른다. 말은 또다시 네 굽을 모으고 까맣게 솟구친다.

계월향은 현기를 느끼면서도 마음으로 축원을 한다.

'백마야, 어서 성을 넘어 다오.'

아슬아슬한 일이다. 백마가 솟구쳐 있는 위치는 성의 높이보다 두어 자가 모자란다.

"나를 내려놓아 주시와요."

계월향이 말 위에서 부르짖는다.

"내려놓으면 어떻게 하라고?"

"나리만 어서 가시라요."

"자네 무게 하나 때문에 말이 월성을 못하는 줄 아는가? 원래 성이 높아서 말이 뛰지를 못하는 것을……. 어디 다시 한번 뛰어 보세."

김응서의 온몸에 땀이 쭉 흐른다.

백마는 세 번째로 뛴다. 말도 피곤하여 더 뛸 수가 없다. 세 번째의 도약은 첫 번만도 못한 채, 말은 피로해서 땅에 탁 엎어진다.

적의 경종 소리는 더 한층 소란하다.

백마는 피곤해 쓰러지고, 두 사람은 오도 가도 못한 채로 진퇴유곡이 된다.

적진의 경종 소리는 여전히 소란하다.

계월향과 김응서 장군은 주저앉아 일어나지 못하는 말 위에서 할 수 없이 내린다.

"용렬한 놈의 말! 말도 적의 말이라 말을 안 듣는구나!"

김응서 장군은 부화가 터져서 뱉듯이 혼자 말한다.

적의 경종은 계속 소란하다.

"나리, 그대로 월성을 하실 수는 없습네까?"

화는 절박하도록 박두한다.

계월향은 근심스러웠다.

"나 한 몸이라면 극터듬고라도* 월성을 하겠네마는."

"나리, 그럼 어서 빨리 월성을 하시오!"

"나 혼자 성을 뛰어넘으란 말인가?"

"적의 대병이 방금 나리를 잡으러 쫓아올 텐데, 아니 넘고 어찌하시렵네까?"

"자네를 적진 속에 또다시 버리고 달아나란 말인가?"

"나리, 나는 염려 마시고 어서 빨리 월성을 하시라요."

"염려를 하지 말라니 말이 되는 소린가? 내가 죽어서 눈자위가 푹 꺼진다면 모르겠네마는, 번연히 살아 있으면서 적진 속 사지에 자네를 또다시 내버려 두고 가면서 어떻게 염려를 하지 말란 말인가? 더욱이 이번엔 자네가 나를 불러들여서 적장을 죽여 놨으니 잡히기만 하면 자네는 왜적의 손에 능지처참을 당할 것일세."

* 극터듬다 : 간신히 붙잡고 기어오르다.

오뚝이 서서 나리 김응서의 말을 듣고 섰던 계월향은 바싹 얼굴을 그의 품안에 대었다.

"나리, 그럼 나를 죽이고 가시오. 나는 적병의 손에 잡히면 더럽게 죽을 몸이외다. 나리는 나라를 위하여 살아야 하실 몸, 계월향의 몸은 이미 적장의 진흙 발길에 짓밟힌 더러운 몸이외다. 살더라도 나리를 또다시 못 모실 몸이요, 죽더라도 적장의 목을 베어 원수를 갚았으니 이제는 죽어도 사무여한 死無餘恨입네다. 계월향은 또다시 적병의 손에 잡혀서 더럽게 죽는 것보다는 차라리 나리 손에 깨끗이 죽기 소원입네다. 나리, 나를 죽이고 가시오. 그래야 죽어도 눈을 감겠소이다. 그리고 나리는 아무 뒷생각 마시고 나라와 겨레를 위해서 잘 싸워 이겨 주시와요!"

말을 마치자, 계월향의 뺨으로 눈물이 줄줄 흘러내린다.

여름 새벽달이 하얀 계월향의 뺨 위에 비친다. 줄줄 흘러내리는 눈물에 달빛이 반짝반짝 비쳐서 아롱진 흔적을 낸다.

장군 김응서가 버썩 계월향을 껴안는다.

"내 어찌 내 손으로 너를 죽인단 말이냐?"

김응서는 마침내 흑흑 사내 울음을 터뜨려 느껴 운다. 계월향도 느낀다.

마지막 영결, 창자를 쥐어짜 비트는 포옹이다.

고요하던 평양성 안 새벽 거리엔, 경종 소리에 뒤를 이어 뛰닫는 말굽 소리가 사면팔방에 요란하다.

적장을 죽인 범인과 계월향을 잡으려고, 평양성 안이 발끈 뒤집힌 모양이다.

계월향의 귀에 적병들의 말 달리는 소리가 들린다. 계월향은 얼른 눈물을 적삼 소매로 씻고 김응서 앞에서 떨어진다.

"적병들이 우리를 잡으러 쫓아옵네다. 울고만 있을 때가 아닙네다. 저 말굽 뛰닫는 소리를 들어 보시라요. 어서 나를 죽이고 성을 뛰어넘어 가시라요."

계월향은 얼음같이 차갑게 달빛 아래 우뚝 선다.

김응서의 귀에도 적병의 소란한 말 달리는 소리가 들린다. 이를 악물고 솟구치는 감정을 죽인다. 그는 왜장의 보검을 들어 계월향의 염통을 겨누어 꽉 꽂는다.

계월향은 서성瑞星 달빛 아래 적장의 보검을 가슴에 꽂은 채 달 아래 쓰러진다.

굽도 젖도 못하는* 진퇴유곡인 막다른 골목에 빠져 적장의 칼로 애인 계월향의 젖가슴을 꽉 찌르고 난 김응서는, 쓰러지는 계월향의 기막힌 모습을 바라보자 마치 자기 자신의 염통 위에 시퍼런 칼날을 꽉 박은 듯한 형용하기 어려운 아픔과 허전함과 괴롭고 쓰라린 미칠 듯한 감정 속에 휩쓸린다.

울분한 노여움이 화산 터지듯 폭발한다.

방어사 김응서의 눈은 불끈 뒤집혀 시뻘겋게 충혈이 된다. 마치 불을 헛맞은 표범 같다.

잘린 적장의 머리만 가지고 그대로 성을 뛰어넘기에는 너무도 마음이 부족함을 느낀다. 그는 피를 한 번 더 보고 싶었다. 더 한 번 피를 뿌려서 대의에 죽은 계월향의 어여쁜 넋을

---

* 굽도 젖도 못하다 : 순우리말로 나갈 수도 없고 물러날 수도 없다는 뜻이다.

위로하고 싶었다. 그는 몸에 지니고 있는 적장의 칼을 들고 월성을 하지 못한 채 쓰러져 있는 백마 앞으로 뛰어든다.

　무서운 증오의 감정이 일신에 쫙 퍼진다.

　'백마가 성만 뛰어넘어 주었더라면, 계월향의 목숨은 구했을 것이 아닌가?'

　김응서는 이런 생각을 하면서 온몸의 힘을 다하여 백마의 목을 후려쳐 갈긴다.

　백마는 마침내 목이 잘리고 피는 댓줄기가 솟듯 뻗친다.

　적병들의 뒤쫓는 말굽 소리가 이내 지척에서 들려온다. 김응서는 피 묻은 칼을 죽여 넘어진 말 궁둥이에 얼른 닦고 성벽을 향하여 몸을 솟구쳐 뛴다.

　어디서 새 힘이 생겨났는지, 그의 몸은 단번에 성벽 위 성가퀴*를 탄다.

　다음 순간, 그는 성 밖 사람이 된다.

　성 밖에는 척후 보는 왜병이 말을 타고 망을 보고 있다.

　김응서는 척후병에게 달려든다. 워낙 가까운 거리라 왜병은 조총을 쏠 수가 없다.

　칼과 칼이 부딪치는 백병전이 일어난다. 왜병은 김응서의 적수가 아니었다.

　교전 십합+슴이 못 되어 왜병은 그의 칼에 쓰러진다. 그는 왜병의 말을 빼앗아 타고, 왜장의 목을 말머리에 맨 뒤에 순안을 향해 치달린다.

＊성가퀴 : 성 위에 낮게 쌓은 담.

이 때, 이원익과 이빈이 거느린 우리 군은 김응서가 계월향의 계교로 평양성 안 왜진으로 들어간 뒤에 세 번 싸워서 마지막에 패하고 순안으로 돌아갔다.

방어사 김응서는 영영 돌아오지 아니 했다. 이원익 이하 모든 장수들은 김응서가 전사한 줄로만 알았다. 그러나 뜻밖에 김응서는 큰 공을 세워, 적장 고니시 유키나가가 가장 신임하고 용맹과 모략이 일본에 제일간다는 부장의 목을 베어 가지고 돌아왔다. 이것은 왜병 10만을 몰살시킨 것보다도 더 큰 공로였다.

김응서의 용맹과 계월향의 높은 의기에 평양 이북의 민심은 한껏 솟구쳤다.

땅에 떨어지려는 삼천리 겨레의 의기는 들에 핀 한 송이 야생화 계월향으로 인해서 다시 싱싱한 낙락장송의 솔잎으로 푸르고 청청하게 소생되었다.

한편으로 평양성 안 고니시 유키나가의 적진에서는 부장이 죽어서 목이 없어진 것을 안 뒤에 발끈 뒤집혀 경종을 울려 황황히 범인을 잡으려 했다.

왜장들은 서성리 성 앞에서 계월향이 왜장의 칼을 받아 쓰러진 것을 찾아내고, 왜장의 백마가 왜장과 운명을 같이해서 목이 떨어진 것을 발견했다.

왜장들은 이것이 계월향의 짓인 것을 알자 소름이 전신에 쭉 끼쳤다. 조선 여성들의 고고한 의기가 이다지도 높은 것을 그들은 비로소 알았다. 왜병 30만의 가슴은 저마다 두근거려 떨지 않을 수 없었다.

조선의 여성은 침략자 왜적 30만의 가슴속에 시퍼런 비수를 꽂아서 아프도록 충격을 주었다. 계월향은 무력으로 승리를 거두기 전에 정신으로써 승리를 얻은 것이다.

8장

명나라의 출병

구원을 향한 노력

　명나라 연경에는 병부상서 석성이 살고 있는 수백 칸이 되는 고랫등 같은 기와집이 있다.
　붉게 칠한 삼문三門을 들어서면 언덕과 바윗돌이 우거진 숲 속에 푸른 이끼를 뽑어 그윽한 운치를 풍기는 속에 기화요초琪花瑤草며, 전나무·향나무가 청청하고 돌산을 가운데로 하여 연못이 있다. 그 못에는 푸른 연잎과 붉고 파랗고 희고 누런 네 가지 꽃이, 햇빛을 받아 제각기 아름다운 빛깔을 흠뻑 대기 속에 뱉는다.
　다시 못 위에 난간을 두른 돌다리가 가로 비껴 놓여 있고, 다리 한복판엔 오색 단청의 화려한 작은 정자가 못물에 그림자를 던져 날아갈 듯 서 있다.
　수각水閣 정자를 중심으로 하여 좌우 옆으로 흰 모래가 깔린 넓은 길이 활등처럼 구부러져 뚫려 있고, 다시 길 뒤로는 옥같이 쏟아져 흐르는 물이 내를 이루어 굽이친다.
　가는 곳마다 수림이 우거진 속에 한 채 한 채의 정자가 섰고, 정자 앞에는 굽은 나무 다리가 아담하게 배처럼 걸쳐 있다.
　새 소리가 들린다. 서늘한 매미 소리가 높은 나뭇가지에서 시원하게 운다.

하도 정원이 넓으니 사람의 그림자도 드물다.

길을 돌아서 탁 터진 넓은 흰모래 땅 위에 궁궐 같은 열두 칸 큰 채가 나타난다. 동기창의 글씨로 '만상쟁휘萬象爭輝'라 편액을 써 붙이고, 기둥마다 문장 풍류를 자랑하는 목주련木柱聯이 붙어 있다.

이 집의 주인 병부상서 석성이 거처하고 있는 큰 채다.

동정호洞定湖의 대나무를 깎아 가늘게 엮어 놓은 발들이 맑은 바람을 받아 문틀마다 흐느적거리며 걸려 있다.

뜰 앞에 또다시 석가산이 멀찍이 놓이고, 석가산 잔디 위에는 길길이 푸른 파초와 댓잎이 우거졌으며, 파초 잎 아래는 황계 수탉이 암탉 두세 마리를 거느리고 홰를 쳐서 낮 울음을 호기롭게 울고 있다.

뒤로 또 한 채의 몸채가 높직이 솟구쳐 있다. 같은 동기창의 글씨로 '이홍원怡紅院'이라는 글자가 현판에 높직이 걸려 있다. 이 집 안주인인 병부상서 석성의 부인 유씨가 거처하는 몸채다.

마당 가에는 붉은 양아욱 꽃, 빨간 해당화, 오색 채송화 꽃들이 수를 놓은 듯 정열을 뿜어 깔려 있다.

좌우 옆으로 시녀들의 거처하는 방들이 열 걸음에 한 채씩 즐비하게 벌려 있다.

조용하던 삼문이 활짝 열리면서 한 사람의 관원이 삼문 안으로 들어서자, 이홍원 옆 채의 시비가 있는 곳으로 달음질친다.

"지금 홍 통사께서 오십니다."

이 소리를 듣자 수십 명 시비들은 일제히 움직이기 시작한다.

이홍원 대청 위로 한 사람의 시비가 올라간다.

"조선 홍 통사께서 오셨다 하옵니다."

발 밖에서 부드럽게 사뢰는 목소리를 듣자, 발 안에서 아름다운 여주인이 성장을 하여 나타난다.

"대문까지 나가서 마중을 할 테다."

말을 마치자 여주인은 구슬 신을 신은 채, 보석을 딛고 백사를 밟아 뜰 아래로 내려선다.

수십 명 시녀들이 일제히 여주인을 휩싸 모시어 큰 채 앞을 지나 남지 앞을 돌아서 붉은 삼문 밖으로 나선다.

이윽고 교자를 탄 통사 홍순언이 병부 관원들에게 옹위되어 석 상서 집을 향해 벽제를 치며 들어온다.

수십 명 시비 속에서 유씨가 앞을 헤치고 방긋이 미소를 띠며 나타난다.

홍 통사가 교자 안에서 멀리 유씨를 발견한다. 그의 가슴이 출렁하고 물결친다.

너무도 반가우니 가슴이 흔들리는 것이다. 홍 통사가 탄 교자가 문 앞에 닿자, 홍 통사는 얼른 교자에서 내린다.

그 때, 병부상서 석성의 부인 유씨가 시녀들 앞에서 달음질쳐 쫓아 나오면서 소리를 친다.

"아버지!"

반가운 웃음을 화려하게 머금은, 모란꽃과 같은 환한 얼굴에 금방 눈물이 글썽하다.

유씨의 부드러운 흰 손이 반가움을 못 이겨 덥석 홍 통사의 손을 잡으려다가 얼른 스스러움을 느끼면서 슬며시 자신의 푸른 옷소매를 어루만진다.

"왜 그렇게 한 번도 아니 오셨어요?"

"반 만 리 먼 먼 길이 어디 그다지 용이합니까?"

홍 통사가 겨우 한 마디를 대답한다.

병부상서 석성의 부인 유씨는 여덟 해 전보다도 더 한층 아름다워졌다. 여성의 고운 태를 함빡 내뿜는 30대의 아름다움이다. 여기다가 그의 아름다움은 강남의 제1급이다.

뿐만 아니라 유씨는 이제는 예부시랑 석성의 아내가 아니라, 재상 중에도 첫손을 꼽는 천하의 병마권을 잡은 병부상서의 부인이다.

일품 가는 미인에다가 일품 가는 귀인이 되었으니, 아름다움과 기품이 한데 어우러져서 걸음걸이며 태깔이며 목소리가 전보다도 더 아름다운 천하의 제일가는 미인의 모습을 갖추게 되었다.

"석 시랑이 병부상서로 귀히 되신 것을 풍편에 들어 알았소이다마는, 워낙 길 정도가 멀어서 치하가 늦어 미안하오. 마음은 항상 그렇지 않건만."

"별말씀을 다 하시네요. 모두 다 은인의 덕이죠. 어서 들어가세요."

유씨는 홍 통사의 소매를 넌지시 잡아당긴다.

아까 반가워서 손을 잡으려다 망설였던 손길은 기어이 홍순언의 소매를 잡은 것이다.

자나 깨나 마음으로 존경하여 잊을 수 없는 은혜로운 사람에게 친히 손을 내밀어 맞아들이지 않는다면, 마음이 풀리지 못할 유씨의 심경이다.

붉은 칠한 삼문 안으로 옹위되어 들어서는 홍순언은 연못 앞에 당도한다. 기화요초가 흐드러진 기암괴석을 끼고 돌면서 열 걸음에 한 정자요, 백 걸음마다 누마루가 솟구쳐 있는 병부상서의 으리으리한 저택을 보니, 곧 말만 들었던 진시황의 아방궁인 듯 호화스럽다.

홍순언은 마음속으로 은근히 기쁘다.

10여 년 전에 자기가 북경에서 옳게 처사한 행동 한 가지로 인해서, 오늘 초토가 다 된 조국을 위하여 구원병을 내달라고 떳떳이 이 나라로 오게 되었다는 것은 진실로 기이한 인연이다.

더욱이 화려 웅대한 명나라 병부상서의 집을 바라보고 옆에 반가이 맞아 주는 꽃보다 더 아름다운 유씨를 대해 보니, 자신이 10여 년 전 그날 밤에 머리털 끝만한 차이로 이 여자를 담 너머 핀 꽃인 양 희롱해 꺾었더라면, 오늘날 이 유씨는 병부상서의 아내가 될 수 없었을 것이요, 자기 자신은 지금 병부상서의 내실로 거침없이 발을 들여놓을 도리가 없었을 것이라는 생각이 든다.

그것은 마치 하늘의 별을 따기보다도 더 어려운 노릇일 것이다. 조선의 대신들은 물론 임금인 선조조차 감히 마음에 걸어 보지도 못할 행동이다.

홍순언은 석성의 화려하고 웅장한 집을 두루 구경하면서 이런 생각을 해본다.

홍순언은 천천히 걸어가면서 이야기를 꺼낸다.
"참으로 선경 같은 집입니다."
"모두 다 은인의 덕택입니다."
유씨가 곁에서 겸손하게 대답하며 걷는다.
"천만의 말씀입니다. 석 상서는 댁에 계십니까?"
"아직 안 돌아오셨습니다. 날마다 각의閣議가 바쁘십니다. 밤늦게나 돌아오실 겝니다. 은인께서 입국을 하신다는 소문을 들으시고, 병부 관원을 지시하시어 통주까지 마중을 하라 분부하셨습니다. 그리고 모든 일을 저에게 맡겨 접대하라 하시었습니다."
유씨는 방긋이 미소를 풍기며 이렇게 대답한다.
홍 통사는 유씨의 인도를 받아 병부상서 석성의 집 내당으로 들어선다.
명나라 만력萬曆 연간, 당대의 명필인 동기창의 글로써 '이홍원'이라 석 자를 써 양각으로 나무판에 새겨, 금을 칠해서 높직이 정당에 걸려 있는 모습을 본다.
"이홍원! 참으로 좋은 글귀입니다. 글도 좋고 글씨도 잘 썼습니다. 화락한 기운이 떠도는 분홍집! 부인의 성정을 그대로 산뜻이 표현했습니다그려."
"제가 그렇게 화락하고 명랑해 보입니까? 호호호."
"복록이 무궁무진하시니 어찌 화락해 보이고 명랑하게 보이지 않겠습니까? 여기다가 붉을 홍 자는 그대로 부인을 위해서 만들어진 글자인 듯합니다."
"은인, 이 복록이 누구 때문에 이루어진 것이겠어요? 이 즐거운 소녀의 마음이 누구 때문에 이루어진 화락입니까? 북경 창루에 소녀의 몸이 팔렸을 때, 만일 대인을 만나 뵙지 못하고 정욕에 날뛰는 범속한 오입쟁이를 만났던들 오늘쯤 소녀의 몸은 의연히 북경 거리에 비파를 안고 술을 파는, 한낱 썩은 계집이 되었을 것입니다. 이것은 명나라 천지가 다 아는 노릇입니다. 지금 뒤에 따라오는 시녀들, 저 아이들도 다 짐작하는 노릇입니다. 그때 천하의 의기 남자이신 대인이 아니셨다면 오늘날 이홍원 주인이 어떻게 되겠습니까? 병부상서의 아내가 되기를 꿈엔들 바라겠습니까?"

"과한 말씀이오."

홍 통사는 다시 한 번 이홍원 현판 글씨를 유의해 바라본다.

"당대 명필 동기창의 글씨입니다그려."

"그렇습니다. 진사 동기창의 글씨입니다. 조선에도 명필 한석봉이 있다지요?"

"어떻게 아십니까? 우리 나라에도 동기창한테 지지 않을 명필이 많습니다마는, 당대 명필로는 한석봉을 칠 것입니다."

"조선에 은인이 계시기 때문에, 조선 일이라면 무슨 일이나 저절로 마음이 켕기고 알고 싶어합니다."

"글씨 잘 쓰는 한석봉도 있습니다마는 당대 문장으로 우리 나라엔 최간 이입, 오산 차천로, 이 밖에도 청년 문장으로 월사 이정귀, 상촌 신흠, 계곡 장유, 택당 이식 등 당당한 문장들이 많습니다. 이 사람들은 단연코 중국 문장들에게 견주어 나으면 나았지 조금도 손색이 없을 것입니다."

명필과 문장 이야기가 나오게 되니 홍순언은 자기 나라의 문장과 명필들을 소개하고 싶었다.

"명나라에 젊은 문장으로 금릉에 주지번이란 사람이 있습니다."

"주지번이 하나쯤 가지고는 우리 나라 당대 육대 문장을 따라갈 수가 없을 것입니다. 우리 나라의 한 시대에 나온 이 여섯 사람의 문장들은, 중국의 7백여 년 동안을 걸쳐서 나온 당송 8대가인 한유, 구양수, 소순, 소식, 소철, 왕안석, 유종원, 증공 들에 비해 손색이 없을 것입니다."

유씨의 어글어글 잘생긴 눈이 놀라는 듯 커다랗게 밝은 빛을 뿜는다.

"왕성한 문운文運입니다. 중국은 1천 년의 세월이 흘러서 겨우 8대가의 문장이 났는데, 조선에서는 당대에 여섯 문장이 나왔으니 참으로 갸륵한 일입니다."

홍 통사는 흠뻑 자기 조국의 문명을 자랑해 이야기하고, 석 상서의 아내는 은인의 나라 조선의 높은 문화를 감탄한다. 그리고 마음속으로 은근히 탄식한다.

'이러한 높은 문명을 가진 나라이기에 홍 통사 같은 의협한 인물이 나왔구나!'

"이러한 문화를 가진 내 나라가, 오늘날 초토가 되어 다 망했습니다."

홍 통사의 얼굴빛이 별안간 구슬프다. 말을 마치자 홍 통사의 눈에선 눈물이 주르르 흘러 옷깃 위로 떨어진다.

"조선에 큰 난리가 났다지요?"

"큰 난리라니……, 이만저만한 난리가 아닙니다. 동해 밖에 있는 섬나라 왜적의 떼가 동래, 부산으로 쳐들어와서 해적인 왜적 떼는 지금 삼천리강산을 도륙하는 중입니다. 온 나라는 불바다요, 백성들은 끓는 가마솥에 든 물고기의 형국입니다. 임금은 지금 압록강 밖인 의주로 쫓겨 오셨고, 왜적은 장차 압록강을 건너서 당신의 나라인 명나라를 두려뺄* 계획을 차리고 있습니다."

유씨의 입에서 난리 소리가 나오고 보니 홍 통사는 만 리 길을 걸으며 서리고 맺혔던 원한이 그대로 폭발이 되어 눈물이 비 오듯 쏟아진다. 그 동안 자기가 떠난 뒤에도 조국의 꼴이 또다시 어찌되었을지 궁금한 생각도 간절하다. 홍 통사의 마음은 어린애같이 순박해진다.

"당신이 손수 정성을 들여 짜 주었던 보은단 열 필도 왜놈이 놓은 불바다 속에 타버렸소이다."

홍 통사는 한 마디를 겨우 마치자 어린애처럼 흑흑 느껴 운다.

보은단 열 필이 왜적이 놓은 불바다 속에 탔다는 소리에, 석성의 아내 유씨의 머리가 금방 불벼락을 맞은 듯 아찔하다.

눈앞에 벌룽벌룽 화염을 뿜으며 보은단 열 필이 자개함 열 개와 홍 통사의 집채와 함께 검은 연기와 붉은 불길 속에 활활 와지끈 타오르는 모습이 보인다.

'보은', '보은', 은혜를 갚기 위하여 북을 놓아 손수 짜서 아로새긴 자신의 영혼이 활활 왜적의 불길 속에 새까맣게 오그라져 타 들어가는 꼴이 눈앞에 선하다.

* 두려빼다 : 어느 한 부분을 뭉떵 빼다.

자기의 처녀 몸을 더럽혀 주지 않은 대가로 해를 쌓아 한 올씩 열 필을 짜서 바친 보은단이다. 이 지성을 다하여 바쳤던 보은단이, 왜인이 지른 불에 타버렸다는 것이다.
　유씨는 금방 자기의 영혼이 포악한 왜적의 불길 속에서 소지가 되어 타버리고 있는 것을 눈앞에 바라보는 것 같다.
　보은단 열 필은 자기의 깨끗한 정조를 보장하고 있는 신표요 증거다. 이 보은단이 타버렸다 하니, 유씨는 마치 자신의 깨끗한 정조가 왜적의 불길 속에 짓밟혀 유린이 되어 활활 재가 되어 날아 버린 듯 비통하고 섭섭하다.
　"어머나!"
　한 마디를 지른 채 유씨는 잠깐 아뜩하다.
　그러나 홍 통사의 애통하는 정경을 바라보니 얼른 무어라 위로해 드리지 않을 수 없다.
　"아버지!"
　유씨의 한 마디 소리는 충곡에서 쏟아져 나오는 한 조각 진정이다.
　유씨의 흰 손이 덥석 홍 통사의 손을 잡아 이홍원 정당 안으로 이끌어 올린다.
　아까 대문 앞에서 홍 통사를 처음 맞아들일 때 내밀었다가 스스러워서 푸른 저고리 소매를 어루만지던 바로 그 손이다.
　다음번 홍 통사가 유씨에게 귀히 잘된 것을 치하했을 때,
　"모두 다 은인의 덕이죠."
　하고 마음은 간절하건만 부끄럼이 앞을 서서 겨우 홍 통사의 소매 끝만 잡아당겼던 바로 그 손이다.

홍 통사의 불운을 위로하는 지성 어린 마음은 서슴지 않고 흰 손을 내밀어 덥석 홍 통사의 손을 잡아 당 위로 인도하는 것이다.

유씨와 홍 통사가 이홍원 정당에 오르니, 10여 명 시녀들이 유씨의 뒤를 따라 이홍원으로 모여든다.

"먼 길에 피로하실 텐데, 우선 잠깐 쉬시고 자세한 말씀은 차차 여쭙겠습니다."

유 부인은 정당 동편 채에 홍 통사를 인도한다.

호사스럽고 으리으리한 방이다. 창마다 수를 놓은 깁 휘장이 반나마 드리워져서 초여름 바람결에 흐느적거려 날리고, 푹신한 침대와 화류*로 아로새긴 교의와 칸들이 질서 정연하게 벌려져 있으며, 벽에는 송나라 휘종의 산수 그림과 진 시대 왕희지의 해자楷字 대련對聯 글씨가 한족의 문화를 자랑하는 듯 무게 있게 걸려 있다.

석성의 아내 유씨가 잠깐 내당으로 들어오고, 묘령의 시녀들이 뒤를 이어 쟁반을 하나씩 받들고 들어온다.

푸른 옷을 입은 시녀가 옥류천 깨끗한 물에 빨아 창포탕에 담근 하얀 수건을 쟁반에 받쳐 들고 들어온다.

홍 통사는 뜨거운 수건을 들어 얼굴과 손을 닦는다. 서늘하고도 향긋한 창포 내가 홍 통사의 코를 스쳐 마음을 너그럽게 해준다.

분홍 옷을 입은 어여쁜 시녀가 말리꽃차를 명나라 백자 다

---

* 화류樺榴 : 자단紫檀의 목재. 붉고 결이 고운데다 단단함.

종茶鐘에 담아 쟁반에 받쳐 들고 섰다. 홍 통사가 마시기를 기다리고 서 있는 것이다.

홍 통사는 오래간만에 향기 높은 중국차를 들어 본다.

5천 리 넘어 온 피곤이 한꺼번에 풀리듯 머리가 거뜬해진다. 뒤미처 누런 옷을 입은 시녀는, 과일을 받들고 서 있고, 붉은 옷 입은 시녀는 양의 기름에 튀긴 과자를 받들고 서 있다.

고귀한 손님을 대하는 극치의 대접이다. 홍 통사는 석성 아내의 고마운 마음씨를 거부하기가 어려워서 대접 성의로 산사나무 열매 한 개와 과자 하나를 차례로 든다.

또다시 시녀는 수건을 받들어 들어오고, 뒤미처 향차를 받쳐 들고 온다. 연락부절 끊이지 않는 융성한 대접에 홍 통사의 마음은 되레 대견하다.

한 올의 희망이 홍 통사의 머릿속에 비친다. 이만큼 자기를 잊지 않고 대접하는 것으로 보아 이번 자기가 온 일이 허사가 아니 될 듯 생각한다.

더욱이 석성은 명나라 당조當朝의 병부상서다. 병부상서의 생각만 움직인다면 명나라의 몇 십만 대병을 움직일 수 있는 것은 그다지 큰 어려움이 아닐 것 같은 생각이 든다.

홍 통사의 머릿속에는 10여 년 전 북경 창루에서 처음으로 유씨를 만나던 그날 밤의 정경이 눈앞에 선연히 비친다.

"불을 끄오리까?"

가늘게 목소리가 떨리면서, 지금은 석성의 아내가 된 유씨는 이렇게 속삭였던 것이다.

그의 팔이 그녀의 허리를 감았을 때, 그녀는 오들오들 떨면서 온몸에 땀이 쪽 배었다.

이 때, 그는 그녀가 순결한 처녀인 것을 알자, 황금 몇 푼으로 옥같이 깨끗한 숫처녀의 정조를 짓밟아 장난쳐 버린다는 것은 아무리 이국의 여성이라 하나 너무도 잔인하고 야비한 행동이라 생각했다.

이 유연히 일어난 한 굽이 바른 마음이 다시 그로 하여금 여인의 내력을 묻게 되었을 때, 아버지의 억울한 죄를 속죄하기 위해서 창루에 몸을 판 명나라 호부시랑의 딸인 것을 비로소 알았다. 이리하여 공금 3천 금을 던져서 이 여자를 창루에서 구원했고, 자신은 공금을 유용한 죄로 나라에 돌아간 뒤에 돈을 갚을 길이 망연해서 옥 속에 갇힌 죄인의 몸이 되었던 것이다.

누가 꿈엔들 마음이나 먹었으랴? 공연히 호협하고 의기를 좋아해서 자기의 힘에 자라지도 못하는 큰돈을 쓴 탓으로, 한평생 옥 속에서 평생을 그르치는 줄만 알았더니, 뜻밖에 명나라에서는 사신과 역관이 가는 족족 그를 지성스럽게 찾는다는 소식을 들었다.

그를 찾는 사람은 바로 창루의 여자였던 이 유씨였다. 유씨는 더러운 창루에서 벗어나자 고향 절강에 돌아간 뒤에 좋은 중매가 있어 예부시랑 석성의 후취가 되었던 것이다.

이리하여 그의 올바른 행동은 마침내는 개국을 한 지 3백년이 되어도 환부역조와 이신시군以臣弑君의 누명을 벗어 놓지 못한 이씨 나라의 수치를 유씨와 석성을 통하여 바로잡아 놓왔다.

 그리고 오늘 또다시 왜적의 손에 나라 땅은 결딴이 나고 백성들은 어육이 되어 종묘 사직이 송두리째 엎어지려는 이 순간, 홍 통사는 이것을 구원하기 위하여 5천 리 먼 먼 길에, 다시 병부상서로 승진된 석성과 그의 아내를 찾아서 나라를 구해 달라고 청을 하러 들어왔다.

 유씨의 처녀성을 창루에서 구해 낸 조그마한 사건을 계기로 해서 나라를 구원해 달라는 크나큰 사명을 띠고 이 나라를 찾은 것이다.

 이번 여덟 해 만에 오는 이 길에도 그들 내외는 어떻게 소문을 들었는지 통주까지 교자와 호위하는 군사들을 보내서 그를 맞아 주었다. 더욱이 이번 그의 행정은 정식으로 나라의 공무를 띠고 온 것도 아니건마는, 이 사람 내외들은 이렇게까지 변치 않고 그에게 정성스러웠다.

 일거일동 홍 통사를 우대해 주는 범절은 여덟 해 전 보은단을 유씨가 손수 짜서 주던 그 때보다 더하면 더했지 조금도 변함이 없었다.

 홍 통사는 새로이 시녀가 받들어 온 차를 마시면서 다시 한 번 되풀이해 생각해 본다.

 '사람이 세상에 나서 한평생 할 일은 오직 선한 일, 의리 있는 일, 올바른 일을 하다가 죽어야 할 일이다.'

 이윽고 병부상서 석성의 부인이 시녀를 거느리고 나타난다.

 "시장하실 텐데 어서 이리로 건너오십시오."

유씨는 친히 은인을 정당 서편 채로 안내한다.

여러 해 만에 멀리서 온 은인을 위해서 둥근 화류 원탁에는 산과 바다의 진기한 음식이 정결하게 벌여 있다.

"석 상서께서는 밤이 깊어야 돌아오실 것입니다. 오늘 점심은 딸이 모시고 대접하겠습니다."

유씨는 명랑하게 웃으며 은인을 자리에 앉힌다.

시녀가 술병을 들어 잔 위에 따르려고 한다. 홍 통사는 얼른 식탁 위에 잔을 엎어 놓는다.

"술은 아니 먹겠소이다."

"은인이 오신다는 말씀을 듣고 일부러 남방의 동정춘 약주를 조금 구해 온 것이올시다. 전에 오셨을 때 하도 동정춘을 좋다고 칭찬하셨기에……. 서너 잔만 드시지요.

"허허, 이 좋은 술이 지금 차마 내 목으로 어떻게 넘어가겠습니까? 내 나라는 지금 왜적의 30만 대병이 만산변야滿山邊野 들끓어서 겨레의 목숨을 빼앗아 피투성이가 되어 있고, 내 임금은 지금 의주 압록강가에서 보리죽도 자시지 못하는 채, 하늘을 우러러 탄식하고 있고, 한양에 버려 둔 내 아내와 자식들은 적의 불더미 속에 죽었는지 살았는지 생사를 모르는 이 판에, 동정춘 좋은 술이 아무리 좋다 하나 어떻게 내 목으로 넘어가겠소?"

홍 통사의 목소리는 적이 떨리면서 목이 메어 차마 말을 이루지 못한다.

"그래도 한 잔만 드시고 마음을 진정하십시오."

이번엔 유 부인 자신이 자리에 일어나서 화사한 손으로 친히 술병을 잡는다.

"명나라에서 구원병을 보내 주셔야겠습니다. 30만 대병만 움직이도록 해주십시오. 그렇게 되기 전에는 내가 술을 못 들겠소이다."

말을 마치자 홍 통사는 눈물이 핑그르르 두 눈에 돈다.

홍 통사의 눈에서 눈물이 핑그르르 도는 것을 바라보자, 유씨는 까닭 없이 마음이 설레고 언짢다.

피를 섞은 골육의 지친이 만고에 드문 기막힌 변란을 당하여 자기를 찾아 호소하는 것보다도, 오히려 더 한층 가까운 거리에서 가엾은 친밀감을 느낀다.

홍 통사의 고국인 조선은, 유씨에게 있어서는 마치 자기가 자라난 친정인 조국같이 생각된다.

홍 통사의 유씨에게 향한 생각과 행동과 사모는 정의의 생각과 인류애의 행동, 이 두 가지 자아의 실천으로 이루어진, 남성과 여성을 엄연히 구별하면서도 인도로써 빚어진 분위기 속에 일어나는 친밀감의 사모다.

그러나 유씨의 홍 통사를 향한 마음은 도리어 아무런 남녀에 대한 장벽도 없다. 남성과 여성을 구별할 필요를 느끼지 않는다. 유씨는 남자와 여자의 경계선을 훨씬 초월해서 홍 통사를 정신으로 사모하고 존경한다.

골육의 지친인 남성과 여성이 지극한 정성과 사모를 바치는 지순한 애정의 초점에서 한 단계를 올라서서 은혜의 인정으로 더 한층 아름답게 빛난다.

은인 홍 통사가 아니었다면 유씨는 이 세상에 삶을 지닐 수 없었을 뿐 아니라 사람으로서의 빛을 잃었을 것이라는 것을 생각할 때, 홍 통사는 유씨에게 있어서는 육친 이상의 거룩한 존재다.

홍 통사가 없었더라면 유씨의 몸은 멸망되었을 것이요, 홍 통사가 아니었다면 오늘날 그녀의 모든 행복은 있을 수 없는 것이다.

"너무 상심하지 마십시오."

석성의 아내 유씨는 부드러운 흰 손에 술병을 든 채 이렇게 홍 통사를 위로한다. 그러나 유씨는 자기 눈에서도 눈물이 핑 그르르 도는 것을 막아 낼 수가 없다.

"하늘이 무너져도 솟아날 구멍이 있답니다."

또다시 석성의 아내는 홍 통사를 위로한다. 그녀는 의연하게 손에 술병을 잡는다.

"한 잔만 드십시오. 그리고 마음을 진정하십시오."

석성의 아내는 세 번째 홍 통사에게 동정춘 좋은 술을 권한다.

"권하시는 지극한 정은 고맙소이다. 그러나 아까도 말씀했지만, 권하신대야 술이 내 목에 넘어가지 못합니다. 박정한 것 같지마는 노여워 마십시오. 일이 제대로 된 뒤에는 백 잔이라도 마시겠소이다."

홍 통사는 엎어 놓은 잔을 다시 손으로 덮어 막는다.

석성의 아내는 철석같이 굳은 홍 통사의 결심을 보자, 더 한층 존경하는 생각이 마음 한구석에 구름 피듯 일어난다. 손에 잡았던 술병을 고요히 탁자에 놓은 채 더 한층 마음속으로 홍 통사를 장부답게 추앙해 생각한다.

'이분은 이런 아름다운 결심을 가졌기에 10여 년 전에 창루에서도 나를 구해 낸 것이다.'

커다란 인격 앞에 조그마한 감정은, 빛나는 태양 앞에 아침 이슬마냥 스러져 버리는 것이다.

손수 술병을 들어서 세 차례나 권하던 부인은 홍 통사의 번번이 거부하는 태도를 당했으면서도 조금도 무안함을 느낄 수가 없다.

"그러면 약주는 권하지 않을 테니 음식이나 좀 잡수어 보십시오."

석성의 아내 유씨는 옥수로 상아저를 들어 바친다.

"가슴 가득 차 있는 게 한이요, 원입니다. 원과 한이 뱃속에 가득 차 있으니 산해진미인들 어찌 맛이 있겠소이까?"

홍 통사는 유씨가 간곡히 올리는 저를 받아 팔보채 두어 점을 입 안에 옮긴다. 두어 점 팔보채를 겨우 넘긴 홍 통사는 다시 간절히 말한다.

"부인, 어떻게 명나라 군사 30만 명쯤 동원을 해서, 우리나라를 구해 주십시오."

나라를 걱정하여 지극한 정성에서 나오는 홍 통사의 쉴 새 없는 하소연은, 또 한 번 석성의 아내 유씨의 상냥한 마음을 흔들어 놓는다.

"잡숫고 말씀하십시오."

석성의 아내 유씨는, 시녀가 새로이 주발에 담아 온 초계아炒鷄兒를 받아 들고 홍 통사에게 들기를 권한다.

"고맙소이다."

홍 통사는 겨우 초계아 한 점을 상아저로 집어서 자신 앞에 놓인 작은 접시에 놓고 난 뒤에 유씨를 바라보며 말을 잇는다.
"부인 내 말씀을 들어 보십시오."
다시 석성의 아내를 바라본다.
"말씀하세요."
석성의 아내는 '어떻게 하면 이 은인의 마음을 풀어지게 할 수는 없는가' 하고, 잘생긴 얼굴에 더욱 명랑한 맑은 빛을 띠어 홍 통사를 정답게 바라본다.
"아버지나 어머니나 두 분 중에 누구든지 부모가 계시다고 가정합시다. 지금 이 부모가 큰 병이 들어서 운명할 지경에 놓여 있습니다. 그런데 이 부모한테는 딸이건 아들이건 간에 자식이 하나 있다고 합시다. 병든 부모는 산삼 한 뿌리만 얻어 자시게 된다면 당장 죽음을 면하고 다시 회춘이 되어 살아 날 희망이 있습니다. 이 때 자식은 부모를 살려 보려고 산삼 가진 친구를 찾아갔습니다. 그러나 좋은 친구는 이 사람을 위로할 양으로 부모를 먹일 산삼보다도 친구에게 좋은 음식과 술을 권했습니다. 죽어 가는 운명은 시각을 다투는 일이고, 자식은 초조하지 않을 수 없습니다. 그러하니 이 사람의 비위 속으로 산해진미가 들어갈 리 있습니까?"
홍 통사의 말을 듣자, 석성의 아내의 얼굴빛이 엄숙하게 바로잡히지 않을 수 없다.
"부인!"
홍 통사는 또다시 말을 계속한다.
"부인께서는 부모를 위하여 몸을 파신 일이 있습니다. 자식으로 태어나서 부모의 목숨을 구하기 위해서, 자기의 몸을 무無로 돌리어 희생하려는 높은 정신을 가지셨던 것입니다. 이것은 사람마다 누구나 흔히 할 수 있는 일이 결코 아닙니다. 그러나 부인은 그 때 어린 마음으로도 이 갸륵한 하기 어려운 일을 감행하셨던 것입니다. 다만 부모를 위해서.”

얼굴빛을 고치고서 고요히 홍 통사의 말을 듣고 앉았던 석성의 아내는 홍 통사의 말이 여기까지 마쳤을 때, 별안간 눈물이 쏟아지더니 이내 복발되는 지나간 감정을 주체할 수가 없다. 그대로 몸을 식탁 위에 의지한 채 흑흑 흐느껴 운다.

홍 통사는 흐느껴 우는 석성의 아내를 바라본 채 가만히 내버려 둔다.

시비들이 당황해서 식탁 위에 쓰러져 흐느껴 우는 유씨를 옹호해 일으키려 한다.

유씨는 손을 저으며 시비들을 물리치고는 그대로 흐느껴 울어 지나간 불행했던 옛 시절을 추억한다.

유씨의 철읍 속에 한동안 침묵이 흐른다.

이윽고 홍 통사가 다시 말을 꺼낸다.

"지금 내 부모의 나라는 운명하고 있는 중입니다. 나는 조국의 목숨을 구하기 위하여 약을 구하러 부인을 찾은 것입니다. 명나라는 조선과 형제의 나라입니다. 우리 조국을 구해 낼 약은 명나라 군사 30만 명입니다. 30만 명나라 군사는 명나라 병부상서 석성의 손 안에 있고, 석 상서를 움직일 수 있는 커다란 힘은 오직 석 상서의 부인인 당신한테 달려 있습니다. 죽어 가는 사람에게 산해진미와 진수성찬은 필요 없습니다. 다시 살려 낼 약을 주십시오."

식탁에 엎드려 흐느끼던 석성의 아내 유씨의 고개가 슬며시 들린다. 백모란 같은 환한 얼굴엔 아직도 눈물의 흔적이 서려 있다.

"대인의 조국은 곧 소녀의 조국입니다! 이 몸의 힘을 다하여 조국 조선을 구해 보도록 하겠습니다."

유씨는 말을 마치자 시녀에게 음식을 걷어치우라는 분부를 내린다.

유씨는 홍 통사의 마음을 조금이라도 편안케 할 양으로 다시 홍 통사를 연못 위 수각으로 인도한다.

못 위에서 일어나는 시원한 바람이 활짝 핀 연꽃 향기를 실어 수각 주위로 은은히 풍긴다. 유씨와 홍 통사는 화류 사선상四仙床을 가운데에 두고, 비취옥 판을 아로새겨 의자 뒤에 박아 놓은 화류 교의에 걸터앉는다.

바람이 불 때마다 연꽃 향기가 수각 안에 가득 찬다.

못물 위에는 싱싱하게 푸름을 뽐는 첩첩이 우거진 연잎과 붉고 흰 청초한 연꽃 사이로 금빛 잉어가 저녁 햇빛을 받아 펄떡펄떡 솟구쳐 뛴다.

수각 위, 높은 하늘에 솔개 한 마리가 둥실 떠서 나타난다.

솔개는 뛰어오르는 금 잉어를 보았는지 날다가 돌고 돌다가 날면서 멋지게 허공 위에서 둥글게 원무를 추면서 잉어를 어르고 벼른다. 고기가 풍덩실 물 속으로 되들어가는 바람에, 솔개는 어르던 것을 단념하고 뭉게뭉게 피어오르는 흰 구름을 박차면서 9만 리 장천으로 날개를 쳐서 훨훨 날아간다.

커다란 자유의 세계다. 걸리고 매인 데 없는 독자의 세계다.

홍 통사는 새와 물고기가 부럽다.

가고 싶으면 가고 멈추고 싶으면 멈춘다. 뛰고 싶으면 뛰고 숨고 싶으면 숨는다.

"솔개는 날고, 물고기는 뛰는 연비어약鳶飛魚躍의 좋은 경치로군요. 우리 겨레도 어느 때나 저 솔개와 저 잉어 모양 다시 한 번 자유를 찾을는지 모르겠소이다."

홍 통사가 나라를 근심하여 맺힌 한은 물건을 대하는 족족 아프게 움직여진다.

"아버지!"

석성의 아내 유씨는 이렇게 홍 통사를 부른다.

"조선은 절대로 망하지 않습니다. 더욱이 조선 민족은 망하지 않습니다! 운이 나쁘면 한때 고난을 받는 것은 개인도 그러한데, 하물며 나라와 민족이겠습니까? 아버님, 소녀의 잔약한 어린 몸이 집안의 불행한 운명을 잔약한 어깨에 짊어지고 몸을 북경 창루에 팔았을 때, 저에게는 다만 멸망이 있을 뿐 머리털 끝만 한 희망과 광명도 눈앞에 보이지 않았습니다. 그렇던 소녀가 은인을 창루에서 만날 줄은 꿈에도 생각하지 못했던 노릇입니다. 소녀는 그 때 은인을 만났음으로 해서 오늘 이러한 행복의 보금자리를 누리고 있습니다. 아까도 말했습니다마는, 하늘이 무너져도 솟아날 구멍이 있는 것입니다. 소녀 같은 미미한 한 여자의 운명도 그러하거늘, 더구나 크나큰 한 나라와 한 민족의 운명이 아니 그렇겠습니까? 조선이 지금 곤란을 당하고 있는 것은 마치 검은 구름장이 잠깐 태양을 가린 것이나 마찬가지라 생각합니다. 맑은 바람이 불어 검은 구름장을 헤치는 날 조선의 광명은 다시 전과 같이 동틀 날이 환할 것입니다."

이 때 시녀들이 차와 과자를 받들고 들어온다.

"그러기에 나는 조선의 불운을 헤쳐 달라고 부인을 찾은 것뿐이외다. 부인은 어서 속히 맑은 바람이 되어서, 이 홍 통사 조국의 검은 구름장을 헤쳐 주시오. 내가 만일 한 사람의 개인으로서 불운한 내 집안의 불행만을 안고 있다면야 부인을 찾았을 리가 만무합니다!"

홍 통사가 충곡을 털어 말을 하고 천천히 차 한 모금을 마시려 할 때, 정자 앞이 떠들썩하면서 여러 사람들의 발소리가 들려온다. 유씨와 홍 통사가 앞을 내다보니 시비 한 사람이 달음질쳐 정자 안으로 올라온다.

"상서 노야께서 퇴조를 하시었사옵니다. 손님께서 오신다는 말씀을 듣고 지금 이곳으로 오시는 중이옵니다."

유씨와 홍 통사는 석 상서가 수각으로 온다는 소리를 듣자 함께 자리에서 일어난다.

"오늘 늦겠다고 하셨는데 어떻게 벌써 돌아오시나?"

석성의 아내 유씨가 혼자 말하고 부리나케 정자 아래로 내려서니, 홍 통사도 유씨의 뒤를 따라서 연못 앞으로 내려선다.

병부상서 석성은 한 떼의 시녀와 상노들에게 옹위되어 연당을 향하여 천천히 걸어오다가, 아관박대峨館博帶의 학창의를 입은 당릉군 홍 통사를 바라보자 손을 번쩍 들어 반가운 뜻을 표시하며, 활발하게 큰 소리를 외치면서 홍 통사의 앞으로 버적버적 걸어온다.

"장인이 먼 길에 오셨는데도 공무가 바빠서 멀리 나가 맞지 못해 미안하오."

홍 통사는 반가웠다. 미소를 풍기면서 마주 오는 석성의 앞으로 걸어가서 조선식으로 두 손을 모아 들고 읍揖을 한다.

석성도 벙글벙글 웃으며 읍을 하여 답례를 하면서 얼른 두 손으로 홍 통사의 두 손을 정답게 꼬옥 쥐어 본다.

"장인, 그 동안 늙지 않았구려! 어서 연당으로 올라가십시다."

병부상서 석성은 홍 통사의 등에 손을 얹어 다시 연당으로 인도한다.

권력과 부귀라는 것은 예나 지금이나 해롭지 않고 좋은 것인가 보다. 홍 통사가 가만히 석성을 바라보니, 여덟 해 전, 예부시랑으로 있을 때의 청수하던 선비의 모습은 찾아볼 수가 없다.

얼굴과 몸은 윤이 나도록 기름지고, 몸 가지는 체통과 말하는 풍도는 씩씩하고 장중했다.

홍 통사는 저절로 존경하는 말투가 떨어진다.

"천하의 병마권을 잡으신 대사마大司馬가 되셨는데, 이제야 치하를 드리러 와서 죄송하기 짝이 없소."

대사마는 조선의 병조판서에 해당된다.

"허허허, 장인 별소리를 다 하시는구려. 반 만 리 밖에서 치하하기가 어디 그리 용이한 일이오? 치하 못한 것은 피차 마찬가지요. 장인도 당릉군이 되셨는데 편지 한 장도 올리지 못해서 미안하오."

"천만의 말씀이외다. 모두 다 석 상서 노야의 덕택이외다."

"허허, 무슨 말씀이오? 무어 좀 시장치 않으시도록 대접을 했는가?"

석성은 이내 아내 유씨를 돌아본다.

"음식을 드려도 잡숫지 않고, 약주를 권해도 드시지를 않으십니다."

"웬일이오? 왜 그 남방에서 구해 온 동정춘 술을 좀 드리지……."

"아무리 권해도 아니 잡수십니다. 동정춘보다 더 좋은 술을 권해도 아니 잡수시겠다는 걸 어찌합니까?"

"웬일이오? 그 좋아하시던 약주를 아니 드시다니, 약주를 끊으셨소?"

"아닙니다. 당분간은 아니 먹기로 했습니다."

"당분간이라니, 장인이 내 집에 와서 당분간 술을 끊는다시니 말이 되오? 어서 빨리 가서 술상을 연당으로 가져오너라."

석 상서는 시녀를 돌아보면서 분부를 내린다.

석성의 아내 유씨가 방긋이 미소를 풍기면서 석성의 얼굴을 살며시 쳐다본다.

"아무리 연당으로 술을 내와도 아니 잡수시는 것을 그만두시지요."

"별일이 다 많군. 정 그렇다면 하는 수 없지. 아마 장인이 욕심이 많아서 오래 살려고 그러시는군! 하하하."

석성은 여전히 쾌활하다.

"아니랍니다. 까닭이 계시답니다."

"무슨 까닭인고?"

"지금 조선엔 야단법석이 났답니다."

"무슨 야단이?"

병부상서 석성은 시치미 딱 떼고 이렇게 묻는다.

"조선에서는 지금 바다 밖에서 왜적이 쳐들어와서 삼천리 강산은 초토가 되고, 조선 왕은 의주 압록강 밖으로 쫓겨 왔답니다. 이리하와 아버지께서는 구원병을 청하러 들어오셨다 합니다. 그래서 구원병이 조선을 향해 떠나가기 전에는 한 잔도 약주를 들지 않을 결심이라 하십니다."

"음! 그 일 때문에 무얼 그렇게 걱정해서 술까지 아니 자실 까닭이 있나? 나랏일은 나랏일이고, 장인은 장인이지."

"조선 조정이 장인에게 무엇을 그다지 후하게 대접했다고……. 장인같이 훌륭한 의기남아요 경세經世의 포부를 가진 분을 계급 차이로 해서 중인이라고 정치에 참여할 자격을 주지 않았고, 환부역조를 하고 신하로서 임금을 죽였다는 누명을 2백 년 만에 씻어 주었건만 1등 공신의 칭호를 주지 않고 겨우 2등 공신의 대접을 했으니 조선 조정이 우리 장인한테 대접한 것이 무엇이었는가? 그리고 밤낮으로 편당을 가지어 동서남북으로 갈라져서 중상모략들만 하는 썩어빠진 그깐 놈의 조정은 한 번 결딴이 나서 망해도 싸지. 이것이 우리 장인한테 무엇이 지원극통至冤極痛해서 내 집 와서 술잔까지 못 받으신다는 건가? 장인은 완고하기도 하구먼! 그리고 조선이 일본의 앞잡이가 되어 우리 나라를 치러 들어온다는 것은 절강과 남경에서부터 소문이 나서 명나라 온 천지가 짜하게 다 아는 노릇 아닌가? 그리고 지금 의주에 쫓겨 와 있다는 왕도 진짜 조선 왕이 아니라 가짜 조선 왕이라고 우리 나라 조정에서는 여론이 비등하단 말이오. 그깐 놈의 일 때문에 장인이 술을 아니 들다니 말이 되오? 좌우간 장인은 잘 오시었소이다. 어지러운 조선에서 고생을 하고 있는 것보다도 우리 한평생을 즐겁게 이곳에서 편하게 살아 봅시다."

석성은 말을 마치자 빙그레 웃으면서 당릉군 홍 통사의 얼굴을 건너다본다.

가만히 듣고 있던 홍 통사는 깜짝 놀라지 않을 수 없다. 명나라 사람들이 다소 조선을 의심한다는 소식은 평양에서부터 들어 안 노릇이지만, 병부상서 석성까지 이렇게 조선을 의심할 줄은 몰랐다.

홍 통사는 가슴이 탁 막히고 입술이 뻣뻣이 굳어진다. 버썩 화기가 치밀어서 담 덩어리가 복장을 꽉 눌러 기가 탁 막힐 지경이다.

홍 통사는 손발이 싸늘해지며 부들부들 떨린다.

"노야, 그렇지 않습니다."

'노야老爺'란 중국 사람들이 극히 존칭해 부르는 소리다.

홍 통사는 겨우 한 마디로 그렇지 않다고 변명해 놓고, 침이 마르고 혀가 굳어서 얼른 뒷말을 잇지 못한다.

"노야, 흉은 흉이고 조국은 조국이올시다. 이 홍순언이 어떻게 아비와 할아비의 나라 조국을 버릴 수 있겠습니까? 평안히 나 한 몸의 여생을 살기 위하여 차마 어떻게 아비와 할

구원을 향한 노력

아비의 나라 조국을 버립니까? 아비와 할아비의 나라뿐이오니까? 자식의 나라요, 아내의 나라올시다. 나는 내 입으로 내 조국을 원망할 수는 없습니다. 설혹 조국이 나한테 한평생 뜻을 펴게 못했다 할지라도 나는 차마 아비와 할아비의 뼈다귀가 묻힌 내 땅 조국을 원망할 수 없습니다."

홍 통사는 여기까지 말을 마치자 눈시울이 화끈하면서 두 줄기 눈물이 뎅겅뎅겅 학창의 앞자락으로 떨어진다.

"노야."

홍 통사는 또다시 석성을 부른다.

"어느 나라나 사람마다 모두 제 포부를 다 펴서 저 하고 싶은 일을 다해 보는 수는 없습니다. 제 욕심 먹은 대로 부귀공명을 다 누리기란 진실로 어려운 노릇이외다. 우리 나라엔 나만큼도 뜻을 펴 보지 못한 채 한평생을 고생으로 살다가 푸른 산에 한 줌 흙이 되어 버리는 사람이 얼마나 많은 줄 아십니까? 그러나 이 사람들은 조금도 불평을 갖지 않습니다. 그런데 황차 나같이 나라의 우대를 받는 사람이 불평을 가져서야 쓰겠습니까? 나는 조국을 버리고 살 수 없습니다. 조국을 등져 잊어버리고 살 수 없습니다. 비록 조국의 집권자들이 못났다지만 나로서는 조국을 욕하고 버리고 원망할 수는 없습니다."

홍 통사는 한 마디를 하고 나서 눈물이 글썽거리고, 두 마디를 하고는 눈물이 줄을 지어 흐른다.

명나라 병부상서 석성은 눈을 감고 묵연히 홍 통사의 말을 듣고 있다.

"그리고 노야, 억울합니다!"

홍 통사는 흐르는 눈물을 씻지도 않은 채 또 한 번 석성을 부른다.

"아까 노야께서, '조선은 일본의 앞잡이가 되어 우리 나라를 치러 들어온다는 것은 절강과 남경에서부터 소문이 나서 명나라 온 천지가 짜하게 다 아는 노릇'이라고 말씀을 하셨습니다. 이것은 참 억울하고도 기막힌 말씀입니다. 주책 없는 다른 사람의 말이라면 모르되, 크나큰 명나라 병부상서의 중임을 맡은 분으로서 이런 말씀을 거침없이 방언해서 말씀한다는 것은 노야의 체면과 체통을 위해서라도 못하실 말씀입니다.

노야, 생각해 보십시오. 왜국 대마도는 1천여 년 전부터 우리의 골칫덩이외다. 해마다 우리 나라에서 주는 세견선 쌀이 아니면 살아 나갈 수가 없던 족속들입니다. 왜추들이 우리 나라에 조공을 바치고 신하 노릇을 했던 것은 노야도 다 아시는 일이 아니오이까? 이렇던 자들이 앙큼하게 대륙인 명나라에 침략의 발길을 들여놓으려고 우리 나라더러 길을 빌려 달라는 것을 우리는 대의명분을 들어 완강히 거절한 까닭에, 왜추들이 우리 나라에 먼저 탐욕 무쌍한 진흙 발길을 들여놓은 것입니다. 우리가 망한 뒤의 다음 차례는 명나라인 노야의 나라일 것입니다."

홍 통사는 숨도 제대로 쉬지 않고 말을 잇는다.

"절강에서 퍼졌다는 이따위 소문은 우리 나라와 명나라를 이간질하려고 일부러 왜추들이 바닷길로 왜국에 왕래하는 명나라 절강 장사치들에게 퍼뜨려 놓은 소리입니다. 이를 곧이

들었다는 것은 참으로 깜짝 놀랄 일입니다. 그리고 명나라 사람이 또 한 가지 의심한다는 것은 나도 짐작하고 있습니다. '대마도 왜적들이 바다를 건너온 지 불과 20여 일 만에 부산, 동래, 상주, 충주, 한양이 형편없이 그들의 손에 떨어지고, 또다시 한 달도 못 되어서 국왕이 평양을 버리고 의주로 달아났다 하니, 아무리 조선에 군사와 방비가 없다 한들 어떻게 쉽사리 두 달 만에 삼천리강산이 두르르 밀려 버리겠느냐? 이것은 반드시 곡절이 있는 노릇이라, 조선 조정이 왜인과 부동이 되어서 앞을 서서 명나라를 치려는 계획으로 가는 곳마다 조선 편은 거짓 패해 버리고 가짜 왕을 의주로 보내서 명나라를 어지럽게 하자는 수단이다.' 이렇게들 오해하는 이도 있다 하더이다. 그러나 이것은 삼척동자라도 곧이듣지 않을 터무니없는 맹랑한 소립니다. 조선은 개국한 지 2백여 년 동안 아무런 군비를 가져 본 일이 없습니다. 누구를 치려고 군비를 가졌겠습니까?

자, 생각해 보십시오. 명나라는 우리 조선의 형의 나라로 받드는 나라입니다. 조선은 명나라를 다만 형님으로 모시고, 큰집인 명나라가 잘되기만 축원하고 아무런 다른 뜻이 없습니다. 그리고 왜인이 동해, 남해 바다 밖에 있다 하나, 이것들은 우리보다 모든 문명과 경제가 뒤떨어진 신하의 나라라 우리의 적수가 아니라고 생각했던 것입니다. 그리고 또 하나, 두만강 밖에 여진의 족속이 있으나, 이것 역시 조선 국초 때부터 우리가 여진을 쫓아 버리고 육진을 둔 뒤에 여진은 우리에게 영영 복종하여 조공을 바쳐 신하 노릇을 했으니, 평화를 사랑하는 우리 민족은 다시 더 군비를 확충할 필요를 느끼지 않았던 것입니다. 이렇게 해서 우리 조정은 창업한 지 2백 년 동안이나 되는 길고 긴 세월에 군부를 닦지 않았으니, 칼과 창은 광 속에서 녹이 슬고, 활과 방패는 좀이 나서 문드러졌습니다. 군사들은 문부상에만 적혀 있는 1백 년, 2백 년 전 사람들로서 모두 다 흙 속에 썩어 해골바가지가 된 사람들뿐입니다. 옛날에 제갈공명은 죽어서도 사마의司馬懿를 달아나게 했다지만, 1백 년, 2백 년 전에 살던 죽은 해골바가지가 어떻게 10년 준비를 하고 달려 든 왜적들을 당해내겠습니까? 왜적이 부산, 동래로부터 무인지경처럼 대를 쪼개 내듯 올라온 것은 당연하고도 당연한 노릇입니다."

홍 통사는 여기까지 말하자 잠깐 숨을 돌린다. 석성은 여전히 눈을 감아 묵묵히 홍 통사의 말을 듣고 있다.

석성의 아내 유씨는 탁자 위에 놓인 백우선白羽扇을 흔들어 홍 통사와 석성에게 시원한 바람을 일으켜 준다.

"노야, 억울합니다. 조선이 일본과 부동이 되어서 명나라를 친다는 소문은 참으로 억울합니다."

홍 통사는 또다시 말을 잇는다.

"명나라는 조선을 구할 대의명분이 서 있습니다. 노야, 이 대의명분을 지켜 주시오!"

석성의 눈이 스르르 떠진다.

"명나라가 조선한테 지킬 무슨 대의명분이 있겠소?"

병부상서 석성의 말이 장중하게 떨어진다.

"있고말고요. 명나라는 조선을 구원해 줄 대의명분이 확실히 있습니다!"

여태까지 두 눈에 주르르 눈물을 흘리던 홍 통사가 아니었다.

눈물 흔적은 다 사라지고 눈 속에서는 정기가 별빛처럼 초롱초롱 일어난다.

"하하하, 명나라가 무슨 까닭에 조선에 꼭 구원병을 보낼 대의명분이 있단 말이오?"

병부상서 석성은 껄껄 웃으며 농쳐 버린다.

"노야, 어째 없습니까? 명나라가 이번에 자기가 당연히 져야 할 이 의무를 지지 않는다면 명나라는 천하의 조소를 면치 못할 것입니다."

"어찌해서 조소를 받는단 말이오? 하하하!"

"노야, 우스개로 넘기지 마시고 내 말씀을 똑똑히 들어 보십시오."

"어서 말씀해 보오. 하하하!"

"지금 우리 나라 삼천리 땅은 명나라로 해서 불바다를 이루어 초토가 되었습니다. 우리 나라 4천 년 동안 계계승승해서 내려오던 교양 높은 문명과 문화재는 명나라 때문으로 해서 다 타 버리고 말았습니다. 우리 나라 족속의 귀한 인명들이 명나라 때문으로 해서 무수하게 피를 흘려 죽었습니다. 우리 겨레는 명나라를 위하여 제일선에서 방파제가 되어 싸우고 있습니다. 방종하고 교만한 왜적이 명나라를 공격하기 위하여 길을 빌리려 할 때, 사리를 따져 엄연히 왜적을 꾸짖고 최후까지 길을 빌려 주지 않은 때문에 오늘날 우리 조선은 무수한 인명을 살상시키고 강산이 초토되는 만고에 드문 변란을 만나고 있습니다. 만일 아까 노야가 말씀한 대로 우리가 순순히 일본한테 길을 빌려 줘서 바로 곧 명나라를 치는 데 동의했다면, 우리 백성들은 고귀한 천하로도 바꿀 수 없는 한 방울의 피도 흘리지 않았을 것입니다. 우리 강산은 불행하게도 불더미 속에 그을리지 않았을 것입니다. 우리의 4천 년 내려오는 문명과 문화는 하루아침에 물거품으로 돌아가지 않았을 것입니다.

우리 겨레는 형제의 의리를 존중하게 지켜서 명나라 사람들을 위하여 대신 싸운 것이요, 명나라 사람들을 위하여 우리 겨레는 대신 죽은 것입니다. 노야! 천하의 정의를 사랑해 지키는 이 거룩한 인류애와 정의감과 인도의 극치를 간직한 이 조선 민족을 그대로 멸망해 죽도록 내버려 두시렵니까? 이러고도 명나라가 천하에 첫손을 꼽는 대의명분을 지키는 나라라고 세계를 향하여 큰소리를 칠 수 있습니까? 좋습니다. 조선은 이미 망한 나라, 치지망지 이후에 생置之亡地而後生, 즉 죽을 땅에 놓이면 살 곳이 열리니 다시 자력으로 살아날 것이 확실합니다. 명나라가 다음번에 망하는 것은 인제는 우리 나라가 아랑곳할 것이 없습니다. 다만 한이 되는 것은 나의 친구인 석성 노야가 명나라의 병마권을 잡은 병부상서로서 왜놈에게 망했다는 소리를 듣게 되는 것이 무한히 가슴 아픈 일이외다."

홍 통사는 창의 소매 속에서 합죽선을 꺼내 들어 화류 사선상을 탁 치며 벌떡 자리에 일어서서 성큼성큼 정자 아래로 내려간다. 청산유수 같은 홍 통사의 언변과 호걸스런 풍치는 석성의 마음을 굽이쳐 흔들어 놓는다.

석성의 아내 유씨가 황망히 홍 통사의 뒤를 쫓는다.

"어디를 가시렵니까?"

"석 상서도 뵈었으니 인제 사관宿館으로 돌아가겠소이다."

"무슨 말씀입니까? 제게까지 오셔서 사관이라니 웬 말씀입니까?"

유씨는 홍 통사의 창의 소매를 덥석 붙든다.

석성도 부리나케 수각 아래로 쫓아 내려간다.

"허허허, 장인 노했소? 정사政事와 함께 공공연하게 공무로 왔다면 모르되, 사사로이 장인이 혼자 온 것을 내가 뻔히 알고 있는데 사관이라니 무슨 말씀이오? 어서 나하고 저녁이나 같이합시다."

병부상서 석성은 두 손으로 홍 통사의 손을 굳게 잡아 흔든다.

홍 통사는 유씨와 석성을 번갈아 바라보면서 말을 꺼낸다.

"노하다니, 내가 두 분 내외분한테 노할 사람이오? 노하라고 청을 해도 노하지를 못하겠소. 그러나 나는 내 소원을 풀기 전에는 마음이 아파서 두 분의 융숭한 대접을 흔연히 받을 수가 없소이다. 이것은 내가 부인한테 이미 말씀드린 바외다. 아무리 이번 내 길이 정식으로 사신을 따라온 공무가 아니라 하나, 내 책임은 조선에서 공식으로 보낸 것보다도 더 크오이다. 왜냐하면 나는 조선 사람 전체의 의사를 그대로 반영해서 왔기 때문입니다. 지금 조선 백성들은 마치 7년 큰 가뭄에 거세게 쏟아지는 단비를 바라듯, 명나라 군사가 구원해 도와 주기를 눈이 빠지도록 기다리고 있소이다. 그것은 무슨 까닭이냐 하면, 우리 겨레가 아까도 말한 바와 같이 대의명분을 지켜서 형의 나라인 명나라를 위하여 길을 아니 빌려 주었다가 혹화를 혼자 당한 때문입니다. 자아, 두 분은 나를 막지 마시고 내가 다음날 두 분 내외분과 함께 다시 만나서 쾌하게 놀도록 마련해 주시오."

홍 통사는 씩씩하게 말을 마친 뒤에 석가산을 돌아 휘적휘적 대문 편을 향하여 걸어간다. 석성의 아내 유씨는 남편에게 가만히 눈짓을 해서 홍 통사의 감정을 더 돋우지 말라는 뜻을 전한다.

석성은 하는 수 없이 손을 흔들어 사관으로 돌아가는 홍 통사를 작별하고, 석성의 아내 유씨는 시녀를 휘동하여 교군꾼을 불러 교자를 문 밖에 대령하게 한 뒤에 대문까지 나가서 홍 통사를 전송한다.

"아버지, 내일 또 교자를 보낼 테니 놀러 오십시오."

석성의 아내 유씨는 아름다운 얼굴에 명랑한 웃음을 화사하게 풍기면서 고개를 끄덕여 인사를 한다.

홍 통사는 교자 위에서 손을 들어 답례를 하면서 교부에게 명령을 내린다.

"유리창琉璃廠 앞으로 가자!"

홍 통사의 끌끌하고 점잖은 품은 재상이라도 따를 수가 없다.

석성의 아내 유씨는 홍 통사의 범절 높은 헌걸찬 태도를 바라보자 한 번 더 공경하는 마음이 가슴 안에 벅차오른다.

이날 밤에 석성의 내외는 공론이 분분했다.

"조선은 내 조국입니다. 조선의 홍 통사가 없으면 내 몸이 없었을 것입니다. 당신의 처갓집으로 아시고 조선을 구해 주십시오."

유씨는 밤새도록 석성을 졸라 댔다.

"아까 내 은인 홍 통사가 말씀한, 명나라가 조선을 구할 대의명분이 있다는 말씀은 당연하고도 경우 있는 말씀입니다. 조선은 명나라 때문에 왜적들에게 혹화를 혼자 당하고 있는 것입니다. 이것을 본체만체 내버려 둔다면 천하의 의리는 땅에 떨어지고 마는 것입니다."

유씨는 울면서 남편 석성의 마음을 밤새도록 돌렸다.

"의를 의로써 갚기 위함이니, 내 조선을 극력 구해 보리다!"

마침내 명나라 병부상서 석성의 입에서는 이런 말이 아내 유씨를 향하여 힘차게 떨어지고야 말았다.

홍순언, 이성량을 만나다

 홍 통사가 지금 구원병을 청하러 간 명나라는 어떠한 나라인가?
 옛날 중국에는 우禹라는 임금이 황하의 홍수를 다스린 뒤에 중국을 9주로 나누어서 다스리고, 9주 밖에 있는 모든 땅을 사이四夷라 해서 조공을 받을 뿐 직접 정치하는 권외에 두었으니, 이것은 족속이 다르고 풍속이 다르고 지방이 먼 데에 있기 때문이었다.
 그들은 동서남북으로 나누어 동이·서융·남만·북적이라 불렀는데, 이 중에 북적이 가장 강성하고 말을 잘 들어먹지 아니 했다.
 그들은 북방 산악지대에서 생장한 족속이기 때문에 말을 잘 달리고 활을 잘 쏘며 힘이 세차고 성질이 급하고도 사나웠다.
 이들은 언제나 중국에 있어서는 커다란 두통거리였다.
 우 임금은 하夏의 시대에는 북편 오랑캐를 훈육이라 부르고, 은殷의 시대에는 엄윤이라 부르고, 진秦과 한漢의 시대에는 흉노라 부르고, 수隋와 당唐의 시대에는 돌궐이라 불렀으며, 송나라 시대에는 거란이라 부르고, 명나라 시대에는 달단이라 부르니, 시대와 이름은 다르나 모두 같은 북쪽 몽골족의 일족이었다.

한 가지 이상한 일은 중국의 주권자가 정치를 잘못해서 세상이 부패하고 나라가 병들게 되면, 반드시 북쪽에 있는 북적의 족속들이 중국에 들어가서 한족을 밀어내고 주권을 잡게 된다는 것이다.

이러므로 진나라 시황은 저 유명한 만리장성을 쌓았으나 아무런 소용이 없었고, 한과 당의 시절엔 임금의 딸인 공주를 흉노의 임금, 선우에게로 보내서 그들의 환심을 사려 했다. 이족에게로 넘겨진 미인 왕소군王昭君의 애화는, 시인 이태백이 지은 〈소군원昭君怨〉으로 더 한층 유명했다.

소군이 구슬 안장을 떨치고
말에 올라 뺨이 붉도록 울었네.
오늘은 한 나라의 궁녀지마는
내일은 오랑캐 나라의 첩일세.

昭君拂玉鞍 上馬啼紅頰

今日漢宮人 明朝胡地妾

당나라의 뒤를 이어 송나라가 있었다가, 송나라가 부패하니 거란의 별족인 몽골은 마침내 남으로 내려와서, 중국 한족의 정통권을 완전히 빼앗고 천하를 통일하여 대원大元의 나라를 세웠다. 원나라 뒤에는 주원장朱元璋이 다시 한족의 명나라를 통일했으나, 명나라가 부패한 뒤에는 또다시 북방의 만주

족이 일어나서 중국에 들어가 청나라를 세웠다.

어떻든 역사적으로 미루어 볼 때 중국 북방에 있는 민족들은 중국 한족에 있어서 커다란 두통거리였다.

명나라 주원장이 원나라를 멸망시켜 천하를 통일한 뒤에 13대 임금인 신종에 이르니, 이를 가리켜 만력제萬曆帝라고 연호를 따라서 부르는 것이요, 우리 겨레와 함께 임진왜란을 만난 것이다.

명나라 신종 만력제의 신하에는 홍 통사로 인하여 조선을 잘 알게 된 병부상서 석성이 있었지마는, 명나라에서 첫손을 꼽는 범 같은 장수 중에는 조선 사람들이 있었고, 또 조선 사람의 피를 받은 명장들이 수두룩하였다.

명나라 장수 중에 제일가는 장수로 조선 사람이란 누구인가? 이성량이란 사람이다.

이성량의 고조 할아버지는 이영이란 조선 사람이다.

본시 이산 독로강에 살다가 이성량의 조부 되는 사람이 살인한 죄로 나라에 붙잡히게 되니, 이영은 아들과 가족들을 데리고 요동의 철령위로 달아나서 이내 그곳에 살림을 차렸다.

이성량은 어려서부터 영특하고 용맹이 뛰어나서 명나라 변두리의 미관말직을 얻어 했으나, 집이 가난해서 나이 마흔이 넘도록 발신發身할 길이 없어 불우한 세월을 헛되이 보냈다. 그러다가 요동에 순찰 나온 어사의 추천으로 비로소 중앙에 추천이 되니, 이것이 이성량이 발신하는 첫 기회가 되었던 것이다.

때마침 요동·요서에 변방이 어지러워서 건주여진建州女眞과

해서여진海西女眞이며 태령泰寧과 타안朶顏의 부락들이 군사를 일으켜 명나라를 침범했다. 이에 이성량은 동을 치고 서를 무찔러서 몽골을 누르고 여진을 항복시키니, 비로소 명나라 당대의 제일가는 장수가 되었다.

이성량의 집안이 잘되느라고 아들들을 낳기 시작하는데, 낳는 족족 용과 같고 범과 같이 인물들이 출중하게 잘생겼다. 큰아들은 여송이요, 둘째가 여백이요, 셋째가 여정이요, 넷째가 여장이요, 다섯째가 여매인데 모두들 총병摠兵이란 대장이 되었고, 여섯째아들이 여자요, 일곱째가 여오요, 여덟째가 여계요, 아홉째가 여남인데 참장參將이란 아장들이었다.

한집안에 부자가 얼러서 총병의 지위를 차지한 대장군이 여섯 사람이 나오고, 버금장수인 참장이 네 사람이 나왔다. 그러니 이성량의 집에는 당대 일문 안에 장군이 열 사람이나 들끓어 나온 셈이라, 그들 일문의 번화하고 혁혁함을 짐작할 수 있을 것이다.

예부터 벼슬길은 평탄치 않은 것이다. 이성량의 집안이 이렇게 번성하고 호화스러우니, 교만하고 사치스럽게 아니 되려 해도, 저절로 위풍과 호화스러움이 명나라 일국을 진동해서 능히 제왕의 다음가는 부귀를 지니게 되었다.

조정에서는 차츰차츰 이성량을 중상하는 사람이 생기기 시작했다. 이 기미를 알아차린 이성량은 병을 핑계 대고 철령위 도지휘사의 책임을 내놓고 몸을 삼갔다. 그렇게 집에 있은 지 1년이 채 못 되었는데, 변방에는 범 같은 장수 이성량이 갈린 줄을 알자 몽골과 여진이 다시 고개를 들고 일어나기 시작했다.

명나라 군사는 몽골, 여진과 열 번을 싸워서 열 번을 지게 되었다. 명나라의 위신은 장차 크게 떨어지게 되었다.

명나라 신종 황제 만력 12년에 달단의 아르다이는 명나라에 반기를 들어 징가노·앙가노를 선봉대장으로 삼고 20만 몽골 병사를 일으켜 해서를 침범하였다. 이 때 명나라에서는 조선 사람인 대장 이성량이 아니면 흉맹한 몽골 군사들을 막아 낼 사람이 없게 되었다.

명나라 조정에서는 다시 이성량을 기용하여 50만 대병을 거느려 반역해 쳐들어오는 달단의 몽골 병사들을 치게 하니, 이 때가 바로 우리 나라의 임진왜란이 일어나기 8년 전이다. 또한 홍순언이 북경 창루에서 유씨를 공금 3천 금으로 구해 낸 까닭으로 옥에 갇혔다가, 북경에서 역관 홍순언을 찾는 소리가 빗발치듯 하는 바람에 옥에서 놓여 변무사 황정욱과 함께 명나라를 찾아가, 이씨 왕조의 환부역조한 것과 이신벌군한 기록을 《대명회전》에서 삭제하여 2백 년 이래 왕실의 치욕을 씻어 버린 바로 그 해이다.

이성량은 신종 황제의 명을 받아 스스로 유격대 장군이 되고, 큰아들 여송을 총병으로 삼아 몽골의 달단에 대항하기 시작했다.

원래 이성량은 지략이 뛰어난 명장이라 군데군데 요해처에 복병을 매복시키고 전면에는 적은 군사로써 적병을 대항해 진을 쳐서 겁이 나는 듯 나아가 싸우지 아니 하니, 몽골 군사들은 이성량이 진정으로 겁이 나서 싸울 뜻이 없는 줄 알고 30만 대병을 한꺼번에 움직여 명나라 진으로 진격해 들어왔다.

명나라 진에서는 별안간 일성 포향이 천지를 진동하여 일어나자, 전후좌우로 복병 수십만이 30만 몽골 병사를 에워싸고 쳐들어오는데, 앞에 나타난 장수는 몽골 군사들이 가장 무서워하는 이성량이었다.

청총마를 타고 언월도偃月刀를 비껴들고 호통쳐 지쳐 나오면서, 오랑캐의 대장 앙가노를 베러 덤벼드니, 용맹이 뛰어난 앙가노는 겹겹이 명나라 군사에게 포위되면서도 장팔사모창*을 비껴들고 자류마**를 달려 이성량을 취하러 달려들었다.

이성량의 비장裨將 서륙이 이 모양을 바라보고 두 날 한 자 창을 들고 앙가노에게 달려들어 10여 합을 싸우는 동안, 별안간 오랑캐 진에서는 독약을 바른 화살이 가을밤에 별똥 흐르듯 명진으로 쏟아지고, 화살 한 대가 서륙의 말 배때기를 맞혀 버렸다. 말은 아프게 비명을 질러 울고 한 길 템이나 솟구쳤다가 콰두둥 쓰러지려 했다.

서륙은 겁내지 않고 앙가노를 향하여 목을 취하려 할 때, 말굽이 접질려 쓰러지니 이 틈을 타서 앙가노는 단번에 장팔사모창으로 서륙을 찔러 넘어뜨리고 긴 칼을 갈겨 목을 잘라 버렸다.

명나라 진에서는 총병 이여송이 혹시나 자기 아버지인 대

---

* 장팔사모창丈八蛇矛槍 : 중국의 장비가 쓰던 갈지之 자 형태로 휘어진 창.
** 자류마紫騮馬 : 밤색 털이 난 말.

장군 이성량의 몸에 위태가 있을까 하여, 급히 백마를 치달려 앙가노를 취하러 지쳐 들어왔다. 앙가노는 서륙을 찌른 피 흐르는 사모창으로 총병 이여송을 취하려 했다.

이여송은 검무를 잘 추고 힘이 센 젊은 장수다. 그는 나비와 벌이 춤을 추듯 서리 같은 장검을 번득이면서 앙가노에게 달려들었다.

몽골 사람들은 말을 잘 탔다. 앙가노는 사모창을 든 채 자류마에서 번뜻 내려 이여송이 타고 있는 백설마의 배때기를 찌른 뒤에, 선뜻 자류마로 다시 뛰어올라 이여송의 목을 겨누었다.

이여송은 조금도 겁내지 않고 검무를 추면서, 백설마에서 선뜻 오랑캐 장수 앙가노의 자류마로 뛰어올라 긴 칼을 휘둘러 앙가노의 갑옷을 내리찍으니, 앙가노의 몸은 두 동강이 나서 말 아래 떨어져 버렸다.

명나라 군사는 이 틈을 타서 태산 같은 눈덩이가 뭉그러지듯, 바다의 조수가 밀려들 듯 오랑캐 진을 시살해 들어가고, 총대장 이성량과 총병 이여송의 부자는 오랑캐 장수 징가노를 꾸짖으면서 청총마와 백설마를 달려서 쳐들어갔다.

징가노는 앙가노보다도 수단 높은 장수였다.

그는 앙가노가 죽은 뒤에 혼비백산한 군사들을 거느려 최후의 결전을 하려 들었다.

그러나 청총마를 타고 언월도를 휘둘러 지쳐 나오는 이성량과, 눈 같은 백설마를 타고 검무를 추며 나오는 범 같은 이여송, 두 장수 앞에 몽골 달단의 머리는 추풍낙엽처럼 떨어졌다. 여기다가 명나라 진에서 쏘아 대는 소뇌의 강한 화살촉은 몽골 군사들을 백발백중 맞혀 쓰러뜨리니 30만 몽골 군사는 20만으로 줄어들고, 20만 군사는 10만으로 줄어들었다.

시체는 쌓여 산을 이루고 피는 흘러 내가 되다시피 하니, 아무리 용맹이 절륜한 몽골의 징가노이지만 이성량과 이여송 부자의 신출귀몰한 용맹을 당해 낼 수가 없었다.

징가노는 패잔병들을 거느리고 목숨을 구하여 멀리 변방 밖으로 달아나니, 조선 사람인 이성량과 이여송의 용맹스런 이름은 또 한 번 몽골과 명나라에 널리 퍼지게 되었다.

장군 이성량과 총병 이여송은, 몽골 달단이 항복하는 항서를 올리는 몽골 사신을 선두로 하여 개선가를 부르며 돌아오니, 명나라 천지는 다시 태평성대가 되었고, 부자의 명성은 한 번 더 천하를 진동했다.

명나라 신종 황제는 이성량 부자의 큰 공로를 표창하여 이성량에게 영원백이란 백작伯爵을 봉하여 광령총병을 다시 겸하게 하였고, 아들 이여송에게는 영하총병을 시켜 은사와 상급을 융숭하였다. 뿐만 아니라, 이성량의 둘째아들 이하로 종군했던 여백·여정·여장·여매·여자·여오·여계·여남에게도 벼슬을 차례로 올려 주어 총병과 참장을 시키니, 이 일문의 부귀영화는 옛날의 곽분양을 능가하여 당 내에 그 짝을 구할 수 없었다.

9형제를 낳은 이여송의 어머니 숙씨宿氏는 남편과 아들들의 영화를 바라보면서 화기로써 집안을 다스려 해로하니, 50년에 뻗친 이성량의 천하를 호령하는 영화는 고금에 견줄 짝이 없으며, 요동과 요서에 뻗친 그들의 이름은 오랑캐 족속들의 담과 혼을 식게 하는 범 같은 존재가 되었다.

* * *

 명나라 신종 황제는 변방 일을 이성량 부자에게 맡긴 뒤에 잔치와 풍류로써 한가한 태평 세월을 보내기 시작했다.
 명나라 한양인 북경 동편에 사방 10리의 동산을 만들게 하고, 동산 안에는 옥루와 금전을 연달아 지었다.
 구름 밖으로 화려한 정자와 누각이 솟구친 뜰 앞에는 인간 세상에서 일찍이 보지 못했던 꽃과 나무를 남만을 통하여 구해다 심고, 가운데엔 수천 이랑의 못을 파서 강물을 이끌어 운하를 이루었다. 수정을 깨부수어 모래를 깔고, 못 주위에는 산호와 유리로 난간을 만들었다.
 못물이 충분히 괸 녹수 위에는 원앙새·기러기·오리·황새·백로 떼가 물결을 희롱하여 태평연월의 한가로운 꿈을 꾸었고, 경국미색들인 3천 궁녀들은 비파를 뜯고 거문고를 타며 생황을 희롱하고 옥통소를 불어, 청아한 맑은 곡조는 구중궁궐 젖빛 흐르는 달밤 속에 꿀처럼 흘러넘쳤다.
 봄이면 해당화 잔치라 하여 3천 궁녀들은 제각기 공단 결 같은 검은머리에 해당화를 꽂고 손에는 해당화 한 다발씩을 묶어 들어, 임금인 신종 황제가 가마를 타고 오는 어로御路 좌우편으로 옹위해 벌려 섰다.
 신종은 황금 광주리를 안아 연을 타고 지나다가, 광주리 속에서 호랑나비 한 마리를 꺼내 날린다.

나비는 활활 날아서 꽃 속에 파묻힌 3천 궁녀 속으로 헤매어 춤을 추며 날아온다. 3천 궁녀들의 몸에서 나는 훈향과 꽃에서 나는 화향에 취하여 나비는 어찌해야 좋을지 모르며 돌고 날고 돈다.

나비는 미친 듯이 3천 궁녀를 어르고 춤추며 돌다가, 마침내 그 중 향내 강하게 풍기는 궁녀의 머리 위에 살포시 주저앉아 날개를 모으고 수염을 버둥거려 떨어지지 않는다.

3천 궁녀들의 시새움하는 환호성이 일어나고 박수갈채 하는 꽃다운 소리가 구름 위에 사무칠 듯하다.

이 때 황제의 입가에는 비로소 미소가 소리 없이 풍기고, 3천 궁녀 중의 한 사람인, 머리에 나비를 이고 있는 여인의 얼굴에는 부끄러운 홍조가 두 볼 위로 발갛게 피어오른다.

이날 밤에 이 궁녀는 황제를 모시는 영광스런 은혜를 받게 되는 것이다.

이 낭만적인 해당화 잔치를 접행蝶幸이라 불렀다.

이리하여 3천 궁녀들은 나날이 범나비가 자기의 검은머리 위에 앉기를 원하면서, 창포물에 목욕을 하고 침향沈香 물로 머리를 감고 남감楠柑 향을 머리와 몸에 뿌렸던 것이다.

대장군 이성량과 총병 이여송이 잘 막아 내는 국방으로 인해서 나라가 태평하니, 명나라 신종 황제는 봄뿐만 아니라 춘하추동 네 계절마다 때를 따라 향락을 바꾸었다.

여름날 무더운 밤에는 강물을 끌어들인 곤명지昆明池 못 위에서 3천 궁녀를 거느리고 서늘하게 납량회納凉會를 열었다.

봉황을 아로새겨 멋지게 조각한 채색 배들이 3천이나 못 위에 띄워져서 3천 궁녀가 제각기 하나씩 타고 섬섬옥수로 노를 저어 떠돌아다녔다.

황제는 느직해서 용龍 배 위에 오른다. 역시 궁녀들이 노를 젓는 것이다. 달은 떠서 수면에 비치고 맑은 바람이 달 그림자를 흔들 때다.

황제가 타고 있는 커다란 용 배를 가운데로 두고 3천 궁녀들의 봉황 배가 제각기 노를 저어 물에 뜬 달빛을 건진다.

밤이 이슥하고 서늘한 기운이 호수 위에 가득할 때, 신종은 용 배 위에서 푸른 깁 주머니를 끌러서 미리 잡아 넣었던 반디 수천 마리를 놓아 보낸다. 반딧불이는 으스름 달밤 아래 몽환 같은 서늘한 인광을 뿜어 호수 위로 일제히 흩어진다.

3천 궁녀들은 반딧불이 빛을 좇아서 노를 저어 흘러간다. 깁 부채로 나는 반딧불이를 막아 서로들 다른 곳으로 가지 못하게 하는 것이다. 반딧불이가 3천 궁녀 중에 누구의 황금 비녀나 매화 꽃술이 흔들리는 화관 위에 지친 듯 앉게 되면, 이 날 밤 납량회에서 그 궁녀는 임금을 모시게 된다.

이 놀음을 그들은 형행螢幸이라 불렀다.

봄이 가고 여름이 지난 뒤엔 가을이 찾아 든다.

핏빛보다 더 고운 세단풍이 서리를 받아 발갛게 물들기 시작하면 신종은 침향정沈香亭으로 나아간다. 3천 궁녀가 뒤를 따른다.

황제 앞에는 벼룻돌에 먹이 갈리고 곱게 물든 단풍잎이 광주리 속에 가득히 담겨 온다. 황제는 어수로 친히 양호필羊毫筆

에 먹을 흠씬 찍어 천하 문장 조자건이 지었던 궁사宮詞 백 수의 첫 글귀만을 단풍잎에 써서 침향정 아래 흐르는 물로 띄워 보낸다.

침향정을 둘러싼 수각 난간 안에는 3천 궁녀들이 성장을 한 채 제각기 벼룻돌을 하나씩 차지하고 조자건의 궁사 백 수의 아래 글귀만을 쓰기 시작한다. 궁녀들의 앞에도 타는 듯이 붉은 단풍잎이 차곡차곡 쌓여 있다.

궁녀들은 조자건의 글 아래 글귀를 쓰고 끝에는 정 귀비, 김 귀비라는 자기의 궁호와 이름들을 적는다. 궁녀들이 글을 쓴 단풍잎도 가을바람에 날려 물 위에 둥둥 떠내려간다.

단풍잎, 단풍잎은 흐르는 물결을 따라 고요히, 고요히 시내로 흘러내린다.

신종의 단풍잎과 궁녀가 띄운 단풍잎이 바람을 따라 사르르 마주친다. 신종이 쓴 첫 글귀의 단풍잎과, 궁녀가 쓴 아래 글귀의 단풍잎이 우연히도 한데 가지런히 흐르게 된다.

내시는 배를 저어 짝 지어진 단풍잎을 임금에게 주워서 바친다.

3천 궁녀들은 가슴을 졸여 가면서 떠가는 단풍잎이 가는 곳을 들여다본다. 임금이 글을 쓴 단풍잎과 자기가 글을 쓴 단풍잎이 어서 닿아지거라 하고 추풍선秋風扇을 흔들어 호수에 잦은 물결을 일으키는 궁녀들도 많다.

임금이 쓴 글귀 위짝과 궁녀가 쓴 글귀 아래짝이 가장 많이 짝을 지어 맞춰진 궁녀가 이날 밤 단풍놀이에 임금을 모시는 행복을 갖는 것이다.

이 놀이를 이름하여 홍행紅幸이라 불렀다. 단풍잎의 핏빛 같은 붉은 것을 궁녀와 임금의 사랑의 정열로 상징해서 이렇게 불렀던 것이다.

이날 만력 황제의 사랑을 받게 되는 궁녀는 글을 쓴 단풍잎을 비단 주머니 속에 길이 고이 간직해서 한평생의 보배로 삼았고, 이것을 일러 정홍情紅이라 불렀다.

가을도 잠깐 지나가고 겨울이 닥쳐오면 북경의 추위는 남경에 견주어 대단했다. 흰 눈은 구중궁궐을 둘러싼 푸른 산을 하얗게 휩싸 덮었다.

만력 황제 신종은 삼동 기나긴 추위를 피하기 위하여 욕전浴殿을 세우고 여산에서 솟구치는 온천을 대궐 안으로 끌어들여서 전각 안에 향탕을 이룩했다.

그러나 신종은 이것만으로 추위를 막기에는 부족하다 생각했다.

다시 구화장九華帳 넓은 휘장을 욕전 전후좌우에 둘러치고 기린과 봉황의 모양으로 부어 만든 화로에 숯을 담아 전각 안에 이글이글 피우게 했다.

이리하여 동짓날 기나긴 밤을 임금은 3천 궁녀와 함께 욕탕에 들어 목욕을 하면서 추위를 막았다.

36궁에 있는 3천 궁녀는 밤마다 욕탕에 몸을 담근다.

무더운 온천 속에 3천 궁녀들의 분 내음은 탕에서 일어나는 김과 함께 전각 안으로 훈훈히 떠돌고, 욕실 속에서 인어처럼 미끄러져 나오는 수많은 궁녀들의 발갛게 상기된 아리따운 얼굴들은 눈 쌓인 밝은 창 앞에 비를 머금어 방글방글

봉오리를 터뜨리는 해당화가 아니면 배꽃이요, 향화가 아니면 도화다.

　3천 궁녀들의 향기로운 흰 살을 씻어 내린 온천물이 흘러내리는 석가산 못물 위에는, 아직도 흰 눈이 길길이 쌓였건만, 못은 얼지 않아 봄물처럼 따스하다.

　춘강수란 압선지春江水暖 鴨先知, 즉 봄 강물이 풀리는 건 오리가 먼저 안다고 오리와 원앙새는 못물에서 쌍쌍이 상사를 노래하면서 푸드덕거리며 논다.

　날마다 신종 황제는 36궁의 궁녀들을 거느리고 욕실에 앉아 겨울 속의 봄빛을 굽어보면서 황금 술독 안의 호박빛 술을 떠내서 3천 궁녀와 함께 몸을 녹인다.

　술의 순배가 잦아지면 아름다운 여인들은 옥산이 뭉그러지듯 비단 보료 위에 하나씩 둘씩 쓰러져 버리게 되고, 이 모임의 이름을 원앙회鴛鴦會라 불렀다.

　남녀가 의좋게 노는 것을 정다운 원앙새에 비해서 이름 지은 것이다.

　이리하여 만력 황제는 봄·가을·여름·겨울, 사시장춘 3천 궁녀와 놀았다. 그에게는 배다른 황자가 1백 명이 넘었다.

　이 중에서 만력 황제는, 제3황자를 낳은 정 귀비를 더욱 귀히 여겼다.

　조정에 벼슬하는 백관들은 임금이 백자천손 많은 자녀를 두었다고 아첨하기 위하여 《시전詩傳》에 실린 아들을 많이 두었음을 기리는 노래를 백성들을 시켜서 부르게 하고, 대궐에 나아가 성수 만세를 불러 축하를 올리게 했다.

*　*　*

　이렇게 태평세월을 노래하던 명나라 천지에 만력 황제 20년인 임진년이 되자, 남경과 북경에는 지진이 일어나서 산이 무너지고 강물이 터졌다. 세상이 뒤집힌다는 유언비어가 돌았다.
　금과 은 값은 나날이 뛰어오르고, 교활하고 간사한 상인의 무리들은 이 틈을 타서 교묘한 수단으로 재산을 불리려 하니 물건 값은 더 한층 뛰어만 올랐다.
　여기다가 누가 또다시 퍼뜨린 소린지, 남경과 절강 지방에서는 좋지 못한 소문이 짜하게 떠돌았다. 금년부터 왜국 군사가 조선 군사와 합세해서 산해관山海關으로부터 쳐들어오기 시작한다는 것이었다.
　'큰 전쟁이 일어만 나는 날이면 요동과 북경 천지는 도륙이 되고 말 것이다. 난리 나기 전에 잘 먹고 잘 놀다가 죽어야 한다.'
　이러한 소문은 북경과 요동으로 삽시간에 퍼졌다.
　요동 사람들은 어린애와 늙은이들을 데리고 피란할 곳을 찾아가는 이가 많았고, 북경 사람들은 독독이 쌓아 둔 10년, 20년씩 아끼고 저축했던 귀한 술을 아낌없이 마셔 버렸다. 쌀값과 피륙 값은 금값이요, 금은보화며 구리 값과 쇠 값은 천정부지로 나날이 올라만 갔다. 세력 좋은 벼슬하는 사람과 돈 많은 부자들은 남방으로 도망갈 궁리를 하고, 가난하고 형세 없는 궁한 백성들은 하늘을 우러러 탄식만 했다.
　엎친 데 덮친 격으로 명나라에는 또다시 다른 큰 난리가 이해 2월에 일어났다.

그것은 쳐들어온다는 왜란이 아니라, 항상 중국의 암덩어리였던 북쪽 오랑캐 몽골 달단으로 그들이 또다시 움직이기 시작한 것이다.

명나라의 명장인 조선 사람 이성량·이여송이 몽골의 징가노·앙가노의 항복을 받은 지도 어느덧 여덟 해가 되었다.

명나라가 북쪽 오랑캐 달단을 이긴 뒤에 여덟 해 동안 태평세월 좋은 꿈속에 빠졌을 때, 몽골은 옛 한을 씻으려 부장副將 발배가 반란을 일으켜 명나라 섬서성과 감숙성의 서북쪽으로 놓여 있는 영하성을 두들겨 부수는 중이었다.

이 반란은 영하의 토관총병 유동량이 명나라 조정에서 월급과 쌀을 오랫동안 주지 아니 하자 두 영문 군사와 가병家兵 수천 명을 거느리고 달단의 발배에게 항복하여 명나라에 함께 반기를 든 것이 동기가 된 것이다.

명나라 조정에서는 이성량의 아들 총병 이여송을 도독으로 삼고, 소여동·상거경·마귀麻貴·이여장을 총병으로 삼아, 10만 대병을 거느려 섬서성과 감숙성을 거쳐 영하성으로 쳐들어가니, 명나라 전쟁은 동에서 터진 것이 아니라 서북에서부터 터졌던 것이다.

이여송은 얼굴이 준수하고 위풍이 늠름하며 코는 우뚝이 솟아 융준隆準이요, 눈은 봉황의 실쭉 올라붙은 눈이었다. 여기다가 신장이 6척이요, 목소리가 우람하니 보는 이마다 저절로 위풍에 눌려서 고개가 수그러질 지경이었다.

그는 또한 마음이 넓고 너그러워서 사람을 아낄 줄 알고 병졸들을 끔찍이 사랑하니, 모두들 대장인 이여송에게 마음으로 복종하지 않는 군사가 없었다. 행군을 할 때나 진을 치고 싸울 때나 이여송의 명령이 한 번 떨어지기만 하면 군사들은 추호도 불평하는 기색이 없었다. 가는 곳마다 진용은 엄숙하고 질서는 정연했다.

이여송의 인품이 이만큼 격이 있게 된 것은 성정이 뛰어난 아버지 이성량의 힘도 많으려니와, 그 어머니가 가정에서 가르친 힘이 더 큰 것이었다.

이성량의 부인이요, 이여송의 어머니인 숙씨는 여중군자女中君子다. 친정이 역시 장수의 집안으로 변방 일에 능숙했고 성정도 반듯했으며 엄격했다.

이성량에게 시집온 뒤에도 항상 부하 장수와 군사들을 잘 대접했고, 요동에 살 때는 해마다 철령위 군사들이 수자리*하는 곳에 나타나서 군사들에게 음식을 베풀며 위로했고, 지나가는 도중에라도 성첩의 허하고 실한 것이며, 기치旗幟와 거마車馬의 정제하고 안 한 것을 일일이 눈여겨보아 주의를 주었다.

이런 까닭에 모든 아장과 비장들은 숙씨를 두려워하고 공경하는 품이 이성량 장군에 못지않았다.

남편과 아들들이 모두 다 귀하게 되었건만 숙씨 부인은 친히 바느질을 손에서 놓지 않았다. 생일날 아들들이 털옷을 바치면 물리쳐 받지 않고, 청포에 솜을 두어 옷을 다시 지으라

---

* 수자리 : 지난날 나라의 변방을 지키던 일, 또는 그런 일에 동원된 민병.

고 했다. 출입할 때엔 반드시 몸소 걸어 다녔다.

숙씨에게는 딸 하나가 있었다. 이 딸을 소씨 집으로 시집을 보냈는데 사나이 되는 사람과 의가 좋지 않아서 항상 반목을 하며 지내게 되었다.

이 소리를 들은 동생 이여장이 매부를 꾸지람하러 간 일이 있었다.

숙씨는 이 소리를 듣자 크게 노하여 총병 지위에 있는 아들이지만 뜰 앞에 꿇려서 종아리를 수십 대 때리고, 또다시 딸을 불러서 엄하게 꾸짖었다.

"너는 이미 출가한 사람이다. 네가 네 친정의 위세를 빌려서 너의 장부를 업수이 여기고 네 동생을 시켜서 너의 사내를 누르게 했다 하니, 너는 부도婦道를 거스른 여자요, 내 자식이 아니다. 만일 이 뒤에 또다시 그런 짓이 있다면 너는 내 집에 일체 발을 들여놓지 못하게 될 것이다."

꾸짖는 어머니는 화산처럼 진노하였다. 딸은 어머니의 말씀을 받들어 다시는 그 남편을 업수이 여기지 못했다.

이여송의 어머니 숙씨는 자식들에게 대한 교훈이 이렇게 엄격했다.

모든 아들들이 대장의 지위에 올라서 부귀영화가 일세를 진동하건만, 혹시 어느 아들이 조금만 교만하고 방자한 행동이 있다면 숙씨는 아무리 지위가 장상에 있는 아들이라 하나 땅에 꿇리고 매를 때려서 교만한 버릇을 고쳐 놓고야 말았다.

숙씨는 또한 가정 안에 화목이 돌도록 힘을 썼다.

그의 나이 마흔밖에 아니 되었을 때, 이성량을 위해서 작은 집 왕씨를 구해 바쳤다. 모든 자녀와 며느리들이 혹시 서모인 왕씨에게 마땅치 않은 눈치를 보이면, 숙씨는 그 자리에서 자녀와 며느리들을 불러 세우고 꾸짖었다.

"왕씨를 집안에 두게 한 것은 너희 아버지를 편안하게 모시려 해서 내가 데려다 둔 것이다. 이러하니 너희들이 왕씨를 소홀하게 대접한다면, 이것은 곧 나를 박대하는 것이나 마찬가지다. 나를 너희들이 박대한 뒤에 너희들의 마음이 편하겠느냐?"

어머니의 점잖은 이 소리에 아들과 며느리 들은 꼼짝을 못하고 왕씨를 어머니 받들 듯하니, 왕씨는 감복해서 숙씨 섬기기를 어머니 받들 듯하고 이여송 이하 모든 아들과 며느리 들을 공경해 대우하니, 집안엔 항상 화한 기운이 가득해서 사시장춘 봄빛이었다.

이여송은 이러한 위대한 어머니의 수신제가하는 교훈을 받들어, 안으로 집안을 다스리고 밖으로 군사를 사랑하니, 제독 이여송의 높은 덕망과 명성은 명나라 일판에 더욱더 자자한 칭송을 받게 되었다.

* * *

이여송은 3월에 출병을 하여 영하성에서 몽골 군사와 대치해 진을 친 뒤에 연전연승하였으며, 6월에는 영하성을 회복하고, 한 걸음 더 나아가 몽골 달단의 소굴을 추격하는 도중에 있었다.

이 때, 당릉군 홍 통사는 병부상서 석성과 유씨를 찾아보고 사관으로 돌아온 뒤에 문득 이성량과 이여송 부자의 생각이 머리에 떠올랐다.

이성량이 조선 사람이요, 요동에 공이 많은 명나라 제일가는 장군인 것을 생각할 때, 홍 통사는 한 번 그의 마음을 움직여서 왜적을 소탕해 버릴 웅대한 계획이 마음속에 용솟음쳐 올랐던 것이다.

이 때, 이성량은 예순일곱 살이었으나 아직도 젊은 사람을 능가할 만큼 기운이 좋아 건강한 몸이었다.

홍 통사는 다시 석성을 찾기 전에 북경에 있는 영원백 이성량을 찾았다.

장군이 열 사람이나 나온 그의 집은 병부상서 석성의 집 못지않게 화려하고 웅장했다.

홍 통사는 영원부寧遠府로 들어가, '조선 당릉군 역관 홍순언'이라 쓴 통자通剌를 중문 안에 바쳤다.

홍 통사의 이름을 적은 통자는 곧 서기의 손을 거쳐 이성량의 서재로 바쳐졌다.

"당릉군 홍순언."

이성량은 안경을 쓰고 통자를 받아 보자 얼굴에 희색이 가득했다. 그는 조국의 유명한 사람 홍순언을 한 번 만나 보고 싶었으나, 기회와 연줄이 없어서 만나 보지를 못했던 것이다.

"이 사람이 어떻게 나를 찾아 왔나? 들어오시라고 해라."

이성량이 서리에게 분부를 내렸다.

홍순언이 북경 창루에서 3천 금으로 유 시랑의 딸을 구원해 냈고, 유 시랑의 딸이 나중에 병부상서 석성의 부인이 된 아름다운 이야기는 명나라의 조정과 재야가 짜하도록 다 아는 노릇이었다.

이성량은 명나라에서 지위와 명망이 높아질수록 더욱 조국이 그리웠다. 조국이 그리운 까닭에 홍 통사의 의기롭고 아름다운 이야기가 더 한층 이성량의 머릿속에 스러지지 않고 깊숙이 자리잡고 있었던 것이다.

홍 통사는 서기의 뒤를 따라 그가 인도하는 데로 들어간다. 넓고 환한 서실이다. 주인 이성량은 화류 교의에 걸터앉아 있다가, 서기에게 안내되어 들어오는 홍 통사를 바라보자 늙은 몸을 천천히 일으켜서 미소를 풍기며 맞아들인다.

홍 통사가 잠깐 바라보니 실로 명장다운 체격이다. 연세가 일흔에 가까웠건만 얼굴은 홍안이요, 머리는 백발인데 강건한 기품은 젊은 사람도 따를 수 없이 강장強壯했다.

홍 통사는 얼른 조선식으로 절을 올린다. 이성량도 황망히 조선식으로 답례를 한다.

"조선 역관 홍순언이올시다."

절을 하고 난 홍 통사는 두 손을 마주 잡고 서서 조선 말로 이렇게 자기 소개를 한다.

"어허, 당릉군! 태산 같은 높으신 말씀을 우레처럼 들었소이다마는 이렇게 만나 뵙게 되니 참으로 기쁩니다."

이성량 노장군은 두 손으로 홍순언의 손을 꼬옥 쥐고 흔든다. 이성량은 일부러 조선 말로 이렇게 수작한다. 그의 조선 말은 조금도 서툴지 않았다.

이성량은 오래간만에 조국의 이름난 동포를 대하고 보니 감회가 무궁하다. 저절로 옛 조국의 말이 성대 안에서 술술 미끄러져 나오는 것이다. 여기다가 늙은이라, 점잖은 고국 사람의 조선 절을 받고 보니 조국으로 돌아온 듯 마음이 상쾌하고 기쁘다.

서기가 물러가고 사환이 차를 받들어 들어온다.

"당릉군, 어서 자리에 앉으십시오."

이성량은 홍 통사를 상좌에 앉힌다.

"장군, 말씀을 낮추어 주십시오. 장군께는 자식뻘 되는 나이올시다."

"천만의 말씀이오. 조국의 군호를 받으신 분인데, 내 비록 낫살 더 먹었다 한들 어이 반말을 하겠소? 그래 어떻게 먼 먼 길을 오시었소? 사신을 따라오셨습니까?"

"아니올시다. 단신으로 왔소이다."

"우리 조국은 다들 태평하지요?"

요동·요서의 변방을 지키던 일류 가는 유명한 장군으로 조선 일을 모를 리 없었다. 그러나 영원백 이성량은 전혀 조선 일을 모르는 체 짐짓 이렇게 묻는다.

홍순언은 찻잔을 들어 차 한 모금을 마시다가 얼른 찻잔을 사선상 위에 놓으며 말한다.

"허허, 태평이라니 말이 아니올시다. 조선은 지금 결딴이 난 판이올시다."

"결딴이 나다니, 무슨 말씀이오?"

이성량은 얼굴빛을 변하여 한 번 더 깜짝 놀라는 모습을 보인다.

"바다 밖의 왜적이 지난봄 3월 열나흗날부터 쳐들어오기 시작해서 부산·동래가 순식간에 함락이 되고, 상주·충주가 무너진 뒤에 한양이 결딴나고, 임진강 싸움이 불리해진 뒤에 개성과 평양도 부지할 수가 없어서 지금 상감께서는 의주까지 파천을 하셨습니다. 그런데, 의주마저 위태로우면 장차 압록강을 건너서 명나라에 내부하는 길밖에 없게 되었습니다. 장군께 말씀이지, 나라가 결딴이 나도 이렇게 속히 망해 버리는 수가 있습니까? 장군, 장군의 조국을 구해 주십시오."

홍 통사는 말을 마치자 깊게 한숨을 쉰다.

"일이 그토록 창황하게 되었소? 그래, 조선엔 장수가 그렇게 없단 말씀이오? 북도의 명장이었던 신립은 어떻게 되고, 이일은 어찌 되었소?"

"신립은 충주 싸움에서 죽고, 이일은 상주에서 패한 뒤에 영영 기세를 쓰지 못합니다."

"허허, 워낙 2백 년 동안 군비를 닦지 않은 때문이로구려. 왜적의 수효는 얼마나 된답디까?"

"30만 명을 동원해서 지금 20만 명이 조선을 쳐들어왔다 합니다."

"왜적이 아무리 20만 명이라 하나 너무도 속하게 패했구려. 싸움이 시작된 지 넉 달 동안에 평양까지 빼앗겼다는 것은 우리 조국이 아무리 문약文弱에 빠졌다 하나 상상하기 어려운 일이로구려."

"장군, 우리 나라가 2백 년 동안 무력을 갖추지 않아서 문약에 빠진 것이 사실이올시다마는, 왜적들은 새로운 무기인 조총이라는 것을 쏘고, 우리는 옛날 무기인 활과 창과 칼만 쓰고 있으니, 우리가 패하는 원인은 이 점에 있습니다."

"조총?"

이성량의 눈이 번쩍 빛난다.

"나무 자루에 방아쇠가 달리고, 방아쇠를 잡아 틀면 화약 기운으로 쇠 탄환이 튀어나오는 것이올시다."

이성량은 홍 통사의 말을 듣자 고개를 끄덕이면서 잠깐 무엇을 궁리하는 듯하더니 알겠다는 듯 미소를 풍긴다.

"왜적들이 바닷길로 남만을 통해서 얻어 들인 것이로군."

"장군, 장군께서는 명나라 조정에서 벼슬하는 일반 장군들과는 다르십니다. 조선은 장군의 고향입니다. 장군의 일문에는 총병이 여섯 분이나 계시고, 참장이 네 분이나 나시어서 모두 당대 명나라의 별같이 번쩍이는 명장들이십니다. 장군의 조국이 조선이니, 아홉 분이나 되는 자제들의 조국도 조선일 것입니다. 장군의 맥박 속에 맥맥히 흘러 감도는 피는 조선 겨레의 피와 똑같은 피입니다. 아홉 분 젊은 장군들의 염통 속에 뛰노는 피도, 여기 모시고 앉아 있는 홍순언의 염통 속에서 뛰노는 피와 똑같을 것입니다. 조선 사람 홍순언이 조국이 망하는 것을 차마 그대로 앉아 볼 수가 없어서 단신으로 명나라로 뛰어 들어와 구원을 청하는 것과 마찬가지로, 조선 사람이신 이 장군의 자제 분들이 고국인 조선이 곱다랗게 왜적에 망하는 것을, 그대로 강 건너 불을 바라보듯 앉아 계실

수는 없을 것이올시다. 뿐만 아니라 조선은 명나라 때문에 망하고 있습니다. 왜적은 대륙에 손을 뻗쳐서 명나라를 집어삼키려고 우선 조선더러 길을 빌려 달라 한 것입니다. 그러나 조선이 말을 듣지 아니 하니까 대병을 휘동하여 먼저 조선을 정벌하려는 것이지요. 설령 조선을 고국으로 하지 않는 명나라 장군일지라도 당연히 우리를 구해 줄 의무가 있는 것입니다. 장군, 그 훌륭한 명나라 대포로 왜적의 조총을 한꺼번에 소탕시켜 주십시오."

영원백 이성량은 무엇을 생각하는지 묵묵히 홍순언의 말만 듣고 앉아서 얼른 대답을 하지 않는다.

얼마 동안 고요한 침묵이 흘렀다.

"당릉군, 병부상서 석성을 만나 보셨소?"

"아까 만나 보고 바로 장군을 찾아온 길입니다."

"병부상서의 부인 유씨도 만나 보셨습니까?"

"다 함께 만났소이다."

"구원병을 청해 보셨소?"

"청해 보았습니다."

"단번에 선뜻 허락을 하지는 않을 테지."

"과연 그렇습니다."

"당릉군! 나도 고국이 결딴나는 것을 영감의 말씀대로 가만히 보고만 앉아 있을 수는 없소. 한 팔 힘을 다하리다. 그러나 나는 명나라 대장의 몸이라 조국을 위하여 공공연하게 자원 출전하겠다는 말을 꺼낼 수는 없소. 그러나 병부상서가 출전 명령만 내린다면 큰아들 여송이를 조선에 보내서 조국을 구해 보게 하리다. 내 마음엔 지금이라도 고국으로 뛰어가서 조국을 구해 보고 싶소마는 내 나이 어느덧 일흔에 가까운지라, 암만해도 주위 형편이 어려울 것 같소. 내 아들 여송은 지금 영하성에서 달단과 싸우고 있는데 아마 머지않아서 달단은 평정이 되리다. 그 동안 요동에 있는 명나라 군사로 우선 왜병을 막아 달라고 하시오. 다음엔 저절로 내 아들이 왜적을 소탕하는 책임을 맡게 되리다. 지금, 요동에 장수가 있다 하나 훌륭한 장수 재목이 드무오이다. 어떻든 병부상서 내외분만 버썩 졸라 대시면 일은 될 성싶소이다."

"고맙소이다."

홍 통사의 가슴이 얼마쯤 거뜬해진다.

그들이 우리를 구원하리라

 홍 통사는 이성량의 집에서 계속해서 관대를 받았다. 나중에는 이성량의 노부인 숙씨까지 나와서 조국 사람이라 하여 홍 통사와 인사를 하고 융숭한 저녁 대접까지 올렸다.

 이윽고 홍 통사가 이성량 부처를 작별하고 사관으로 돌아와 보니, 병부상서 석성의 집에서 만반진수를 가득히 담아 가져오고, 석성의 부인 유씨는 친히 사관까지 나와서 홍 통사가 거처할 침실과 침구며 모든 처소를 돌아보고 사관 주인에게 특별한 분부를 내려서 단단히 이르게 한 뒤에, 한동안 홍 통사를 기다리다가 그대로 돌아갔다는 것이다.

 홍 통사는 마음속으로 깊이 석성 내외의 지극한 마음을 고맙게 생각하면서 하룻밤을 사관에서 지냈다.

 이튿날 날이 밝으니 홍 통사는 일찍이 소세를 하고, 다시 석성을 찾아서 또 한 번 조국을 구해 달라고 간곡한 청을 드리러 가려는 판인데, 뜻밖에 병부 관원이 교부에게 교자를 메워 가지고 사관으로 와서 석성의 편지를 바쳤다.

 홍 통사가 부리나케 석성의 편지를 뜯어 읽어 보니 아침 일찍이 자기가 병부에 나가기 전에 잠깐 만나자는 것이었다.

그는 기뻤다. 일루의 광명이 눈앞에 나타나는 것 같았다. 의관을 정제하고 부리나케 마중 온 교자 위에 몸을 던졌다.

이른 아침이건만 병부상서 석성의 집에는 대문·중문이 활짝 열리고, 뜰과 마당은 멀리 조선에서 온 귀빈을 위하여 물을 뿌려 정결하게 쓸려 있다.

홍 통사의 교자가 사관에서 떴다는 소리를 듣자, 석성의 부인은 모든 시녀들에게 옹위되어 중문 앞에서 홍 통사가 오기를 또다시 기다리고 있다. 지극한 정성이요, 향기 높은 인정이다.

홍 통사는 오늘도 식전 일찍이 자신을 맞아 중문 밖까지 나와 기다리고 서 있는 아름다운 유씨를 바라보자, 거룩하고 순결한 인정미에 감동이 되지 않을 수 없다. 마음속으로 이런 생각을 하니 눈시울이 뜨끈하다.

'내가 무슨 복력이 이렇게 많아서 이 나라 재상의 집에서 이토록 융숭한 대접을 받게 되나?'

가슴속에서 캄캄한 어둠과 죽음의 구렁텅이에서 한줄기 광명의 빛깔이 환하게 비쳐 오는 것을 느끼지 않을 수 없다.

교구꾼들이 중문 앞에 교자를 내려놓자 홍 통사는 얼른 교자 밖으로 내려선다.

석성의 아내 유씨는 명랑한 얼굴에 웃음빛이 채송화 꽃처럼 화려하고 밝다.

"아버지, 안녕히 주무셨어요? 오늘은 역정을 내시면 아니 되십니다. 그리고 아침 진지는 꼭 우리 집에서 잡수셔야 됩니다."

유씨의 목소리는 5월의 꾀꼬리처럼 경쾌하다.
유씨는 두 손으로 홍 통사의 창의 소매를 공손히 받들어 이홍원 자신의 처소로 인도한다.
수십 명 시녀들도 주인을 따라서 명랑한 웃음을 포근히 풍겨서 주인의 귀빈인 홍 통사를 정성껏 맞아들인다.
홍 통사가 이홍원 동편 채 화류 의자에 자리를 잡았을 때, 아침 향차가 시녀들의 손으로 바쳐지고, 석성의 아내는 또다시 은인 홍 통사에게 응석을 부린다.
"나는 아버지가 아주 노하셔서 다시는 저희 집에 아니 오실 줄 알고 간이 사뭇 콩알만해졌더랬습니다."
"어제는 바쁘고 귀하신 몸으로 일부러 누추한 사관까지 오시고 또다시 진수성찬을 보내 주시니, 내외분의 높으신 뜻은 무어라고 치사를 드려야 좋을지 몸 둘 곳을 모르겠소이다."
"그런 외교사령外交辭令의 말씀은 잠깐 두었다 하시지요."
유씨는 여전히 명랑한 태도로 방글방글 미소를 풍긴다.
이 때, 문이 스르르 열리며 시녀 한 사람이 들어오면서 전한다.
"노야께서 들어오시옵니다."
시녀의 말이 채 떨어지기 전에 병부상서 석성이 이홍원 동편 채에 나타난다.
"도대체 장인의 고집도 무던한 고집이오. 오늘도 마중을 아니 보냈던들 장인은 내 집에 아니 오실 뻔했구려."
석성의 얼굴빛은 어제보다도 더 훨씬 기분이 좋았다. 얼굴에는 빙글빙글 웃음이 스러지지 않는다.

"그럴 리가 있습니까? 맞이 교구꾼을 아니 보내시더라도 오늘 아침에는 꼭 나와 뵙고, 다시 떼를 쓰려던 참이었소이다. 단지 마음이 아프고 정신이 창황해서 주시는 좋은 술도 목에 걸려 넘어가지 않고 용탕봉미龍湯鳳味의 진수성찬도 입맛을 잃어서 먹을 수가 없는 것뿐입니다. 그저 명나라에서 군사를 내주실 때까지 홍순언은 고국으로 돌아가지 않고, 석 상서 댁 문지방이 닳도록 드나들겠소이다."

"하하하, 이거 막 우거지 같은 떼로구려."

"이는 내 조국을 위하는 것뿐만 아니라, 기실은 명나라를 위하는 것입니다."

"당릉군! 자아, 오늘부터 조선 출병에 대하여서 한 팔 힘을 다하기로 결심하였소! 인제는 나하고 술과 음식을 같이합시다."

병부상서 석성은 벌떡 자리에 일어나 홍 통사의 어깨를 툭툭 친다.

홍순언의 눈엔 별안간 광채가 번쩍하고 일어난다. 희망과 광명을 바라보는 불타는 눈이다.

"노야, 참말이십니까?"

홍 통사는 덥석 석성의 손을 두 손으로 모아 받들어 흔든다.

다음 순간, 홍 통사의 눈에는 눈물이 글썽글썽 어린다.

"살았습니다! 우리 나라 억조창생의 다 죽었던 목숨이 인제는 확실히 살았습니다. 나라도 살고 백성도 살고, 불길 속에 그을려 뭉크러지려던 삼천리 강산이 다시 푸르게 싱싱하게 소생이 되었습니다."

홍 통사의 눈에 글썽글썽 어린 눈물은 너무도 기쁜지라, 더 한 번 왈칵 쏟아지면서 창의 앞자락으로 뎅겅뎅겅 떨어진다.

　미소를 띠어 자기의 남편과 은인 홍 통사의 말씀을 듣고 섰던 유씨는, 홍 통사가 기뻐하며 흘리는 눈물을 바라본다. 그러자 유씨의 기름진 속눈썹에도 이슬이 구슬을 지어 송글송글 매달린다.

　"자, 나는 병부로 돌아가야 하겠으니, 우리 오래간만에 아침을 같이합시다."

　병부상서 석성은 홍 통사를 앞에 세우고 내외 두 사람이 뒤를 따라서 서편 채 부인의 정당으로 자리를 옮긴다.

　주인 내외와 손, 세 사람은 둥근 식탁을 가운데로 하고 둘러앉았다.

　"자, 오늘은 술 한 잔을……."

　석성이 친히 술병을 기울여 홍 통사에게 권한다.

　"오늘 아침은 상쾌합니다. 이제부터 내외분이 주시는 대로 술을 얼마든지 마시겠습니다. 막혔던 목구멍이 뚫려서 술이 술술 넘어갈 것 같습니다. 하하하!"

　홍 통사는 석성이 권하는 술을 인제는 사양하지도 않고 단숨에 들이킨다.

　그가 쾌활하게 마시는 것을 보자, 석성의 내외는 적이 마음이 가벼운 듯 빙긋이 서로 바라보며 고요히 품 있는 웃음을 풍긴다.

　"단지 한 가지 어려운 일은, 영원백 이성량의 아들인 제독 이여송이 지금 10만 대병을 거느려 영하성에서 달단을 치는 중이니 이것이 문제가 될 것 같소."

병부상서 석성은 부인 유씨를 바라보며 이렇게 말하고 천천히 상아저를 들어 음식을 집는다.

"영하는 거의 평정이 되었다 하니, 별 문제 없을 겝니다. 상공께서는 그저 내 친정이나 매일반인 조선을 구원해 주십시오."

석성의 아내는 방긋 웃고 한 번 더 석성의 마음을 다져 놓는다.

홍 통사가 비로소 처음으로 술 한 잔을 마신 뒤에 병부상서 석성의 앞에 놓인 잔에 손수 술 한 잔을 따라 올린다. 석성은 손을 들어 감사하다는 뜻을 표하면서 장중하게 말을 꺼낸다.

"당릉군! 이것은 내가 당릉군보고 할 소리는 아니요마는, 도대체 조선 조정은 무엇들을 하고 있는 거요? 사람들이 그렇게도 없단 말이오? 아무리 부산서부터 의주까지 쫓겨서 얼이 다 빠져 버렸다 하지만, 구원병을 정식으로 청하러 들어오는 정사正使 한 사람이 없으니, 임금은 무슨 생각을 하고 있고, 소위 대신이란 것들은 무엇을 하고 있소? 지금 당릉군이 아무리 사사로이 나한테 구원병을 내달라고 청하러 왔지마는 명나라 조정은 병부상서 석성의 개인의 조정이 아니란 말씀이오. 정식 사신이 와서 명나라 조정에게 정식으로 구원병을 내달라고 간곡히 요청을 해야 할 게 아니오? 내가 오늘 병부로 나가는 대로 조선을 위해서 모든 것을 진력해 보겠소마는, 조선 역관 홍순언이 병부상서인 내게 와서 자기의 고국을 위하여 구원을 청했다는 이 사실만을 가지고는 명나라 조정의 총의總意를 움직이기는 어렵단 말이외다. 도대체 조선 조정은 쫓겨 가면서도 낮잠들만 자고 있소?"

사사로운 은의를 위하여 부드럽게 껴안아 주는 너그러움을 보여 주던 석성은 공사를 위하여 다시 엄정한 단계를 밟을 것을 주장한다.

병부상서 석성의 당연한 말에 홍 통사의 얼굴이 모닥불 끼얹어지는 듯 화끈하고 붉어진다. 조선 조정의 대신들은 명나라에 구원병 청하는 것을 불길하게 생각하고 있었다. 때문에 자기는 참다 못하여 조국의 쓰러지는 꼴을 가만히 앉아서 바라볼 수가 없어 백사 이항복과 한음 이덕형과 함께 의논하고, 사사로이 평민의 자격으로 병부상서 석성을 움직이러 명나라에 왔던 것이다. 지금 석성이 말하고 있는 청병하는 정사가 아니 들어왔다는 말은 경우 있는 당연한 소리다.

그러나 홍 통사는 석성에게 대해서 조선 조정의 대신들이 명나라에 청병하는 것을 그다지 반갑게 생각하지 않는다고 바른대로 말할 수는 없다.

"별안간 난리는 나서 창황하고 명나라에 오는 길은 멀고도 머니 그저 사신을 요동 도독부로만 보낸 것이 아닌가 합니다. 내가 이곳에 와 있어 잘 모릅니다마는 요동 도독부에는 우리나라의 청병하는 사신들이 문턱이 닳도록 드나들 것입니다."

홍 통사는 우선 이쯤 대답해서 석성의 마음이 돌아서지 않도록 만든다. 머릿속에는 지금쯤 백사 이항복이 아니면 한음 이덕형이 사실상으로 요동에 말을 달려서, 명나라 조정에 구원병을 청하는 호소를 했으려니 하고 생각한다.

"그러니까 마음만 바쁘고 신속하지 못하단 말씀이오. 요동의 변방을 지키고 있는 장수들의 마음을 움직여서 구원병이 나가게 되는 것과, 명나라 중앙 조정으로 사신이 바로 와서 호소하는 것이 얼마나 차이가 나는 일이겠소? 날짜가 걸려도 갑절 이상이 걸릴 것이요, 청병을 하는 데 응하고 안 하는 것도 요동 장수들의 의견을 존중해서 비로소 처결될 것이 아니겠소? 좌우간 조선 조정은 청병하는 사신을 빨리 북경으로 보내라고 기별하시오. 이래야 비로소 나도 일을 떳떳이 처결해서 황제께 말씀을 아뢸 수가 있지 않겠소이까?"

"노야! 참으로 옳은 말씀입니다. 조선으로 곧 사람을 보내겠습니다."

홍 통사는 감격해서 대답한다.

아침 식사를 마친 뒤에 병부상서 석성은 병부로 들어가고, 홍 통사는 무엇을 생각했는지 옥하관玉河館으로 교자를 달린다.

홍 통사가 교자를 달리는 옥하관에는 조선에 난리가 나기 전에 사은사謝恩使로 명나라에 왔던 신점이란 사람이 있었다.

홍순언은 옥하관으로 들어가자 지체 없이 신점을 만난다. 홍순언은 신점과 반가운 인사를 바꾼 뒤에, 먼저 말을 꺼낸다.

"영감, 나라와 창생을 위하여 영감은 빨리 고국으로 돌아가서 백사와 한음을 만나 보시고, 명나라에 정식으로 청병하는 사신을 지체 말고 빨리 보내도록 하라고 이르시오. 내가 곧 의주로 건너가서 사신을 보내도록 해도 좋겠소이다마는, 나는 석성의 곁을 떠나서는 아니 되겠소. 나는 기어이 명나라 구원병이 조선으로 나가서 크나큰 승리를 거두는 것을 본 뒤에야 비로소 마음을 놓고 나갈 테니, 대감은 국가 흥망이 달려 있는 급한 이 마당에 결연히 좋은 일을 하시오."

홍 통사는 석성과 유 부인을 만난 전후 사실을 일장 설파한 뒤에 신점에게 빨리 고국으로 돌아가서 정식으로 청병사를 들여보낼 것을 부탁한다.

이 소리를 듣고 있던 신점은 쾌하게 승낙한다.

"당릉군의 크나큰 수완에 감복하오. 그럼 나는 오늘이라도 곧 떠날 행장을 차리겠소이다."

신점은 고국에 난리가 나니 동정을 좀더 살펴보려고 아직 본국으로 돌아가지 않고 하회를 기다리고 있던 사람이다. 이번에 명나라 군사를 움직여서 왜적을 소탕하는 날에는 자신에게도 커다란 빛이 나는 좋은 일이었다.

홍 통사는 신점이 이렇게 쾌하게 승낙하는 것을 보자 마음이 거뜬하다.

"일이 급하니, 영감도 밤을 도와 가시려니와, 오는 사신도 밤잠을 자지 말고 주야배도*하라 신신당부하시오."

"염려 마시오."

신점이 대답할 때 옆에 있던 서장관 정기원이 말을 꺼낸다.

"우리가 국록을 먹는 사람으로 국가가 위급존망 중에 빠져 있는 이 때, 단지 한 가지 작은 일이라도 나라를 위하여 좋은 일이 된다면 우리는 이 일을 실천에 옮겨야 할 것이라 생각합니다. 이번 우리가 이곳에 사신으로 들어온 길에 면연은免宴銀

---

* 주야배도晝夜倍道 : 밤낮을 가리지 않고 보통 사람의 갑절의 길을 걸음.

마흔댓 냥쭝이 생겼소이다. 이것은 공금이 아니고 우리들끼리 나누어 먹어도 좋은 공돈이지만, 우리가 만약 사신으로 아니 들어왔던들 이 돈이 생길 까닭이 없소. 아무리 얼마 안 되는 적은 돈이지마는 국가에 도움이 된다면 이 돈을 써 버려야 할 텐데, 사은사의 의향은 어떠하시오?"

"대단히 좋은 말씀이오."

신점도 쾌하게 허락한다.

명나라에 조선 사신이 들어가면 연회를 열어서 접대하는 것이 전례인데 잔치가 하도 많아서 조선 사신이 여기에 불참하는 일도 간혹 있게 되었다. 명나라 조정에서는 이럴 때 대전으로 돈을 사신에게 보내는 것이 전례였는데 면연은이란 이 돈을 말하는 것이었다.

청렴하고 깨끗한 정기원은 얼마 안 되는 이 돈이지만 자기들의 사복을 채우지 않고 나라를 위하여 쓰자는 것이다.

정기원은 동래 정씨의 한 사람으로, 글 잘하고 글씨를 잘 써서 서장관으로 간 사람이다. 명나라 조정에서 연회를 열어서 대접하는 대신으로 사신에게 보낸 돈이니, 당연히 사사로이 써도 좋을 돈이건마는 정기원은 이 적은 돈이라도 나라를 위하여 바치려 하였다.

"홍 통사 어떠시오? 이 돈을 홍 통사께서 쓰시오. 명나라 청병하는 데 약간의 도움이 될는지 모르오. 더욱이 홍 통사는 공식으로 오신 게 아니고 사사로이 오셨으니 이번 노자는 순전히 자비로 부담하신 것이 아니겠소. 홍 통사, 이 돈이 얼마 안 되긴 하지만 비용으로 써 주시오."

정기원은 은자 마흔댓 냥 어음을 홍 통사 앞에 내놓는다. 홍 통사는 껄껄 웃는다.

"홍순언이 아무리 가난하다 하나 북경에서 노자 쓸 돈이야 설마 없겠소? 서장관의 말씀을 들으니 내 마음도 좋소이다. 내 걱정은 마시고 마흔댓 냥을 나라를 위하여 쓰신다 하니, 싸움을 하는 조국을 위하여 화약을 사 가십시오."

세 사람의 생각에는 다만 조국이 있을 따름이었다.

* * *

신점과 정기원은 홍 통사의 전갈을 받아 가지고 염초와 화약을 사 가지고는 밤을 도와 압록강을 향하여 말을 달렸다. 그리고 다시 천리 준마를 달려서 압록강을 건너 의주로 치달았다.

두 사람은 바로 병조판서 이항복을 찾고 이항복, 윤두수와 함께 어전으로 들어가 아뢴다.

"지금 명나라 조정에서는 왜변에 대하여 조선을 동정하는 뜻이 전혀 없사옵니다. 조선은 왜국과 부동이 되어서 명나라를 치러 들어온다는 소문이 높아져서 압록강을 넘기만 하면, 그 때는 군사를 거느려 막으려니와, 그렇지 않은 경우에는 내버려 두자는 의견이 대부분이옵니다. 그러나 병부상서 석성만은 조선이 일본과 부동했다는 것은 뜬소리요, 명나라는 당연히 자기 나라를 치러 들어오는 왜적을 막으려 하다 의주까지 쫓겨 온 조선을 위하여 구원병을 보내야만 된다고 역설하는 중이옵니다. 그리하옵고 당릉군 홍순언이 저곳에 있사온데, 병부상서 석성은 홍순언을 불러 말하기를, '조선에서 어찌해서 정식으로 사신을 보내지 않는가? 나 혼자 구원병 보내기를 진력해서 힘을 쓰는 중이나, 이 때 만일 조선에서 청병사를 보낸다면 더욱 일이 빠르게 실현될 것이다' 했다 하옵니다. 상감께서는 속히 청병하는 사신을 명나라로 보내시기 바라옵니다."

이어 명나라에서 구해 온 화약을 바친다.

임금인 선조는 신점의 말을 들으니 생기가 펄떡 솟구친다.

"누구를 청병사로 보내는 것이 좋을꼬?"

임금이 좌우를 돌아본다.

병조판서 이항복이 아뢴다.

"정곤수를 보내는 것이 마땅한 줄로 아뢰오."

좌의정 윤두수도 인제는 명나라에 구원병 청할 것을 반대할 기운이 없다.

"좌의정의 생각에는 어떠하오?"

임금 선조는 윤두수에게 묻는다.

"좋사옵니다."

좌의정 윤두수도 대답한다.

정곤수는 청주 사람으로 호를 백곡이라 부른다.

처음 이름은 규라 했는데, 그의 종숙이 양자로 데려올 때 이름을 곤수라 고쳐 지어 주어서 이내 정곤수로 행세를 하였다.

정곤수의 나이는 쉰다섯이었다. 그는 약관을 넘어서자 스물여덟 살 때 예안 도산정사로 찾아가 퇴계 이황 선생을 뵙고 심경心經을 배운 일이 있다. 이리하여 그는 퇴계의 문인이 되었다.

정곤수는 황해관찰사를 거쳐서 형조참판으로, 대사간으로, 임금을 호종하여 의주까지 따라왔던 것이다.

대사간 정곤수는 바로 곧 어전으로 불려 들어간다.

"그대로써 명나라에 구원병을 청하러 가는 청병진주사를 삼는다. 명나라 병부상서 석성이 당릉군 홍순언을 보고 하는 말이, '어찌해서 조선은 정식으로 청병하는 사신을 보내지 않는가? 나는 힘을 쓰려 하나 조선에서 정식 사신이 들어오지 아니 하니 뜻을 이룰 수 없노라' 했다 하니, 그대는 명나라로 가는 대로 곧 병부상서 석성을 만나서 일이 성사되도록 하라. 이번 그대의 가는 길은 국가 흥망이 달려 있는 일이니 부디 꼭 성공을 하고 돌아오라."

임금 선조는 행궁 내전에 기별해서 술을 내오라 분부를 내리고, 어수로 친히 술잔에 술을 가득 부어 정곤수에게 내린다.

정곤수는 어전 지척에 어사주까지 받으니 마음이 황송해서 이 중대한 책임을 사양할 도리가 없다.

어사주 한 잔을 받들어 마신 뒤에 한마디를 아뢰고 어전에서 물러 나온다.

"힘을 다 하와 일이 성사되도록 하겠사옵니다."

정곤수가 밖으로 나오니 모든 동료들이 멀리 가는 정곤수를 전송하러 모여든다.

정곤수는 가만히 생각하니 자신의 책임이 참으로 큰 것이었다. 더욱이 홍순언과 석성과 유씨의 사이를 모르는 정곤수는 이 일이 장차 어찌될 것인가 하고 가슴속에 걱정이 태산 같다.

일이 잘되어서 명나라 구원병이 순조롭게 나오게 되면 좋지마는 만일 일이 뜻과 같지 못해서 구원병이 안 나오는 날에는 자기의 목은 어느 귀신이 잡아가는지도 모르게 달아나는 판이다. 임금 앞에서는 꼼짝 소리도 못하고 책임을 지고 물러나온 정곤수는 모든 동료들을 보니 화증이 벌컥 일어난다.

"누가 상감께 나를 천거했단 말인가. 인제는 꼼짝없이 칠성판*을 짊어지고 죽을 땅으로 가게 되었으니, 이것은 조정에서 나를 돌려내자는 것이란 말야. 참 기막힌 일이다!"

정곤수는 나이 쉰다섯이나 되었건만 주책 없이 이런 소리를 꺼내며 한탄한다.

"이 사람아 백곡, 자네가 일을 성사하는 날이면 일등 공신이 될 텐데 왜 그러나? 호박이 거저 굴러 들어온 격일세. 잔말 말고 어서 빨리 떠나게."

한 친구가 이렇게 편잔을 준다.

젊은 병조판서 이항복은 늙은 정곤수가 주책 없이 떠드는 소리를 듣자 묵묵히 미소를 풍겨 외면하고 돌아선다.

"이 사람아, 일등 공신이고 개국공신이고 나는 다 싫으이. 지금 명나라에서는 우리 나라와 왜놈이 합작을 해서 명나라를 치러 들어간다고 잔뜩 우리를 의심한다는데, 그렇게 속히

---

* 칠성판七星板 : 관 속 바닥에 까는 얇은 널 조각. 북두칠성을 본따 일곱 개의 구멍을 뚫어 놓는다.

구원병이 얼른 나올 줄 아는가? 어림없는 소리 말게. 공연히 내 목숨만 까닭 없이 달아나게 되었네."

정곤수는 마음이 상해서 시무룩해 떠든다.

"명나라로 들어만 가면 당릉군 홍 통사가 있을 테니, 염려 말고 홍 통사와 의논해 처리하시면 일이 성사될 테니 두말 말고 어서 행장을 차리시오."

백사 이항복이 참다 못해서 존장뻘이나 되는 정곤수를 타이른다.

"일개 역관인 홍 통사가 무엇을 안다고?"

"허허, 글쎄 그렇지 않대도 그러시는구려. 염려 말고 떠나시오."

백사는 더 한 번 정곤수를 달랜다.

성미 급한 호조판서 이성중이 보다 못하여 큰 소리로 정곤수를 꾸짖는다.

"여보 영감, 지금 의주 이곳에 임금을 모시고 있는 사람들 수가 모두 합쳐야 겨우 열대여섯 명밖에 아니 되오. 이 몇 명 안 되는 사람들이 조정 일을 네다섯 가지씩 겸직을 해 가지고 있는 것을 영감도 잘 아는 노릇이 아니오? 영감은 지금 아무 일 없이 한관(閒官)으로 앉아 있고, 몸도 그다지 허약하지 않은 터에 청병사쯤 가라는 것은 당연한 노릇이 아니오? 국가 흥망이 달린 중대한 이 시기에 적진 속을 뚫고 가라 해도 사양할 도리가 없을 텐데, 태평 천지인 명나라로 사신 노릇을 하러 가라는데 중언부언 뇌까리는 것은 충신으로서 할 소리가 아닌 줄 아오."

호조판서 이성중의 강강하게 꾸짖는 말을 듣자, 백곡 정곤수의 얼굴은 무안에 취해서 시뻘게진다.

"두말 말고 어서 빨리 떠나시오."

이성중은 더 한 번 백곡 정곤수를 핀잔 주고 벌떡 자리에서 일어난다. 정곤수는 충신으로서 할 소리가 아니라는 말에 기가 콱 질린다.

백곡 정곤수는 슬며시 자리에 일어나서 당일로 행장을 차려서 압록강을 건너갔다. 청병사 정곤수와 그를 따라가는 서장관 심우승도 밤을 도와 북경으로 달렸다.

* * *

북경에서는 홍 통사가 밤잠을 아니 자고 청병사 들어오기만 눈이 빠지도록 기다리고 있었다.

정곤수는 홍 통사를 만나자 반갑다.

"여보 당릉군! 나는 당릉군만 믿소. 일을 장차 어찌하면 좋겠소?"

어찌해야 좋을지를 묻는다.

"영감은 이곳 말을 못하시니, 병부상서 석성을 보거든 만나는 길로 바로 절을 하고 통곡을 하시오. 통곡을 하되 보통 울어서는 아니 되오. 구슬피 부모상을 당한 듯 그저 울기만 잘 울면 뒷일은 내가 다 하리다."

"울기만 하면 구원병이 나오리까?"

"가짜 울음을 울어서는 큰일입니다. 정말로 오장육부가 뒤

틀려 쏟아지듯 진짜 울음을 울어야만 합니다."

"통곡은 하오리다. 그러나 진짜 부모상을 당한 듯 안 나오는 울음을 울기는 참으로 어려운 일이로구려."

정곤수는 고지식하게 이렇게 말한다.

홍 통사는 급한 중에도 웃음이 저절로 터져 나온다. 청병사 정곤수는 홍 통사에게 인도되어 예부와 병부로 들어간다.

청병사 정곤수는 홍 통사를 따라 명나라 대궐 오문午門에 들어가서 오배삼고두五拜三叩頭하는 예를 올린다. 뒤에는 서장관 심우승과 함께 간 역관 한윤보가 따랐다.

정곤수의 일행은 서문西門 안에서 사신 대접하는 주찬을 받은 뒤에, 예부에 가서 정문呈文하고, 병부에 가서 투자投刺한 뒤에 병부상서 석성을 만나기를 청한다.

이윽고 병부시랑이 나와서 일행을 병부 뜰 안으로 맞아들인다. 정곤수가 잠깐 청 안을 쳐다보니, 한 관원이 대청에 관복을 입고 위풍이 늠름하게 서 있는데 병부상서 석성인 것이 분명하다.

홍 통사와 한 통사는 정곤수를 꾹 찌른다. 절을 하라는 뜻이다. 정곤수는 병부상서 석성에게 날아갈 듯 절을 올린다. 석성은 청 안에 서서 정곤수의 절을 받고 그를 굽어본다.

홍 통사는 또다시 정곤수의 허리를 꾹 찌른다. 정곤수는 울라는 뜻인 것을 알아차린다.

약속대로 울음을 터뜨린다.

정곤수의 통곡은 길고도 처량하다. 처음에는 마디를 꺾어서 울더니 나중에는 그대로 진짜 울음이 복발이 되어서 오장육부가 쥐어 틀려 쏟아지는 듯 흑흑 느껴 운다. 처음에는 서서 울더니, 나중에는 몸을 가눌 수가 없어서 그대로 뜰에 엎드려 두 손으로 땅을 짚고 곡지통哭之痛을 한다. 한 방울, 두 방울 떨어지던 눈물이, 빗물 떨어지듯 줄을 지어 흘러내린다.

목청 좋게 울어 대는 정곤수의 울음소리는 마침내 진짜 울음으로 변해 버려서 초상 상제의 울음쯤은 울음 행세를 못할 지경이 된다.

명나라 병부상서 석성은 조선 사람의 진짜 통곡성을 생전 처음 들어 보았다. 정곤수의 통곡 소리가 어찌도 구슬펐던지, 그의 눈에서도 까닭 없이 눈물이 핑그르르 돌아 글썽글썽해진다.

정곤수의 울음은 여전히 줄기차게 계속된다. 인제는 석성의 마음까지 구슬프고 처량해서 더 배겨 날 수가 없다. 석성은 통곡 소리를 그만 그치라고 손을 가로저어 흔든다.

홍 통사는 옆에 있다가 짐짓 소매로 눈물을 닦는 시늉을 하고, 정곤수의 어깨를 흔들흔들 흔든다.

"정사, 그만 울음을 진정하시고 말씀을 합시다."

정곤수는 덤으로 마지막 울음을 한바탕 처량하게 뽑은 뒤에, 못 이기는 체하고 홍 통사와 한 통사에게 부축이 되어 일어선다.

홍 통사에게 마음이 쏠렸던 병부상서 석성은 정곤수의 통곡 소리로 더 한 번 마음이 크게 움직인다.

홍순언은 울며 일어서는 정곤수를 석성에게 소개한다.

"조선의 대사간 벼슬을 하고 있는 청병사 정곤수올시다."

석성은 고개를 끄덕여 말을 보낸다.

"옛적 춘추 시절에 오나라 군사가 초나라로 침략하여 들어왔을 때 초나라 사람 신포서가 진나라에 가서 구원병을 청하는데, 진나라 조정에 들어가서 이레 동안을 밤낮으로 통곡한 때문에 마침내 진나라 군사를 움직였다 하더니, 지금 조선 청병사의 울음은 신포서란 사람의 진정칠일지곡秦庭七日之哭에 못지않구려!"

석성의 한 마디 말은 만근 무게보다 더한 동정하는 소리다.

"자세한 말씀은 상서 속에 다 씌어 있소이다."

정곤수는 간단한 한 마디를 홍 통사에게 시켜서 전하고 다시 절을 한 뒤에 병부에서 물러 나온다.

명나라 병부상서 석성은 바로 북경 대궐 황극전皇極殿으로 들어간다.

석성은 홍 통사를 만나 본 이래 조선 출병을 역설해 왔으나, 조선에서 정사가 오지 않았기 때문에 강경한 주장을 전개시키지 못했던 것이다.

북경 오중문五重門 안 장엄한 건물 황극전 안에는 명나라 만력 황제 신종 이하 문무 중신들이 모여 조선 문제에 대한 어전회의를 열고 있었다.

모인 사람들은 오부구경五府九卿과 과도관科道官 들이다.

과도관이란 이부·호부·예부·병부·형부·공부의 급사와 십오도十五道의 감찰어사를 통틀어서 부르는 말이다.

전군도독부 장부사 영강후 서문위, 우군도독부 장부사 승

신백 비갑금, 좌군도독부 장부사 오계작, 중군도독부 장부사 정원백 왕거례, 후군도독부 장부사 태부 겸 태자태부정국공 서문벽, 이부상서 손룡, 병부상서 석성, 호부상서 양준민, 시랑 노유정, 예부시랑 한세능, 형부상서 손비양, 공부상서 증동형, 도찰원 좌도어사 이세달, 이과 도급사 이여화 등 문무 중신 별 같은 신하들이 모여 있다.

먼저 명나라 만력 황제 신종이 모든 신하에게 묻는다.

"왜가 조선을 침략하여 조선 왕은 의주로 쫓겨 오고 우리 나라로 내부까지 하려는 의견을 비쳤다 하는 바, 조선은 2백 년 동안 우리 나라의 울타리라, 가만히 앉아서 저 나라의 망하는 것을 바라볼 수는 없다. 군사를 내어 구원해 주는 것이 좋은 일이지마는, 지금 우리 나라에는 영하寧夏의 싸움이 있으니 때를 가려서 적당히 구원병을 보내는 것이 옳은 줄 안다. 그대들은 의견을 진술해 보라."

신종 황제는 장중하게 말을 내린다.

호부상서 양준민이 앞에 나와 출반주出班奏한다.

"조선에 출병한다면 길이 너무도 멀고 험하옵니다. 또 한 가지는 별안간 군량미와 말을 조달하는 것도 큰 문제일 것이옵니다. 황제께서는 조선에 칙명을 내리시어 조선 선민으로 하여금 의병을 일으켜서 자기들의 힘으로 옛 나라를 광복하도록 하는 것이 양책일 듯하옵니다."

호부상서 양준민은 출병 반대론을 꺼낸다.

감찰사 어사 이세달이 일어선다.

"조선 왕이 우리 나라에 내부를 하게 된다면 저 나라에는 주인이 없는 셈이니 빨리 종실과 왕자 중에서 똑똑한 사람을 골라서 임시로 국사를 대신하게 하고, 조선 팔도 호걸들을 모아서 의병을 일으켜 근왕을 하도록 한 뒤에, 우리는 천천히 군사와 대장을 보내서 왜적을 친다면, 그 동안 우리는 충분한 준비를 할 수 있다고 생각하옵니다. 먼저 새로이 조선왕을 세우라 하시옵소서."

감찰사 어사는 더 한층 미적지근한 소리를 한다.

"지금 우리는 총병 이여송이 영하에서 달단과 싸우는 중인데, 병력을 두 군데로 나누면 한 곳 일도 성공할 수 없으니, 좀더 기다려 보는 것이 적당하다 생각하옵니다."

호부시랑 노유정은 관망론을 주장한다.

과도관 한 사람이 의견을 내놓는다.

"명나라의 대군이 조선까지 나가서 구원할 것이 아니라, 요동 군사를 압록강변에 옮겨서 우리의 위력을 보이면 설혹 조선이 결딴이 난다 해도 왜적은 우리를 감히 침노할 수 없을 테니, 압록강에다가 군비를 강화시키는 것이 제일가는 양책이라 생각하옵니다."

그러자 병부상서 석성이 분연히 자리에서 일어난다.

병부상서 석성이 어전에 국궁(鞠躬)한 뒤에 천천히 병부상서로서의 의견을 진술한다.

"병부상서 신, 석성은 아뢰오. 신이 왜적에 대하여 근심하는 바는 조선을 위하려 함이 아니라, 우리 나라의 강토가 침범을 당할까 근심하는 것이고, 우리 나라 민심이 어지러워질까 걱정하는 것이옵니다. 요동은 우리 국경의 팔뚝과 같은 곳이고, 조선은 요동의 울타리가 되는 곳이옵니다. 여기에다 천진은 북경과 한양의 문정門庭과 같은 곳이옵니다. 명나라가 건국된 지 2백 년 동안에, 남쪽으로 복주와 절강에 있는 물길을 통하여 밤낮으로 왜적의 걱정이 끊어질 사이가 없었으나, 요동과 천진에는 왜적의 그림자도 비치지 않았다는 것은 조선이 명나라를 위하여 앞을 가로막고 앉아 있는 까닭이옵니다. 조선과 요동 사이에는 압록강 푸른 강물이 있고 강변엔 길 셋이 있는데, 서편의 두 길은 강이 좁고 물이 얕아서 말만 타면 뛰어서라도 건널 수 있는 것이요, 한 군데 길은 동서의 거리가 겨우 활 두 바탕밖에 아니 되는 길이온데, 만일 왜적이 의주까지 쳐 올라오는 날에는 요동 천지는 왜적의 땅이 될 우려가 있고, 다시 서편으로 배를 타고 돛을 올리는 날에는 양평 천진이 먼저 화를 당할 테니, 지척지지咫尺之地인 북경은 어떤 꼴이 되겠사옵니까?

지금 조선 평양의 소식을 들으면 왜적들은 집들을 중수하고 양식과 미량을 산더미같이 쌓아서 준비를 강화하고 있다 하니, 왜적의 뜻은 조선에만 있는 것이 아니라 더 한 걸음 나와서 우리를 정벌하려는 큰 뜻을 가진 것이 확실하옵니다. 우리로서는 빨리 군사를 움직여 왜적을 친다면 아직 조선의 명맥이 붙어 있는 한 치는 힘이 덜들 것이요, 더디 친다면 왜적은 조선 사람을 강제로 동원하여 우리를 치는 앞잡이로 삼을 테니, 신의 생각엔 우리가 출병하는 것을 한때라도 늦추어 지체할 수 없다고 생각하옵니다. 아까 누가 말하기를 우리 나라는 지금 영하에서 달단과 싸우고 있으니 병력을 두 길로 나눌

수 없다고 말했습니다. 당연한 말씀입니다. 그러나 지금 영하에서는 이여송이 유동양을 사로잡아 포로로 만들었으니, 영하 싸움은 우리 편의 승리라, 한 달 안에 개선이 되어 돌아올 것이옵니다.

　우리는 먼저 조선에 총포와 화약 등 무기를 내어 주는 동시에, 또다시 병마를 움직여서 압록강을 건너가 조선을 도와 싸우게 하고, 다음에는 달단을 치던 이여송에게 대군을 휘동하게 하여 왜적을 육지 밖으로 쫓아 버려야 할 것이라고 주장하옵니다. 이것은 결코 조선만을 위하는 일이 아니라, 우리를 위한 일로서 당연히 출병을 해야만 할 것이라 사료되옵니다."

　조리 있게 지리와 사세를 들어 군략을 말하는 석성의 주장은 크게 신종의 마음을 움직였을 뿐 아니라, 모든 5부 원로대신들의 생각을 돌리게 한다.

　그러나 과도관 한 사람이 일어선다.

　"외국에 군기와 화약을 주지 말라는 것은 우리 명나라 태조 고황제께서 정해 놓으신 법이옵니다. 조선을 위하여 태조 고황제가 정하신 법을 어길 수는 없는 일이라고 생각하옵니다."

　과도관은 반대론을 주장한다.

　병부상서 석성이 벌떡 자리에서 또 일어선다.

　"외국에 주지 말라 하신 태조 고황제의 말씀은 우리와 아무런 관계없는 외국 싸움에 무기와 화약을 주어서는 아니 된다는 말씀이라 생각하오. 그러나 이번 조선에 일어난 왜란은 아까도 말씀드린 바와 같이 우리의 팔을 호위하고 있는 조선이 결딴이 났으매 우리의 팔을 호위하기 위하여 쓰는 무기와 화약이니, 설사 태조 고황제께서 지금 생존해 계시더라도 우리를 방비하기 위하여 쾌하게 내어 주실 것이라 생각하오."

병부상서는 눈을 거슬러 뜨고 과도관을 바라보며 통박한다. 좌중은 병부상서의 기운에 숙연히 눌린다.

다음엔 누구 하나 반대하는 사람이 없다.

명나라 만력 황제 신종은 병부상서 석성의 대를 쪼개는 듯 조리 있게 이해득실을 가려 조선을 급히 구원해야 한다는 소리를 듣자, 마음이 스르르 풀리면서 조선에 구원병을 보낼 것을 결정지어 버린다.

"조선이 왜로 인하여 함몰이 되고 국왕의 청병이 급하므로 여러 신하들의 의견을 듣고자 하여 회의를 열었던 것이다. 이제 우리 명나라 조정이 취할 길은 빨리 조선을 구원하는 한 가지 길이 있을 뿐이다. 일을 늦추어 우리 변방에 해가 되게 하지 말고, 병부에서는 급히 장수와 군사를 보내어 조선을 구원하게 하라."

신종의 한 마디 말이 떨어지니 명나라는 비로소 정식으로 조선을 구원하는 것을 결정짓게 된다.

어전회의가 끝나고 모든 대신들은 황극전을 물러나 흩어진다.

병부상서 석성은 어전회의를 마친 뒤에 다시 병부 아문으로 들어가서 좌·우 병부시랑, 병부원외랑, 병부주사들을 모아 놓고, 조선에 구원병 보낼 장수를 조직해 임명한다.

석성이 입으로 부르고, 병부원외랑과 병부주사들이 사령을 받아 쓴다.

"원임 유격장군 장기공에게, 은 2만 냥을 주어 군사와 말에게 먹일 추량芻糧을 사게 해서, 조선으로 출병하는 군사들의 군량미를 가늠해 맡게 하라."

병부주사는 천련지川連紙에 붓을 달린다.

"절직조병 신기영 좌참장 낙상지를 흠차통령 장군으로 삼아서 남방에 있는 군사 3천 명을 거느리고 압록강에 주둔하여 대기하도록 하고, 원임부총병 사대수를 황차통령 남북조병 대장으로 삼아서 북방의 보병 3천 명을 거느리어 먼저 압록강을 건너가 조선 왕의 행궁을 호위하게 하라."

석성은 제1차로 조선을 구원하러 나갈 장수들을 선택한 뒤에, 다시 수레를 몰아 명나라 대궐 오중문을 거쳐 태화전으로 들어가 신종 황제의 재결하는 옥쇄를 맡아 가지고 천하에 포고를 한 다음, 한편으로 조선 사신 정곤수를 불러 조선 예부와 병부에 정식으로 구원병 내보내는 것을 통고하게 한다.

정식으로 병부에 불려진 조선청병사 정곤수의 기쁨은 한량이 없다.

병부에서 정식으로 구원병을 조선에 보내기로 결정했다는 병부시랑의 말을 듣자, 정곤수는 어깨가 날아갈 듯 거뜬해진다.

'인제는 살았구나!'

시원한 한숨이 후르르 터져 나온다.

'참으로 내 운이 좋았다.'

속으로 생각하면서 입이 저절로 찢어진다. 체면과 점잔을 빼어 보려 하나 입은 벙글벙글 벌어진다.

정곤수는 병부시랑에게 안내되어 병부 대청 석성이 있는 곳으로 들어간다.

그는 맨 처음에 석성을 찾았을 때와 마찬가지로 절을 하고 일어선다.

석성이 서서 답례를 한 뒤에 말한다.

"홍 통사의 나라를 위하는 지극한 의기와, 그대의 지성스러운 울음에 감동되어 이제 명나라 조정은 조선을 구원하기로 결정했노라."

석성은 빙긋이 미소를 풍겨 정곤수를 굽어본다.

정곤수는 '그대의 지성스러운 울음에 감동되었다'는 석성의 한 마디에 더 한층 영광스러운 기쁨을 느껴 더운 눈물이 화끈하고 두 눈에서 쏟아진다.

이번엔 애타는 눈물이 아니라 한줄기 광명을 바라보는 기쁜 눈물이다. 더욱이 자기 몸도 살아났고 나라도 이제는 구해 낼 수 있다. 이제야말로 자신은 조선에서 떠날 때 누가 하던 말처럼 1등 공신이 될 자격이 충분한 것이다.

정곤수는 이내 고마운 울음이 복발해 터져서, 소리를 높여 또 한 번 석성의 앞에서 느껴 운다.

석성이 첫 번째 조선에 구원병 대장으로 내보낸 장수 낙상지는 원래 명나라 남쪽 절강 소흥부 여도현 사람이다. 자신의 말에 의지하면, 당나라 때 왕발王勃과 같이 이름을 드날리던 유명한 시인 낙빈왕의 후손이라 한다. 용맹과 힘이 보통 사람의 열 갑절이 넘어서 한 손으로 천 근이나 되는 물건을 번쩍번쩍 들어 내동댕이치니, 세상 사람들이 부르기를 낙천근駱千斤이라 하는 사람이다.

사대수란 장수는 요동 사람으로 본시 영원백 이성량의 집안 사람이었다. 날쌔고 용감해서 여러 차례 이성량을 따라서 전쟁에 큰 공을 세운 까닭에 벼슬이 총병관에까지 이르렀던 것이다.

명나라가 정식으로 조선에 구원병을 보내기로 결정하니, 조선 의주에서는 비로소 죽음의 길에서 한 줄기 광명을 얻은 것 같았다.

명나라의 모든 장수들과 사신들이 낙엽부절 압록강을 건너 들어올 것을 생각하니, 나라에서는 제일의 역관 홍 통사의 생각이 간절했다.

급히 영을 내려 홍 통사를 어전통사로서 불렀다.

임금 선조와 명나라 대장이 말씀을 할 때 반드시 역관 중에서 제일급의 인물인 홍 통사가 필요하다 생각했던 것이다.

홍 통사는 본국의 지령을 받고 총총히 고국으로 돌아가지 않으면 아니 되게 되었다.

그는 명나라를 떠나면서 정곤수에게 부탁을 한다.

"명나라 남방 군사 3천 명과 북방 군사 3천 명, 도합 6천 명쯤으로 아무리 용맹과 지략이 출중하다는 낙상지와 사대수가 있다 하나 왜적을 평양에서 물리치기는 어려우리라 생각하오. 한두 달 뒤에 이여송이 영하의 달단을 완전히 평정하고 수십만 대군을 휘동해서 우리 나라로 나온 뒤라야 비로소 왜적을 몰아내는 데에 희망이 있으리라 생각되오. 나는 지금 대명을 받아 불가불 본국으로 아니 갈 수 없게 되었으니, 영감은 아직 이곳에 계시어 자주 석 상서를 찾아 이여송의 큰 군사가 움직일 때까지 머물러 계시도록 하시오."

홍 통사는 정곤수한테 이렇게 신신당부를 한 뒤에, 석성의 내외를 찾아 작별 인사를 올렸다.

"자, 이제 홍순언은 고국으로 돌아갑니다. 조선에 출병하기를 결정해 주신 두 분 은인에게 홍순언은 백 번, 천 번 감사를 드리오. 그러나 앞으로 대군이 움직이고 크고 작은 싸움이 어우러져 벌어졌을 때, 별의별 조건으로 조선을 모함하는 일이 많으리라 생각합니다. 노야 내외는 최후까지 조선을 돌보아 주십시오. 그리하오면 조선은 두 분을 영원히 저버리지 않을 것이외다."

홍 통사는 눈물을 머금은 채 석성의 내외와 작별한다.

"나도 남북병 6천 명 군사로 삼천리에 뻗쳐 있는 왜적을 단번에 물리치리라고는 생각하지 아니 하오. 이것은 우선 조정의 출병 승인을 맡자는 것이요, 한두 달만 참으면 영하에서 싸우고 있는 대군을 기어이 꼭 조선으로 돌리게 하려는 것이외다."

석성은 굳게굳게 아내의 은인인 홍 통사의 손을 잡아 약속한다.

"왜적을 기어이 소탕해 이기신 뒤에는 다시 우리 나라를 찾아 주시오. 그래서 고담古談 삼아 지나간 난리 풍파를 이야기 해주십시오."

석성의 아내 유씨는 눈물을 머금고 은인 홍 통사와 작별한다.

"고국을 잊지 마십시오. 조국의 억조창생을 불꾸러미 속에서 건져 달라고 자제분께 당부를 하십시오."

홍 통사는 이렇게 이여송의 아버지 이성량에게 당부하고 표연히 싸우는 티끌, 어지러운 고국으로 돌아간다.

〈5권에서 계속〉

부록

조선군의 냉병기

_신재호(군사 전문가)

조선군의 냉병기

1_각궁의 특징과 조선시대 활의 분류

조선시대 전통 활은 크게 각궁, 고궁, 정량궁, 예궁, 목궁, 죽궁, 철궁, 철태궁 등으로 나뉜다.

조선시대의 대표적인 전통 활인 각궁은 현대적으로 분류해 보면 크기로는 단궁短弓, 재료로는 합성궁合成弓, 형태로는 만궁彎弓에 속한다. 고궁, 정량궁, 예궁도 넓게 보면 각궁의 일종이다. 목궁, 죽궁, 철궁, 철태궁 등은 각궁과 전혀 다른 활이며, 합성궁이 아니라 복합궁이나 단일궁에 속한다(활의 분류법에 대한 구체적인 설명은 일본편 참조).

분류 기준	조선시대 각궁의 종류
소뿔의 재료에 따른 분류	각궁(흑각궁), 향각궁(백각궁,삼각궁)
소뿔을 사용하는 길이에 따른 분류	장궁, 휘궁
용도 및 크기에 따른 분류	각궁, 고궁, 정량궁, 예궁
활의 세기에 따른 분류(구전 기준)	연하, 연중, 연상, 중힘, 실중힘, 실궁, 강궁, 막막강궁
활의 세기에 따른 분류(실록 기준)	천자궁, 지자궁, 현자궁, 황자궁

각궁은 전형적인 합성궁(Composite Bow)에 속하는 활이다. 조선시대의 전형적인 각궁은 대나무로 활채(활의 기본 몸통)를 만들고, 뽕나무로 활고자(활의 양쪽 끝에 꺾인 부분)를 붙인 다음, 여기에 다시 활채에 물소뿔을 가늘게

덧대고, 다시 참나무로 활채 가운데에 대림목을 만들어 붙인다. 마지막으로 소 힘줄을 전체에 얇게 덧대고, 벚나무 껍질을 붙인다. 이렇게 여러 가지 재료를 복잡하게 배치해서, 활의 탄력이 매우 우수하여 크기가 작아도 사정거리가 길어지게 된다. 또한, 각궁은 활의 발사 충격을 사람이 아닌 활 자체가 흡수하도록 만들어져 있다. 화살을 발사한 후 시위가 활고자에 부딪치면, 그 충격이 활의 중심인 활 줌통으로 파도치듯 밀려들어 가다, 줌통에서 다시 고자 쪽으로 되돌아가게 되어 있다. 이렇게 파동이 치는 동안 활 안에서 충격을 모두 흡수한다.

각궁의 주재료인 물소뿔은 조선에서 생산되지 않았다. 당연히 물소뿔을 안정적으로 수입하는 일은 조선 왕조의 주된 관심사 중의 하나였다. 물소뿔은 주로 동남아시아나 남중국에서 생산되고, 조선은 중국이나 일본을 거쳐 이 물소뿔을 수입했다. 물소뿔은 조선 왕조의 안보를 좌우하는 전략 물자였던 셈인데, 이런 것을 수입에 의존하다 보니 각궁의 제조 비용도 높을 뿐더러 안정적인 공급을 기대할 수 없었다. 이 때문에 국산 황소 뿔을 사용한 각궁도 제작했는데, 이런 활은 향각궁鄕角弓이라고 부른다. 국산 황소 뿔은 물소뿔에 비해 짧기 때문에 활 하나를 만들기 위해선 황소 뿔 3개가 필요하다. 이 때문에 삼각궁三角弓이라고 부르기도 한다. 또한, 황소뿔은 색깔이 희기 때문에 백각궁白角弓이라고도 부른다. 이에 반해 각궁에서 사용하는 수입 물소뿔은 뿔이 검기 때문에 흑각궁黑角弓이라고도 부른다. 향각궁(삼각궁, 백각궁)은 각궁보다는 성능이 조금 떨어졌다고 한다. 일반 병사들의 경우 각궁은커녕 향각궁도 사용하지 못했고, 목궁이나 죽궁 같은 더 간단한 활을 사용했다.

뿔을 사용하는 정도에 따라서 각궁은 2종류로 나뉘는데, 후궁뿔 끝까지만 뿔을 대는 각궁은 '휘궁'이라고 부르며, '도고자'까지 길게 뿔을 대는 각궁은 '장궁'이라고 부른다. '장궁'이 뿔을 많이 사용하므로 성능도 더 좋고, 비용도 더 많이 든다. 국산 소뿔을 쓰는 향각궁도 크게 보면 휘궁의 일종이라고 할 수 있다.

활의 세기는 활을 당길 때 드는 힘을 의미한다. 현대적인 기준으로 환산

하기는 어려우나, 국궁 연구가인 정진명 씨는 '중힘'이 44~45파운드(약 20kg) 활, '강궁'이 50~54파운드(약 23kg) 활 정도 될 것이라고 추정하고 있다. 실록에는 활의 세기에 따라 천·지·현·황자궁으로 나눈 예도 있는 것으로 보아 군대에서는 이런 분류법을 사용한 것 같다.

시위를 건 상태를 '얹은활'이라고 부르고, 시위를 제거한 상태를 '부린활'이라고 부른다. 부린활 상태에서는 활이 180도 반대편으로 꺾이게 된다.

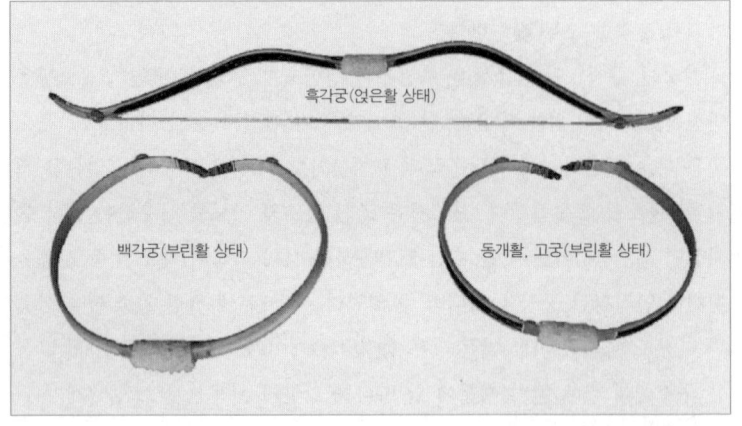

얹은활과 부린활

각궁_각궁角弓은 물소뿔을 재료로 만든 조선의 대표적 주력 활이며, 조선 시대 무장들의 기본 무기이다.

고궁_고궁은 기병용 활이다. 별명이 '동개활'이고, '고각궁'이라고도 부른다. 우리 나라 활 중에 가장 작은 활이다. 기본적으로 각궁과 제조법이 동일하나 크기가 작다는 점이 다르다. 동개활에서 주로 사용하는 화살은 '동개살'이라고 부른다.

정량궁_정량궁正兩弓은 속칭 '큰활'이라고 부르기도 하고, '육량궁六兩弓'이라고 부르기도 한다. 정량궁도 넓게 보면 각궁의 일종인데, 과거를 위해 특정 규격으로 만든 활이 정량궁이다. 제작 방법은 각궁과 동일하나 일반적으로 쓰는 각궁보다는 더 크다. 정량궁은 길이가 5자 5치인데, 일반적인 각궁의 약 2배 길이이다. 과거의 무과 초시, 복시에서도 이 활을 사용했다.

예궁__예궁禮弓은 이름 그대로 궁중에서 벌어지는 예식에 사용하는 활이다. 유교에서 유일하게 가치를 인정하는 무술이 활쏘기이다. 때문에 궁중에서도 활쏘기를 자주 했다. 그럴 때 쓰는 활이 예궁이다. 정량궁보다 크기가 조금 더 크다. 이 때문에 일명 '대궁大弓'이라고 부르기도 한다.

목궁__우리 나라 목궁木弓에는 복합궁(Laminated Bow, Built Bow)에 속하는 것과 단일궁(Self Bow, Simple Bow)에 속하는 것이 있다. 활채를 광대싸리로 만들고, 활고자를 산뽕나무로 제작하는 활을 '호궁弧弓'이라고 하는데, 그냥 목궁이라고 하면 보통 이 호궁을 의미한다. 이외에 떡갈나무로 활채를 만든 '경궁'도 목궁의 일종이다. 호궁이나 경궁은 단일궁이 아니라 복합궁에 속한다. 기타 실물 유물을 보면 여러 가지 나무 종류로 만든 목궁이 발견되고 있다. 목궁 종류들은 각궁보다 제조 비용이 싸지만 성능은 떨어진다. 사병용 활로 사용되거나, 여름에 사용하는 보조 활로 활용되었다.

죽궁__죽궁竹弓도 사병용 보조 활이다. 일명 '벙테기 활'이라고 불렀다. 죽궁은 1516년(중종 11년)에 병조판서 고형산이 만든 활이다. 조선왕조의 중요한 국방 논쟁거리였던 '활 재료 국산화'의 일환으로 개발된 활이다. 죽궁에도 복합궁에 속하는 것과 단일궁에 속하는 것이 있다. 단순히 대나무로만 만든 것도 있지만, 대나무에 힘줄을 덧댄 죽궁도 있다.

철궁__철궁鐵弓은 활 몸체 자체가 놋쇠로 된 활이다.

철태궁__철태궁鐵胎弓은 기본적으로 각궁하고 제조법이 비슷한데 활의 몸체인 궁간을 쇠로 만든 것이다. 전쟁 때와 수렵용으로 두루 썼다고 한다.

2 _ 각궁의 제작 방법과 활 부속 명칭

각궁의 한가운데 손으로 잡는 부분을 '줌통'이라고 부른다. 조선시대의 줌통은 종이를 감아서 만들었다고 한다. 줌통 위에 다시 씌운 껍데기를 '줌피'라고 하는데, 땀이 나도 미끄러지지 않게 삼베로 만들었다고 한다. 줌통의 내부 활 재질은 참나무로 되어 있는데, 이것을 '참나무 대림목'이라고 부른다. 줌통 아래 위쪽 가장자리는 '아귀'라고 부르는데, 줌통의 탄력을 보강하기 위해 벚나무를 대고 그 위를 힘줄로 감는다. 위쪽 아귀는 화살이 지나가는 자리인데, 화살이 지나가면서 활을 파손시키지 않도록 아귀 위에 가죽을 잘라서 입힌다. 이것을 '출전피出箭皮'라고 한다.

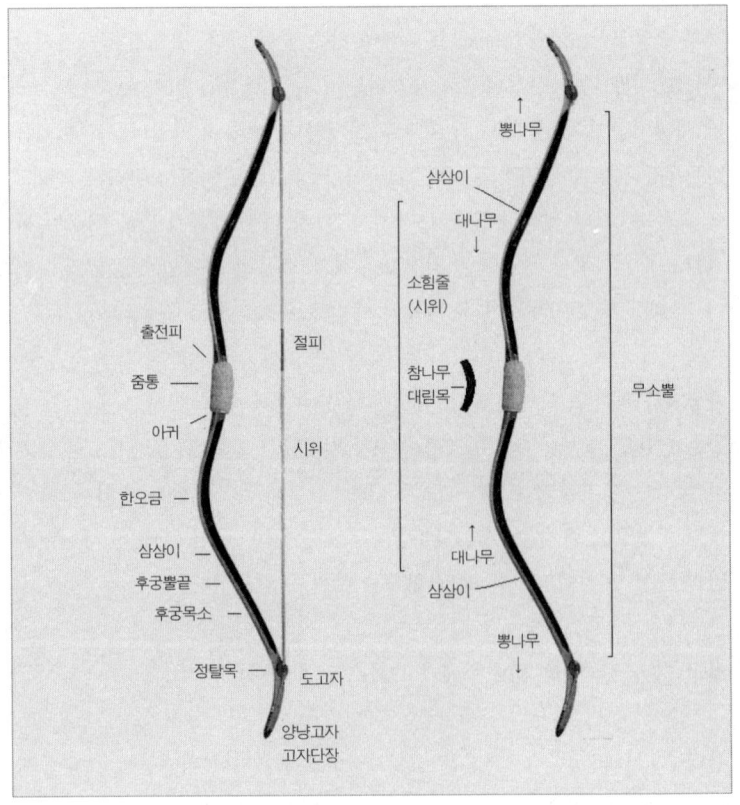

활의 각 부분 명칭과 재료

줌통 아래 위쪽으로 첫 번째로 크게 굽는 부분이 '한오금'이고, 그 위가 '밭은오금', 아래가 '먼오금'이다. 활을 당겼을 때 가장 크게 굽는 부분이 바로 이 오금이므로, 이 부분의 탄력이 활의 성능을 상당 부분 좌우한다.

오금 아래쪽이 '삼삼이'인데 이 부분에서 대나무와 뽕나무가 연결된다. 활 양쪽 끝의 구부러진 부분을 '고자'라고 하는데, 고자가 시작되는 부분이 '도고자'이고, 시위가 묶이는 고자의 끝부분이 '양냥고자'이다. 양냥고자 바깥에는 색종이 등을 붙여 장식하는데, 이것을 '고자단장'이라고 한다.

시위에 화살을 메길 때는 시위의 중심부가 아니고 시위의 약간 위쪽에 맨다. 그 화살의 오늬를 매기는 부분을 '절피'라고 한다.

삼삼이를 기준으로 활의 중심부는 대나무로 되어 있고, 아래 위 끝은 뽕나무로 되어 있다. 뽕나무로 된 활고자 부분을 '궁간상弓幹桑'이라고도 한다. 뽕나무는 주로 자연산 산뽕나무를 사용했다고 한다.

나무로 된 부분 반대편에 검은색으로 된 부분이 바로 소뿔이다. 뿔을 그대로 사용하는 것이 아니라 얇게 펴서 붙인다. 휘궁의 경우 삼삼이 아래쪽 후궁뿔 끝까지만 뿔을 붙이지만, 장궁의 경우 도고자 바로 위까지 뿔을 붙인다. 사진 속의 각궁은 도고자 위까지 뿔을 붙인 장궁이다.

대나무 위에는 다시 소 힘줄을 얇게 붙인다. 그 위에 전체를 다시 화피(벚나무 껍질)로 감싼다. 화피는 습기에 강하기 때문에 활을 보호하는 역할을 한다. 화피를 물에 삶으면 나무 색깔이 노란색이 되고, 잿물에 삶으면 붉은색이 되며, 햇볕에 몇 달 동안 말리면 흰색이 된다. 각 재료를 붙일 때는 민어 부레로 만든 자연산 접착제를 쓴다.

편전_편전片箭(애기살)은 화살의 이름이기도 하고, 동시에 통아를 이용하여 사격하는 특수한 사격 방식을 의미한다. 통아는 절반으로 쪼개진 가는 대나무통인데, 이 통아 위에 작은 화살을 넣고 활로 쏘는 것이 편전이다. 중국에서는 일명 '고려전高麗箭'이라고 부르기도 했다. 편전은 화살이 날아가는 속도가 빠르고 사거리가 긴 것이 특징이다.

실제로 활과 통아를 동시에 쥐고 편전을 사격한다는 것이 쉬운 일은 아닌데, 그 정확한 사격 방법은 전승이 끊겨 전해 오지 않는다. 현재 국궁인들이 편전 사격법을 복원하려고 시도하고 있으나, 그 복원 방식이 5~6가지로 나눠질 정도로 의견이 분분한 실정이다. 통아의 한쪽은 가늘고, 반대쪽은 굵으며, 가는 쪽에는 줄이 붙어 있다. 기록상 확실히 전해 오는 것은 통아의 가는 쪽에 매달린 줄을 왼손에 매단다는 것뿐이다. 왼손은 활의 줌통을 쥐게 되어 있으므로, 왼손에 통아의 줄을 매달 경우 통아는 활의 줌통 옆에 바짝 붙게 된다. 현재 불확실한 것은 오른손으로 시위, 편전의 오늬, 통아를 어떻게 동시에 잡느냐는 것이다. 현재로서는 어떤 식의 구체적인 결론을 내리기는 어렵다.

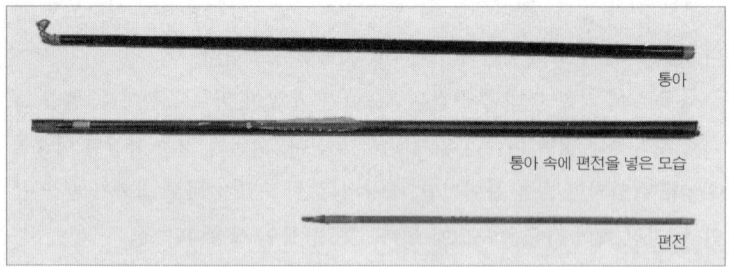

편전과 통아

3_전통 활의 사격법

평소에는 활에 시위를 걸어놓지 않는다. 또한, 습기를 방지하기 위해 불에 쪼이거나 약간 온도가 높은 곳에 보관하여 활을 잘 말려야 하는데 이를 '점화'라고 한다. 필요할 때만 활에 시위를 거는데, 점화를 한 직후라면 30분 정도 활을 식혀야 한다. 시위를 걸 때 활이 잘 펴지지 않으면 부분적으로 다시 약간 불에 쪼이기도 한다.

활을 사격할 때는 왼손(줌손)으로 활의 줌통을 잡는다. 줌통을 잡는 방식은 이른바 '흘려 잡는 손'이라고 부르는데, 시위에 다치지 않도록 약간 비스듬하게 잡는다.

오른손(깍지손)으로 화살 끝의 오늬를 잡는다. 오른손으로 쥐는 방법을 '쥠법'이라고 하는데, 한국 전통 쥠법은 이른바 몽골형사법蒙古型射法(Mongolian Release)이다. 이 방식은 몽골, 투르크, 한국, 중국 등에서 사용하는 방식으로 손가락으로 오늬를 살짝 잡는 것이 아니라 손 전체(엄지, 검지, 중지)를 이용해서 비틀 듯이 오늬를 잡는다.

화살이 가장 강한 힘을 받을 수 있으려면 시위의 가운데에 화살을 메겨야 한다. 그러나 시위의 가운데에 화살을 메길 경우, 양궁처럼 줌통 가운데에 구멍을 뚫어 놓으면 문제가 없으나, 보통의 전통 활이라면 화살이 왼손으로 쥐고 있는 줌통 한가운데에 부딪히게 된다. 어쩔 수 없이 화살은 시위의 가운데가 아니라 약간 위쪽으로 치우친 곳에 메긴다.

활을 사격할 때 몸과 발은 이른바 '비정비팔非丁非八' 자세로 사격한다. 이 비정비팔 자세는 몸을 약간 비스듬하게 서는 방식이다. 왼발은 앞을 향하는데 표적의 약간 오른쪽을 향하게 된다. 왼쪽 발은 표적을 정면으로 보게 되므로 丁자 모양이 되나, 정확하게 90도 각도가 아니고 오른쪽으로 약간 틀게 되므로 非丁이라고 한 것이다. 오른발은 왼발의 중앙에서 약간 대각선 방향으로 뒤쪽으로 놓아 두 발이 八자 모양으로 놓이게 한다. 그러나 역시 정확하게 八자 모양이 아니므로 非八이라고 한다.

시위를 최대한 당긴 상태를 '만작滿作'이라 하는데, 만작을 할 때 화살이 얼굴 광대뼈 근처에 이를 만큼 약간 위로 향한다. 시위를 당길 때는 오른손(깍지손)이 오른쪽 귀를 약간 스칠 정도로 당기며, 이때 동시에 숨을 들이쉬어야 한다. 만작 상태에서는 눈은 표적을 보지만 화살 자체는 표적의 위를 향하게 된다.

실제 사격은 '발시發矢'라고 하는데, 발시할 때는 약간 뒤로 몸이 밀렸다가 앞으로 향하면서 사격한다. 발시 때에는 오른손(깍지손)의 손목으로 힘을 지탱하는 것이 아니라, 팔꿈치(중구미)에 힘을 걸어 팔꿈치를 약간 바깥쪽으로 조이는 상태에서, 서서히 오른손의 힘을 빼서 짧은 순간 가볍게 시위를 놓는다. 이때 화살이 밑으로 아주 조금 내려오면서 발사가 된다.

4_조선시대 화살 종류

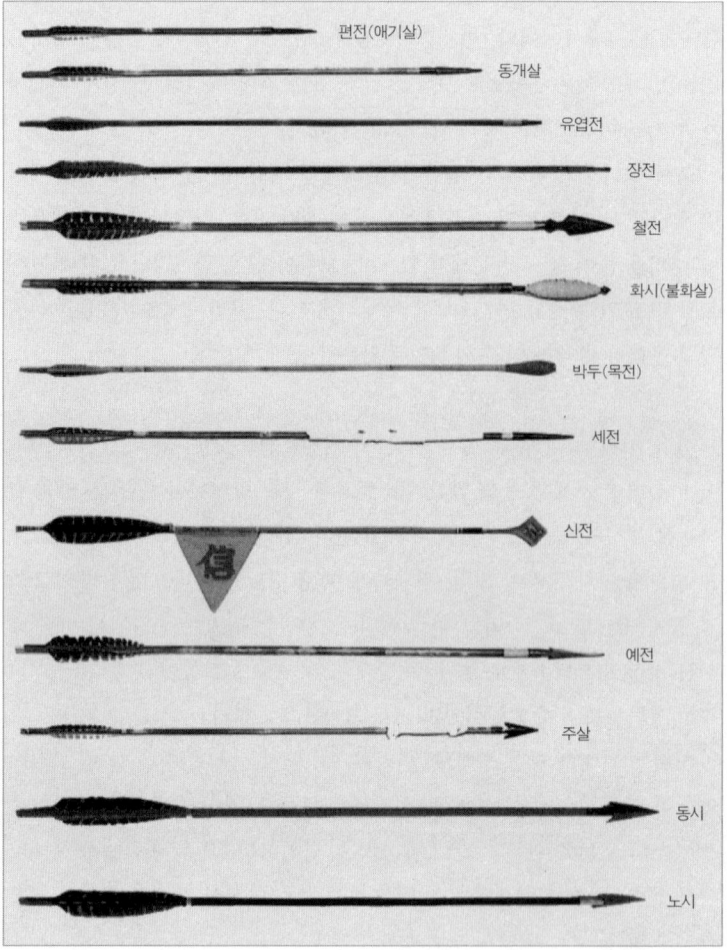

조선시대의 각종 화살

유엽전_유엽전柳葉箭이 조선시대의 표준적인 화살촉이다. 일반적인 길이는 80~85cm 정도이다. 유엽전 중에서 조금 길게 만든 것이 장전이고, 작게 만든 것이 편전과 동개살이다. 아래 사진 속의 장전長箭은 유엽전과 비슷한 화살촉을 가지고 있으나, 삼각형 화살촉을 사용한 경우도 있는 것 같다.

편전_편전(애기살)은 편전 사격에 사용한다. 편전의 길이는 36~50cm 정도로 유엽전 길이의 절반 정도이다. 사진 속의 편전은 화살촉이 길게 만들어져 있는데 모든 편전이 이렇게 생긴 것은 아니다. 동개살(대우전)은 동개활(고궁)에서 사용한다. 동개활은 작은 기병용 활이다. 이 때문에도 동개살도 유엽전보다는 다소 작다. 말 위에서 사격하는 것이기 때문에, 정확도를 높이기 위해 화살 깃이 크다. 이 때문에 대우전大羽箭이라고 부른다.

철전_철전鐵箭은 육량전, 아량전, 장전을 모두 포함한 조선시대 전투용 화살을 총칭하는 의미로 쓰이기도 하고, 혹은 특정한 화살촉을 의미하기도 한다. 현재 유엽전이나 철전을 제외한 조선시대 전투용 화살이 거의 남아 있지 않기 때문에 철전의 정체는 다소 애매한 점이 있다.

화시_화시火矢, 말 그대로 불화살이다. 박두는 '목전木箭'이라고 부르기도 하는데, 촉을 나무로 만든 연습용 화살이다. 무촉전이란 것도 있는데 이 화살도 촉이 천으로 되어 있는 연습용 화살이다.

세전_전투 시에 연락용으로 편지를 부착시켜 발사하는 화살이다. 신전信箭은 실전에서 사용하는 화살이 아니라 국왕의 명령 전달용으로 사용하는 의장물이다. 예전禮箭은 궁궐 내에서 의식용 활쏘기를 할 때 예궁과 사용하는 화살이다.

주살, 동시, 노시_모두 사냥에 쓰는 수렵용 화살이다. 특히, 주살은 화살을 찾기 쉽도록 화살에 끈이 매어져 있다.

5_창과 칼

임진왜란 당시 조선군 무기 중에 창이 정확하게 어느 정도의 비율을 차지했는지는 확실하지 않다. 막연하게나마 창이 일반 병사들의 주력 무기였을 것으로 추정하고 있을 뿐이다.

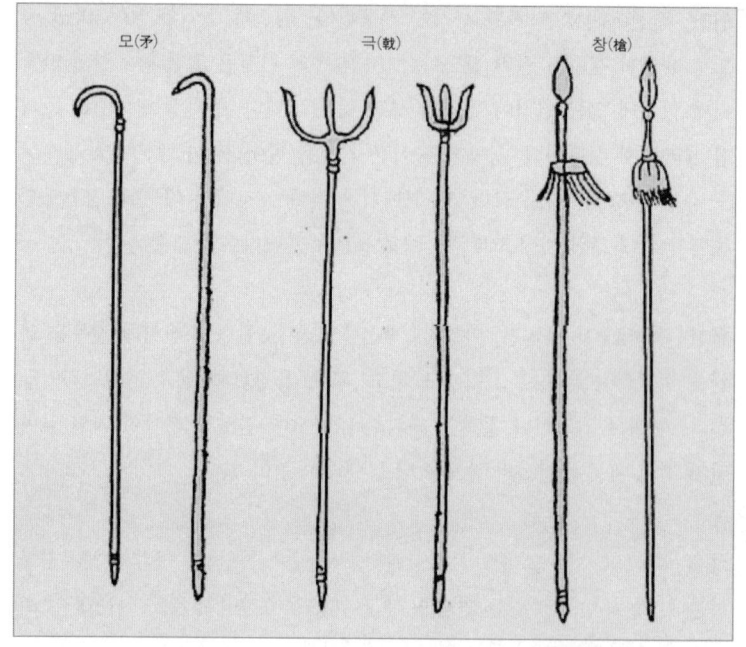

조선시대 문헌에 나오는 창 그림

《세종실록》'오례서례'와 《국조오례의서례》의 '군례軍禮'에는 모矛, 극戟, 창槍 등 3가지 창이 등장한다. 그러나 막상 그림을 보면 모矛는 구겸(낫 모양의 창)에 가깝고, 극戟은 삼지창 혹은 당파에 가깝다. 허술한 그림처럼 보이지만, 임진왜란 이전의 유일한 조선시대 창 그림이다. 《국조오례의서례》에서는 아래 창 그림을 그려놓고, 이것이 곧 자루길이 10자(약 3m)의 '삭'이라고 설명해 놓았는데, '삭'은 기병용 장창을 의미한다. 《경국대전》을 보면 말 위에서 사용하는 기창騎槍에 대한 규정이 나오는데, 길이는 15자(약 4.5m)였다고 한다.

이 그림으로 임진왜란 당시의 창을 추정하는 것은 역부족이고, 어쩔 수 없이 조선 후기의 창 실물 유물을 살펴볼 수밖에 없다. 오른쪽 창은 육군박물관에 보관 중인 창인데, 창 자루가 완전히 남아 있는 거의 유일한 유물이다. 미국에 조선 말기에 사용하던 당파창 1자루가 남아 있으나 이것은 조선식이 아니라 중국식으로 만들어진 당파창이다.

　기창旗槍은 각종 깃발을 매는 창인데, 깃발을 매단다고 해서 반드시 의장용은 아니며, 실전에서 사용한다. 자루 길이가 130cm로, 창치고는 아주 짧은 것이 특징이다. 조선 후기의 《무예도보통지武藝圖譜通志》를 보면 기창은 일명 단창短槍으로 부르며, 고려시대부터 우리 나라에서 사용했다고 적고 있다. 이것으로 보아 임진왜란 당시에도 이런 기창을 사용했을 것으로 생각된다.

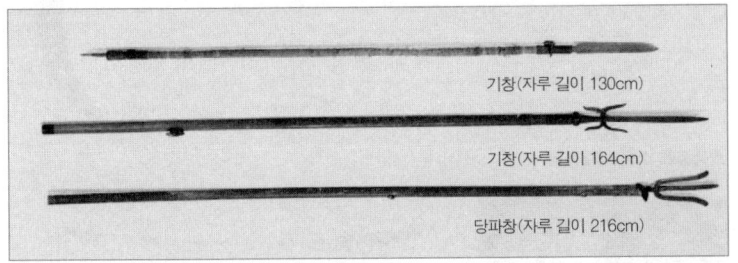

조선시대 창의 실물 유물

　임진왜란 발발 직전 조선을 방문한 일본 사신 다치바나 야스히로가 "조선의 창 자루가 심히 짧구나"라고 비웃은 사건은 유명하다. 흔히 사학자들은 이 사건을 당시 조선군의 무기가 얼마나 허술했는지를 보여주는 사례로 이해하고 있다. 그러나 전국시대의 일본 창이 특별하게 긴 편이었다는 점을 고려하면, 다치바나의 발언은 달리 해석할 여지도 있다. 자루 길이가 6m에 달하는 전국시대의 나게야리長柄槍에 익숙한 다치바나의 눈에는 130cm 정도의 길이를 가진 조선 단창이 비정상적으로 짧게 보였을지도 모르겠다. 흥미롭게도 제일 위쪽의 기창은 창 자루에 실이 감겨 있다. 조선시대의 창 자루 중에는 합목合木으로 만든 것도 있다고 하는데, 혹시 이 방식이 일본의 창 자루 제조 방식과 같은 방식일지도 모르겠다(일본편 참조). 제일 아래쪽 창이 사극에 가장 많이 등장하는 당파창钂鈀槍이다. 임진왜란을 다룬 영화나 사극에서는 조선군 일반 병사들이 들고 있는 창을 주로 당파로 묘사하고 있다. 조선 후기에 당파가 많이 쓰인 것으로 보아, 조선 전기에도 당파가 많이 쓰였을 개연성은 있다. 하지만 조선 전기에 당파를 많이 썼다는 명시적인 문헌적 근거가 있는 것은 아니다.

수군들은 거대한 낫처럼 생긴 특수한 창을 사용하기도 했는데, 이것은 '장병겸長柄鎌'이라고 부른다. 일본의 나이까마薙鎌와 거의 유사한 무기이다.

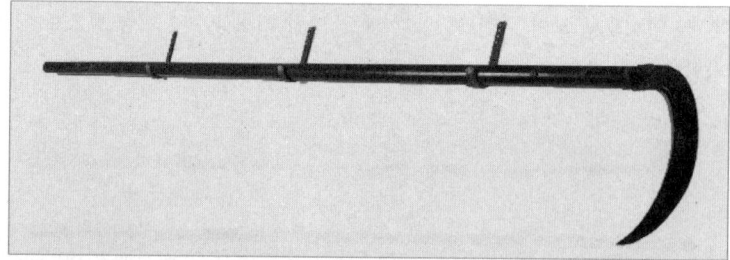
현충사에 소장된 장병겸

사조구

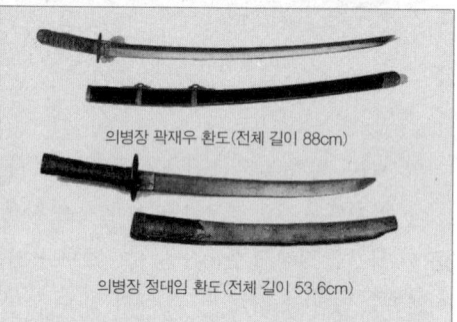
의병장 곽재우 환도(전체 길이 88cm)
의병장 정대임 환도(전체 길이 53.6cm)
임진왜란 당시의 도검류

사조구四爪鉤는 적의 배에 던져 배를 끌어당기거나 물에 빠진 적을 건져 올릴 때 사용한다.

우리 나라에서 칼은 주력 무기로써의 역할을 한 적이 없다. 조선 전기의 칼에는 환도, 별운검, 운검, 인검, 보검 등이 있으나 이 중에서 실전용 칼은 오로지 환도環刀뿐이다. 조선 전기의 환도는 후기의 환도에 비해서 비교적 짧았던 것 같다. 위 칼들은 임진왜란 당시의 유물이다.